用済み無能令嬢は新天地で
自分らしく生きていきます
～辺境地で可愛い義弟のために勤しんでいたら、
幸せな毎日が待っていました～

当麻リコ

目次

ルーファス
ある一件により若くして
領主になった辺境伯。
戦闘狂で戦う以外のことに
興味がないと噂されているが
実際は…？
クレア
『修復』の祝福とその人の
祝福が見える眼を持つ侯爵令嬢。
幼い頃に役立たずと家族から見放され、
能力が開花すると搾取される
日々を送っていた。
知識欲旺盛で、辺境伯領では
さまざまなものづくりに挑戦していく。
セシル
レイヴンヒース辺境伯の
領主館の角部屋で暮らす
5歳の少年。
リリー
クレアお手製の
クマのぬいぐるみ。
用済み無能令嬢は
新天地で
自分らしく生きていきます
辺境地で
可愛い義弟
のために勤しんでいたら、
幸せな毎日が
待っていました

レイヴンヒース辺境伯領

代表理事であり、

執事。戦闘能力が高く、
前領主からルーファスの
護衛兼従者に
抜擢されるほどの実力者。
コレット
クレアの専属メイド。
大商家の娘で流行に敏感で
センスが良く、目端が利く。

ローズウッド侯爵家

ローズウッド夫妻

クレアの両親。
子供は自分たちの出世のための
道具にしか過ぎないようで…。

フィンリー

努力嫌いのクレアの兄。
騎士として活躍していたが…？

ヘレナ

クレアの妹でずば抜けた
美貌の持ち主。
王太子との婚約も決まっていて…？

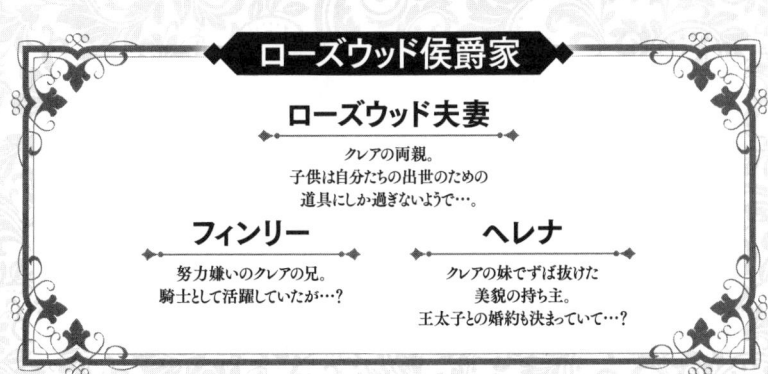

プロローグ

バーナーのスイッチに触れ、指先に魔力を込める。

点火した炎はすぐに青色に変わり、フラスコの底面を舐めるようにゆっくりと揺らいだ。

クツクツと沸騰を始めた薬草液入りの白ワインに、液状に溶かした緑の魔石を加えて、ガラス棒で丁寧に混ぜていく。

二種類の液体が発する光がゆるやかに美しく調和していくのを、私の隣でメイドのコレットが興味深そうに注視していた。

「……これで完成ですか？　クレア様」

「ええ。今回もすごく上手くいったわ。コレット、増殖液をここに置いてくれる？」

バーナーを消し、器材を脇に避けながらコレットに頼む。

彼女は「よいしょ」と小さく言いながら、スライムから練成した薄青色の液体で満たされたバケツを、床からテーブルの上に移動させてくれた。

すっかり錬金術の実験室と化したこの部屋には、今や所狭しと錬金道具や素材が並べられている。

できる限り整理整頓しているけれど、作りたいものを思いついては素材を集めるせいで、いよいよ追いつかなくなってきた。

少し前まで服三着しか自分の持ち物がなかった生活が嘘《うそ》みたいだ。

「奥様、回復薬用の小瓶をお持ちしました」

執事のハロルドが、大量の木箱を抱えて部屋に入ってくる。箱の中には空の小瓶がぎっしりと詰まっているはずだ。

「ありがとうございますハロルドさん。ちょうど今から増やすところだったので、作業を手伝っていただけますか？」

「ええ、そのつもりで参りました……おいコレット、タライはどうした？」

「そうでした！　またやらかすとこでした」

ハロルドに指摘されて、コレットがいそいそと壁に立てかけてあったタライを取りに行く。

「ごめんなさい、私もうっかりしていました」

「お気になさらず」

ハロルドは柔和な笑みでそう言って、増殖液の入ったバケツをひょいと持ち上げ、コレットがテーブルに置いたタライの中にセットした。

「ではいきます」

できたての回復薬を、バケツの中の増殖液に注ぎ込む。

長いヘラで混ぜ合わせると、途端に液体が膨張しザバッと勢いよくバケツの外に溢れ出た。

前回はタライを忘れていたせいで、液体が床にこぼれて大変だったのだ。

「相変わらず見事ですね」

ハロルドが感心したように言いながら、タライの縁ギリギリまで増えた回復薬をせっせと小瓶に詰めていく。

「これだけあればみんなにボーナスを出せるかしら？」

「その前にまずクレア様のお洋服を買い足しましょうね」

私が聞くと、ハロルドから受け取った小瓶を木箱に並べながらコレットがウキウキと言う。

「私の服はあと回しで構わないわ」

「でも旦那様はきっと喜んでくださいますよ?」

「そっ、それは……っ!」

コレットに言われてカァッと頬《ほほ》が熱くなる。

「じゃあ、少しだけ……」

モゴモゴと前言を撤回すると、コレットが嬉しそうに「はい!」と元気に返事をした。

「コレットは粗忽者ですが、センスだけは一流ですので安心してお任せくださいね」

「ちょっとハロルドさん、センスだけってなんですか!」

にっこり笑うハロルドに、コレットが抗議する。

「アイロンで服を焦がしただろう? それから洗ったシーツを干す途中で他の仕事に目移りして忘れたせいで、くしゃくしゃのシーツが発見されただろ? それに……」

「もう! なんで全部知ってるんですか!」

ハロルドがここ最近の失敗談をあれこれ挙げていくと、コレットは言い返すことができずに悔しそうに彼の肩をペチペチと叩《たた》いた。

私はふたりの仲睦まじい様子にクスクス笑いながら、回復薬の瓶詰め作業を手伝った。

「ふう、これで全部ですね」

すべての回復薬を詰め終えて、コレットが大きく伸びをしながら言う。

「今月の納入分が無事に完成したと、ルーファス様にもお伝えしておきますね」

「喜んでくださるかしら？」

心配になって問うと、ハロルドが「もちろんです」と大きく頷いてくれた。

「いつも本当にありがとうございます、奥様」

「いえ、私にできることはこれくらいしかないので」

「何言ってるんですか！　クレア様がいらしてから、この城も辺境領もいいことづくめですよ⁉」

ハロルドの言葉に苦笑すると、コレットが信じられないという顔で目を丸くした。

「お、落ち着いてコレット」

そこから私への賛辞が止まらなくなった彼女を、慌ててなだめる。

「コレットの言う通りです。奥様はもっとふんぞり返っていてもいいくらいですよ？」

「さすがにそれは無理です……」

ハロルドに言われて恐縮してしまう。

ここへ来てからなんだか褒められてばかりだ。

侯爵家ではずっと役立たずと罵《ののし》られて育ってきたから、未だに慣れないでいる。

私は居心地の悪さを感じつつも、胸が温かくなるのを止められなかった。

第一章　望まれぬ才能

「さぁクレア、前へ出なさい」

「はい、お父さま」

私は父と母の顔色を窺ったあと、緊張に震える足で司祭の前へと進み出る。

教会の厳かな空気の中、私の心臓の音だけがドキンドキンと大きく鳴っていた。

今から私は『祝福の儀』というものを受けることになっていた。祝福とは七歳になると誰もが神様から授かるもので、その人の『才能』のようなものらしい。

祝福の説明は半分も分からなかったけれど、もしここで何かしくじれば、両親からの激しい叱責が待っている。

逆に上手くやることができれば、兄のように優しくしてもらえるようになる。

不安よりも期待が大きかった。

事前に聞いていた位置で立ち止まって顔を上げる。儀式のための小さな部屋には今、私たち家族の他には司祭と助祭しかいない。正面の壁一面は美しいステンドグラスで覆われている。そこからキラキラと降り注ぐ陽光に、一体の像が照らされていた。それは馬に似た一角獣で、感情のない瞳が静かに私を見下ろしていた。

「唯一神ルクサンドラよ。クレア・ローズウッドに祝福の光を」

司祭が言い終えるのと同時に、私の身体が眩《まばゆ》い光に包まれた。

「何、これ……」

「おお……」

戸惑いに身を竦《すく》める私を見て、司祭が小さな呻き声を漏らす。

「なんだ!?　娘は何に向いているんだ！　早く言え！」

背後で父が急かすように言う。期待に満ちた声だ。

思わず振り返ると、父だけでなく母まで嬉しそうな表情をしていて、私はやったのだと確信した。

きっとこの光は父の言う『あたり』なのだ。いつも「忙しい」が口癖で、挨拶もロクに返してもらえない日々も今日で終わりになる。

今両親に駆け寄れば、たくさん褒めて抱きしめてくれるはず。

なんて特別な日なのだろう。きっとこの光のおかげだ。

だけどどうしてだろう。司祭は困った顔をしている。

「なんなの!?　もったいぶらずに教えてちょうだい！」

「その、クレア様の祝福は……白、です」

母に急かされて司祭がしどろもどろに答える。

「白だと……？」

途端に深いシワを眉間に刻む父の横で、母が冷めた目になった。

どちらも、たまに屋敷で顔を合わせた時に見る表情だった。

胸にじわりと嫌な気持ちが広がっていく。

「やっぱりこの子はダメね」

「お、お母さま……？」

侮蔑《ぶべつ》交じりの母の言葉に泣きそうになる。

「しかし侯爵、光の量はなかなかのもので」

「どれだけ光が強かろうと白では何もないのと同じだ！」

遠慮がちに発せられた司祭の言葉を、遮るように父が声を荒らげた。

「クソっ！　ローズウッドの娘が無能の証を授かるとは」

吐き捨てるように言って、父がキッと私を睨《にら》みつける。

また怒鳴られる。そう気づいて身体が竦んだ。

「お、お待ちください！　よく見れば微《かす》かに緑がかっているような……もしかしたら『治癒』の素養があるのかも……？」

それを止めようとしたのか、慌てたように司祭が割り込んだ。

「何、治癒だと⁉」

「それが本当なら大手柄よ！」

両親が色めき立つ。

「だが確かめようにも都合よく怪我人などおらんからな……」

キョロキョロと周囲を見回す父の横で、母が「私も今はニキビひとつないわ」と美しい頬を撫《な》でた。

どうしよう、このままではまた両親の機嫌が悪くなってしまう。

焦った私の視界の端に、キラリと銀色の何かが映った。

それは司祭台からわずかに飛び出した釘の先端だった。

反射的に手を伸ばす。

「何をっ……！」

司祭が声をあげた時にはもう袖が破れていて、そこから血が滲《にじ》んでいた。

「しさいさま、どうしたらきずをなおせますか？」

ジクジクと痛む腕を押さえながら司祭に問う。

彼は動揺したように床に滴り落ちる赤い液体と私の顔とを交互に見比べ、ようやく答えた。

「……治れと、念じるだけで」

なおれ、と心の中で唱える。

私の身体を包む光が、手に集まっていくのを感じた。

「どうだ、治ったか⁉」

父が上ずった声で聞きながら、私の手元を覗き込む。母も息を呑んでそれを見守った。

どうか治っていますように。恐る恐る傷口を押さえていた手を離す。

けれど私の切実な願いもむなしく、傷口は塞がっていなかった。

「……チッ。期待するだけ無駄だったな」

父が不愉快そうに顔を歪《ゆが》めて悪態をつく。

母は落胆を隠しもせずに深いため息をついた。

ズキンと胸が痛む。

「あっ、ですがほら、袖が直っていますよ！」

司祭が庇うように言う。

よく見ると、破れたはずの袖が元通りになっていた。

「なるほど、治癒ではなく修復の能力だったんですね！　素晴らしいことですよお嬢さん」

「ほんとだ！　すごい！」

今度こそ褒めてもらえるかもしれない。

顔を上げて両親を見ると、彼らはもう興味を失くしたと言わんばかりの冷淡な目で私を見ていた。

「服のほつれを直せたからなんだと言うの」

「そんな能力、無駄以外の何物でもない」

「で、ですがかなり便利な能力では」

「壊れたら買えばいい。直して使うなんてみっともないだけよ」

煩《わずら》わしそうに言う母に、父が「まったくだ」と同意した。

「貴族の娘の祝福がそんな貧乏人向きの能力だなどと……」

憎々しげに呟《つぶや》きながら私を睨みつける。

「ご、ごめんなさいお父さま……」

「誰がお前の発言を許した」

涙を堪えて謝るが、余計に父の機嫌を損ねただけだった。

「なんの役にも立たん穀潰しめ。罰としてお前だけ歩いて帰れ」

「そんな……！」

「行こう。時間を無駄にしてしまった」

私を無視して、父は母の腰を抱き教会出口へと歩き始める。

「冴えない子だと思っていたけど能力までなんて……仕方ないわ、ヘレナに期待しましょう」

母もすっかり私に興味を失くして、振り返ることなく行ってしまう。

「あれは君に似て美しくなる。きっと『魅力強化』に違いない」

「ふふ、楽しみね」

「まってお父さま！　いかないでお母さま！」

叫んでも、彼らは私の声など聞こえないように教会から出ていった。

ひとり残されて、声をあげて泣きだす。追いかければ殴られるだろうことは明白だった。

「なんてひどい親なんだ……」

呆然《ぼうぜん》と呟く司祭の横で、事の成り行きを見守っていた助祭が私の元に駆けつけて優しく言った。

「お嬢さん、手当てしてあげるから手を見せて」

「よかった、傷はそんなに深くないみたい」

手首の傷口にガーゼを当て、丁寧に包帯まで巻いてくれたけれど、涙は止まらなかった。

「わたし、やくたたずですか……？」

「そんなことない。どんな人間にも神から与えられた役割が必ずあるわ」

力なく問いかける私に、助祭が励ますように言ってくれる。

「そのための『祝福の光』なのよ」

彼女は本気でそう信じているのだろう。

だけどその時の私にはなんの慰めにもならなかった。

私は両親に見捨てられたのだ。それだけが七歳の私の胸に深く刻み込まれた。


八歳の誕生日に、家族は食事に出かけた。私を置いて。

三つ上の兄フィンリーが騎士見習いとして認められたお祝いだそうだ。

白い光を授かって以来、両親は私の存在を消した。その上当てつけのように兄妹を可愛がるようになった。あまりの惨《みじ》めさに、隠れて何度も泣いた。

『身体能力強化』の赤い光を纏《まと》うフィンリーはもともと両親のお気に入りだった。

ひとつ下の妹ヘレナは今年、両親の期待通り『身体能力強化』の赤系の中でもとりわけ『魅力』を強化するといわれるピンクの光を授かって、ますます両親の寵愛を受けるようになった。

フィンリーのように活発でもなく、ヘレナのように容姿が優れているわけでもない平凡な私が、無能の証と揶揄《やゆ》される白い光なのは当然の帰結といえる。

それでもまだ家族に受け入れてもらうのを諦めてはいなかった。

努力を続ければ、いつか認めてもらえるはず。

そう信じて、厳しい家庭教師にも耐え、『修復』の力をこっそり磨き、少しでも役に立てるよう努力した。

その甲斐あって、服のほつれを直す程度だった『修復』も、貴金属類の欠けや錆を新品同様に戻せるようにまでなった。

「お母さま！　見てください！　直しておきました！」

自室で朝の支度中の母に、自信満々に手を差し出す。

昨夜夜会から帰った母が、侍女にネックレスを手渡しながら「壊れたから捨てておいて」と言っていたのを聞いてピンときたのだ。あれは母のお気に入りだ。完璧に修復すればきっと喜んでもらえると。


一晩かけて修復したネックレスは、チェーン部分も宝石部分もピカピカだった。

母は私の手のひらのネックレスを一瞥《いちべつ》すると、馬鹿にしたように「ハッ」と鼻で笑った。

「余計なことしないで。それはもう飽きたから壊したの。新しいのを買う口実にね」

そう言いながら私の手から新品同然のネックレスを取り上げ、無造作にゴミ箱に捨ててしまった。

「鬱陶《うっとう》しいから出ていって」

話は終わりだとばかりに母が言って、眉ひとつ動かさないまま母の侍女が私を追い出した。

「――まったく。職人の娘にでも生まれればよかったのに」

「おっしゃる通りですね」

部屋の中から母と侍女の嘲笑《あざわら》う声が聞こえて、ぎゅっと唇を噛みしめる。

悲しくて恥ずかしかったけれど、それを聞いてくれる誰かはいない。

家族だけでなく使用人たちすら私を見下していた。厳選された使用人の中にも、白い光を授かった『無能』なんていないから。

◇◇◇

家族の気を引く努力は、報われないまま二年の月日が経った。彼らの視線は冷たくなっていくばかりで、私はもう半ば諦めかけていた。

「ああもうイヤんなっちゃうな。午後に試合だなんてさ」

食堂の隅っこでモソモソ食事をしていると、午前の訓練から戻ってきたフィンリーがうんざりした顔でそう言った。

「あら、試合に出していただけるなんて目をかけられている証拠じゃない」

「そうだぞフィンリー。見習いの部を陛下が観に来られることは珍しいんだ。ここで優勝すれば覚えもめでたくなる」

不貞腐れるフィンリーに、両親が励ますように言う。

「でもさぁ、午前で祝福使い切っちゃったし、優勝なんて無理だよ」

フィンリーが不貞腐れた顔のままボヤく。

——どうりで光が消えかけているわけだ。

会話には加わらずこっそりと思う。

身体全体を覆うフィンリーの祝福の光は、よく目を凝らさなければ見えないほどに儚いものになっていた。

兄の『身体能力強化』の祝福は、効果は高いが持続性がないのだ。ここまで消費してしまうと、少し休憩しただけでは使い物にならない。

「まったくお前という奴は……使いどきは見極めろとあれだけ言ったのに」

不機嫌になりかけた父に、母が「まあまあ」となだめるように苦笑する。

「これからチャンスはいくらでもあるのでしょう？　まだ十三歳だもの。だんだん調整が上手くなってくるわよ」

「まあそうだが……それは他の見習いたちも同じことが言えるだろう？」

「それはそうですけど……」

父としては周りの少年たちが未熟なうちにフィンリーを活躍させたいのだろう。正式な騎士になる前に目立っておけば、配属先も有利なものになるから。

「ねえ殿下もくるかしら？　私、殿下とお話ししたい！」

嫌いなものを残してデザートをつついていたヘレナが無邪気に笑う。

先日王宮のお茶会に招待された時、王子様に会えた、とても素敵だったとはしゃいでいたから、また会いたいのだろう。もちろん私は置いていかれたから、王子がどれだけ素敵なのか知らないのだけど。

「ヘレナも午前のお買い物で祝福を使い切ってしまったでしょう？」

母が優しく言うと、ヘレナが「そうだった……」と眉尻を下げた。

新しいドレスをたくさん買うと張り切っていたから、『魅力強化』全開で一番可愛い状態に似合うドレスを選んできたのだろう。

「もちろんそのままでも十分可愛いけど、一番可愛い姿を見てもらいたいわよね」

「うん、今日はガマンする……ま、祝福なんてなくてもお姉様よりはずっとマシだけど」

しおらしい態度は一瞬で、憂さ晴らしのように付け足して私を嘲笑する。

「ははそれはそうだ」

「ホント、同じ妹とは思えないよな」

い。


「比べるのもおこがましいわ」

楽しげに笑い出す家族に、私は何も言い返せずうつむくことしかできない。

今まで通り無視してくれればいいのに、最近は私を蔑《さげす》んだ方が楽しいと気づいてしまったらしい。

「貴族の娘なのに修復士の真似事なんかして。貧乏ったらしいったらないわ」

「お姉様のお顔も修復できたらよかったのにね」

「馬鹿だなヘレナ。元がイマイチなんだから直したところでたかが知れてる」

「いっそ職人にでもなるかクレア。ここの暮らしよりずっと貧しくて惨めだがな」

両親の態度に倣って、兄も妹も私を当たり前のように馬鹿にするようになった。

両親が望む通りの祝福を与えられなかっただけでこんな扱いを受けるくらいなら、祝福の儀なんてなくなってしまえばいいのに。そうすればこんな目に遭うこともなかったはずだ。

どれだけ努力を重ねたって家族は私を認めてくれず、あるのは職人みたいな力だけ。

悔しさにうつむきそうになったところでハタと気づく。

「あのっ」

久しぶりに発した声は変に大きく裏返ってしまい、家族がポカンと呆けた顔になった。

「……っぷ、なぁに今のみっともない声」

ヘレナがおかしそうに笑い出す。それにつられて他の家族も笑い出した。

私は恥ずかしさに真っ赤になりながらも、それでもこれはチャンスだと思って勇気を振り絞った。

「わた、私、直せます！」

「はぁ？」

必死に言う私に、フィンリーが嘲笑を浮かべる。

「別にお前に何か直してもらうほど我が家は困窮していないが」

父が不愉快そうに言って、母が「またか」という顔をした。

「ちがっ、物じゃなくて、ひかり……！」

「光？」

上手く喋れない私にイラついたように眉間のシワを深くしながら、父が聞き返す。

「祝福の、光……戻せます。一番大きい時に」

消え入りそうに小さな声だが、なんとか最後まで話す。今が正念場だ。

「なんだと……!?」

「どういうこと？　あなた祝福の光が見えてるとでも言うの？」

「え、はい……お母様たちは見えないのですか？」

戸惑いながら頷く。

祝福の儀で光を授かってから、他の人たちの祝福の光も見えるようになった。

常時見えるわけではないが、『見よう』と思えばいつでも見える。

父の青い光も、母や妹のピンクの光も。司祭も私の光が見えていたし、皆そういうものだと思っていたのだけど、どうやら違うらしい。

父と母は驚いたように顔を見合わせて、それからごくりと喉を鳴らした。

「……戻せる、というのは、一晩寝て起きた時の状態にということか」

「はい。できます」

言葉を選ぶように問われて、しっかりと頷く。

何度も自分にしてきたことだ。修復の訓練で弱まっていく光を、自身の修復の力で回復させることができると気づいたのは九歳になる前だった。

だからいくらでも練習ができた。

壊れて直したものを、また壊して直して。木や布でできたものより、金属や石でできたものの方が修復が難しかった。それよりもさらに光を回復する方が難しいけれど、練習するうちにだんだんと上手くなっていった。

「ではフィンリーの……いやまずヘレナの光を戻してみろ」

「はい！」

ああ、ようやくだ。ようやく期待に満ちた目を向けられている。

何度もこの日を夢に見てきた。

私は逸る気持ちを抑えて、手のひらをヘレナへと向けた。

ヘレナがびくりと身体を強張《こわば》らせる。話についていけなかったのだろう。何をされるのか分かっていない怯《おび》えた顔だ。

「いきます」

私の手から、わずかに緑がかった白い光がヘレナに向けて迸《ほとばし》る。だけどやはりこの光が見えているのは私だけらしい。家族は何が起こっているのか理解できないという顔で、ことの成り行きを見守っている。

時間にして五分ほどだろうか。

「まだなのか⁉」

焦れたように父が言って、集中が途切れる。

「あの、まだ、半分くらいしか」

「嘘をついているんじゃないでしょうね」

疑念に満ちた目で母が私を睨みつけながら、ヘレナを守るようにぎゅっと抱きしめる。

「う、嘘じゃありません！」

慌てて反論する。ヘレナの光はそんなに大きくはない。完全に戻るまで、あと五分くらいだったのに。

「ヘレナ、祝福が使えるか試してみなさい」

「は、はい」

父に言われて、ヘレナが戸惑いながら頷く。

ヘレナが自分の胸に手を当てると、みるみるうちに変化が現れた。

髪に艶が増し、肌が輝くような張りを見せ、唇が血色良くツヤツヤに潤っていく。

「おお、これは……！」

「ウソ！　空っぽになるまで使ったのに！」

「すごいわ！　本当に戻ったのね！」

「お、おいクレア！　僕にもやってくれ！」

にわかに沸き立つ彼らを見て、ホッと胸を撫で下ろす。

「ねえ、これで私も殿下に会いに行けるわよね？　お願いお母様！」

「ええもちろんよ！　さ、クレア。早くヘレナの光を完全に回復させてちょうだい」

「待て、フィンリーが先だ！　今日はなんとしても陛下の目に留まらねば！」

興奮した声で父が言う。食事の最中にもかかわらず立ち上がり、私のところに真っ直ぐ向かってきた。

ドキンと心臓が大きく跳ねて、父の一歩ごとにじわじわと体温が上がっていく。

「いいかクレア。我が家の命運はお前にかかっている」

父が私の肩に手を置き、正面から真っ直ぐに私の目を見て言った。

ああようやく。私は家族の一員として認められたのだ。

まだ十歳で、あまりにも幼く浅はかだった。

「……はい！」

私は胸が震えるほどの感動を覚えて、力強く頷いた。

その日から寝る間もなく酷使されるようになるなんて、思いもせずに。

◇◇◇

その日、祝福を取り戻したフィンリーは、陛下の御前で見事優勝を果たした。

午前の訓練で祝福を消費している少年ばかりの中、ひとりだけ全快状態で臨んだのだ。実力以上の成績を残すのは難しいことではなかっただろう。

基本的に騎士を目指すのは赤い光を授かった少年ばかりだが、祝福に頼らず鍛錬に励む者は少なくない。

だがフィンリーは祝福頼りで、小さい頃から勉強も訓練も好きではなかった。

そんな人間が、なんのリスクもなく永続的に祝福を使えると知ってしまったら。

あとはどうなるかなんて、考えるまでもない。

私は両親の指示で、日中はフィンリーにつきっきりになった。

王宮に訓練に行くたびに「ブラコンの妹が兄を応援しにきた」という名目で見学させられ、常時祝福を回復し続ける。殿下が見に来ると事前に分かっている時はヘレナも一緒だ。

それだけで済めばまだよかった。騎士見習いの訓練は日が暮れる前には終わるし、屋敷に帰ればフィンリーもヘレナも祝福を使わないから。

もちろん兄妹から感謝の言葉など一切ないが、不満はなかった。いない者のように扱われていた日々を思えば雲泥の差だ。

そこで解放されれば、家族に頼られていると勘違いして喜んでいられただろう。

だが問題はそのあとだった。

フィンリーたちのサポートから帰ると、休む間もなく両親に急かされ王宮や有力貴族の屋敷に連れて行かれた。

「この子ったら自分も連れて行けと癇癪を起こすもので」

困った子、と苦笑しながら母が行く先々でさらりと嘘をつく。

おかげで私は扱いづらい面倒な子という目で見られ、母には同情の目が集まった。

腑に落ちないものを感じながらも、自己弁護をしている余裕などなかった。夜会の間中、母の輝きが失われないよう『祝福回復』に全力だったから。

お茶会があればフィンリーたちよりも母が優先された。

だが一番優先されるのは、家長である父だ。紳士クラブや王宮出仕など、絶対に外せない集まりには必ず私を連れていき、『知能強化』の祝福を常に使い続けた。そして母と有力貴族の夜会に参加して、お開きの時間までダンスと談笑に明け暮れる。

社交シーズンは連日のように深夜まで連れ回された。

両親は機嫌よく眠りにつき、翌日の昼までゆっくりと眠る。

私はへとへとの状態でなんとか自室のベッドに入り、少しだけ眠ることができた。

翌朝は母の命令に従ったメイドが叩き起こしに来る。フィンリーの訓練があるからだ。

寝不足のままロクに朝食をとる時間もなく着替えさせられ、フィンリーと共に王宮の騎士団見習いの訓練場所に出向く。それが終わったら夜会へ。そしてまた少し寝て訓練場に。

そんな毎日を繰り返すうちに、私は限界を迎える寸前まできていた。

祝福の回復はできても、体力を回復することはできないからだ。

その上、家族からの感謝はないどころかむしろ扱いが悪化していた。

彼らは祝福の回復が遅れると「グズ」だの「役立たず」だのと罵り、連日の寝不足でやつれた顔に気づくこともなく「連れ回さなきゃならないのが面倒ね」と文句を言った。

それでも必要とされるのが嬉しかった。邪魔だからやっぱりいらないと言われるのが怖かった。

ならば、近くにいなくても回復できるようになろう。そうすれば今度こそきっと。

そんな希望を抱いてボロボロの身体に鞭《むち》を打ち、わずかな睡眠時間さえ削って更なる訓練を重ねた。

その結果、十二歳になる前にとうとう私は遠くにいても祝福を回復する技術を習得した。

さらには四人同時に行うことさえも可能となった。そう報告した私に、父が感嘆の声をあげる。

「おお、なんてことだ……！」

「よくやったわクレア！」

母が嬉しそうに顔を綻《ほころ》ばせる。

両親の反応に私の胸は高鳴って、天にも昇るような気持ちになった。

「私も役に立てて嬉しいで」

「じゃあもう殿下の前にお姉様を連れて行かなくていいの？」

私の言葉を遮って、ヘレナが無邪気に問う。

「殿下ったらお優しいから、お姉様にまでお声をかけるんだもの。目障りよ」

「まあヘレナったら。ヤキモチ屋さんね」

むくれるヘレナに、母がからかうように笑う。

「そんな心配しなくても、殿下はヘレナに夢中でしょうに」

フワフワのピンクブロンドを耳にかけてやりながら母が言う。

ヘレナは「そうだけどぉ」と甘えるような口調で言ってから私に嘲笑を向けた。

実際、常時『魅力強化』を全開で使うヘレナに、殿下は強い興味を示すようになった。

私に声をかけるのも王族としての最低限の礼儀にすぎず、ヘレナとふたりきりで話したがっているのは明らかだ。

けれどこれまではふたりきりになって困るのはヘレナの方だった。私がいなくても一時間程度なら祝福は尽きないはずなのに、殿下が誘うようなことを言っても、下手な言い訳でなんとかかわし続けていた。ずっと私の回復頼りだったから、私と離れるのが不安だったのだろう。

「あーよかった。僕もうんざりしてたんだ。妹がつきっきりで見てるなんてさ。シスコンとか言われて鬱陶しいったら」

フィンリーが煩わしげに言う。

常時祝福の力を使って実力を底上げしたフィンリーは、見習いたちの中で目立つ存在となっていた。十五歳になり、正式に騎士団に入団するまで一年を切った今、フィンリーは期待の新人として注目されている。

彼らはそれが面白くないのだろう。からかいの種である私の存在は、フィンリーにとって排除したいものだったに違いない。

「よくその屈辱に耐えたなフィンリー。お前は間違いなく立派な騎士になるだろう」

「いえ別にこのくらい……ふふん」

父に褒められ、満更でもなさそうにフィンリーが笑う。

「だがそれも今日で終わりだ。皆よく辛抱したな」

強引に連れ回して私の力を必要としたくせに、まるで空気の読めない邪魔者みたいな扱いをされて泣きそうになる。

分かってはいたけれど、どれだけ冷たくされても家族と一緒に行動できることを喜んでいたのは私だけだったのだ。

「いいかクレア。今日からはこの屋敷で私たちをサポートしなさい」

「……はい、お父様」

有無を言わさない口調に、うつむいて返事をする。私に拒否権がないことなど明白だ。

「うむ。だがそうだな……クレアが目を離した隙にサボらないようモルガナを見張りにつけよう」

父がニヤリと笑って言う。

モルガナは、他の家族の前では従順に振る舞うくせに、私にだけつらく当たることで家族に気に入られているメイドの名だ。

サボるつもりなんてなかったのに、よりにもよって彼女に監視させるなんて。

「ふう、これで変な詮索をされなくなると思うとせいせいするわ」

母が安堵《あんど》したように言って、椅子の背に体重を預ける。

「ヘレナなら胸を張って見せびらかせるけど、クレアじゃねぇ……」

「言い訳を考えるのに苦労したな」

父と母が楽しげに笑い合う。

私には何が楽しいのか分からない。ただひたすらに惨めだった。

どうやら私は頑張り方を間違えたらしい。

愚かな私は気づくのが遅すぎて、家族として認められるどころか便利な道具に成り下がっていた。

その日以来、父は余っていた部屋を私の仕事部屋として与えた。

モルガナは嬉しそうに私を見張り、一日中その部屋から出ることを禁じた。

トイレに行くことさえ許可を求める必要があり、それ以外の外出はもちろん、少しの娯楽さえも「ご家族の回復が滞ったら困るから」と禁止された。

その『ご家族』に、私は含まれていないのだということはもう理解していた。

◇◇◇

家族は私から解放された喜びで、今まで以上に奔放に振る舞うようになった。

今まで食事だけは食堂で一緒にとっていたのに、それさえ仕事部屋でとることを強要され、家族と顔を合わせる時間が極端に減った。もはや無視どころではなく、本当に私は家族ではなくなってしまったらしい。

優先順位を気にせず常時祝福の力を発揮できるようになった彼らは、社交に仕事に精を出し、王族からの覚えもめでたく、ローズウッド侯爵家は今や飛ぶ鳥を落とす勢いらしい。

「クレア様を除いて、ですけど」

聞いてもいないことを嫌味ったらしく言って、監視役のモルガナが嘲笑する。

「余計なことを言うなら、サボっていることをメイド長に報告するわよ」

ムッとして言い返すと、モルガナは焦ったような顔をして「ふんっ」と鼻を鳴らして黙った。

仕事部屋に閉じこもり、『祝福回復』以外のことを許されないまま、ひとり寂しく十五歳の誕生日を迎えた日のことだった。

家族は今頃、父の昇進のお祝いをしに、王都一のレストランに向かっているところだろう。

小さな窓から見える曇り空に茫洋とした視線を向け、小さくため息をつく。

「この部屋にいると私まで陰気臭くなりそうです」

「あなたの場合、陰気臭いというより陰湿よね」

最初は言われっぱなしだった私も、三年近くモルガナにいびり続けられたおかげで多少強くなった。それがいいことなのかは分からないけれど、大してダメージを与えられなかったのが悔しいのか、彼女は舌打ちをして部屋を出ていった。

監視役になった当時は真面目に見張りに徹していたモルガナだが、ここ一年ほどで度々部屋を離れサボるようになっていた。ずっと反抗の素振りも見せず、言いなりで『祝福回復』に徹する私に安心し切っているのだろう。

「はぁ〜……」

足音が遠ざかるのをじっと待ち、完全に静かになったのを確認してから深く息を吐く。

「まったく、やってられないわ」

ひとりボヤいて伸びをしてから、簡素なソファにころんと寝転ぶ。

この部屋に押し込められて以来、私はすっかりやさぐれていた。

軟禁状態の日々で鍛錬を重ね、まず極度に集中しなくても『祝福回復』ができるようになった。そのうち考え事をしながらでも可能になり、ついには寝ながらでも発動できることに気づいた。モルガナが様子見にやってきた時は集中しているフリをしているが、いなくなってしまえばこっちのものだ。与えられたボロソファとぺったんこのボロ毛布を修復して、案外快適に過ごしている。

ただ残念なことに、仕事部屋には娯楽が一切ない。

私の気が散らないようにというありがたい配慮のためだろう。

まったくいい加減にしてほしい。自分たちは私の力のおかげで散々好き放題しているくせに。

もし私が「集中しなくても回復できるようになった」と正直に言ったところで、「じゃあもう自由にしていいよ」なんて言ってもらえないのは分かりきっていた。

どうせまたロクでもない利用方法を思いついて、私の待遇は改善しないままだ。

彼らの期待を裏切った七歳の時点で、私は家族以外の何かになってしまったのだろう。家族じゃない者が何をどれだけ頑張ったところで、彼らにとっては便利な道具が進化した程度でしかなく、家族に昇格することはないのだ。

「愚かの極みね」

無駄な努力を続けてしまったことに自嘲すると、少しだけマシな気分になった。

そのまま目を閉じ仮眠をとる。

どうせ夜会が終わるまで自室に戻らせてもらえないのだ。モルガナ不在のうちに、少しでも眠っておかないと身体がもたない。

きっとこの先ずっとここで飼い殺しにされるのだ。せめて監視の目がない間だけでも好きに過ごそう。

そうやって何もかもを諦めていた。


「いいかクレア。今日からここがお前の部屋だ」

「分不相応にもほどがあるけれど、陛下のご采配に感謝するのね」

父と母が不服そうに言って、綺麗《きれい》に整えられた一室を私に見せた。

ここはローズウッド侯爵家の屋敷ではなく、王宮の本宮にある貴族の居住空間だ。

「両隣はフィンリーとヘレナの部屋だが、同じ並びだからといって同等の扱いだなどと勘違いするんじゃないぞ」

「ええ、もちろんわきまえてますお父様」

苦り切った顔で忠告する父に、しおらしく頷いてみせる。

「私たちの部屋は上の階だが、間違っても訪ねてくるなよ」

「はい。私に与えられた部屋とお仕事の場所以外には絶対に立ち入らないと誓います」

念を押すように言われたことにも素直に頷く。

もうなんでも言う通りにするから、早くその仕事場に案内してほしい。

ワクワクする気持ちを必死に抑え込んで従順なフリを続ける。もし私が喜んでいるなんて知られたら、底意地の悪い父のことだ、やっぱりナシにしようなんて言いかねない。

「それでいい。極力誰の目にも触れず、役目を全うするように」

「もちろん私たちへのサポートも忘れずにね」

それが一番言いたいことだったのだろう。誰にも聞かれていないか周囲を確認して、母が神経質そうに付け足す。

「はい、必ず」

私は彼女を安心させるように神妙な顔で頷いた。

なぜ軟禁状態だった私が王宮で暮らすことになったのかといえば。

なんと、騎士団で破竹の勢いの活躍を続けていた兄フィンリーが、セリーナ王女に見初められたことに端を発している。

たまたま訓練を見学しにきた王女が、同期に圧勝するフィンリーに一目惚れしたのだとか。

陛下は悩んだそうだが、フィンリーが社交界でも議会でもメキメキと力をつけていたローズウッド侯爵の息子だと知り、縁談を進める方向に舵を切った。

王家に迫る勢いの力を持つグッドウィンス公爵家への牽制もあったのだろうと父がしたり顔で言っていた。

セリーナ王女はまだ十四歳だったため仮婚約という形だが、父親であるローズウッド侯爵に箔をつけるために陛下は重要な役職を命じた。破格の大出世だったらしい。

他貴族から反対の声があがらなかったのは、父の実力が認められていただけでなく、両親が事前に根回しをしていたからだろう。

そうしてローズウッド家は王宮住みを許され、そのおこぼれで私の部屋も用意されたという次第だ。

だが度重なる王宮通いですでにリュシアン王子に気に入られているヘレナとは違い、私には王宮内をウロついていい理由がなかった。

だから彼らは街屋敷の時同様、私を閉じ込めるために陛下に「仕事」を提案した。

なんの能力もなく王宮に居座ることに気後れした娘が、自ら望んだという作り話までして。

まさかそれが本当に私の望み通りのことだったなんて思いもしなかったはずだ。

私に与えられた仕事は、王宮図書館の立入禁止区画にある閉架図書室に保管されている稀覯本の修復作業だ。

古い上に写しもなく、機密性の高い情報ばかりで気軽に持ち出すことさえもできないような貴重な本たち。ただの修復であれば平民の職人にもできるものはいるが、目に触れることを避けたい王家としては、おいそれと依頼することもできない。だが放っておけば朽ちていくばかりだ。

そんな状況で、王家の信頼厚いローズウッド家の娘である私は適任といえた。

他貴族の目から私を隠せる上に、陛下への点数稼ぎができる一石二鳥の妙案だ。父はそう考えたのだろう。娘に『修復』の祝福があると陛下に告げたら大層喜ばれたそうだ。

だが父は私が『祝福回復』ができるということを報告するつもりはない。

十五歳にもなれば、自分の能力がいかに稀有なものかくらい理解している。陛下に知られれば、国のためにその力を使うよう命じられるだろう。それくらいに私の能力は使い勝手がいい。それが分かっていて父は、いやローズウッド家の人間は、国益よりも自分たちだけが抜きんでた存在になるために私の能力を隠すことを選んだ。

何が王家の信頼厚いローズウッド家だ。

冷めた思考で思うけれど、ばらす気はなかった。そんなことをしたら両親からどんな仕打ちを受けるか分かったものではないし、何より王宮図書館に出入りする権利を手放したくはなかった。

結局は私も自分本位なローズウッド家の人間ということだ。

家族に受け入れられることなどとっくに諦めたというのに、こんなところばかり家族の血を感じて笑いたくなる。

だけどそんな軽蔑も自嘲も、図書館に入った瞬間にすべて頭から吹き飛んでしまった。

「うわぁ……！」

中の様子に思わず感嘆の声が漏れてしまう。

ローズウッドの街屋敷よりも広いその空間にはぎっしりと本棚が並べられ、そのすべてに本が詰まっていた。蔵書数は十万冊を超えるらしい。

「こちらへどうぞ」

案内をしてくれる文官のあとをついていきながら、呆けた顔であちこちを見てしまう。

これだけの本をすべて読むには、一体どれほどの時間がかかるのだろう。

案内の文官は立ち並ぶ本棚を素通りして、受付にいた司書に声をかけた。

「上司から話は聞いているな？」

「はい。お任せください」

あらかじめ話は通っているのだろう。司書は静かに頷き、心得たように文官と案内役を交代した。

「ここからは僕がご案内します」

「はいっ、よろしくお願いします」

司書が受付カウンターの内側に私を招き、奥に続く廊下の扉を開けた。

「この先の閉架図書室が作業場所です。鍵はかかっていませんが、必ず受付にいる司書に声をかけてください。なるべく損傷の大きなものから優先して修復をお願いします。ノルマなどはないそうなので、できる範囲で構いません」

扉の先の細い通路を抜けながら、司書が仕事内容を説明してくれる。

基本的に働く必要のない貴族令嬢にまかせる仕事だからか、きつい縛りなどはないらしい。暇つぶしの気まぐれだとでも思われているのかもしれない。

今まで家族に押し付けられてきた無理難題に比べたら、あまりにも緩い。

「ちなみに、普通の修繕士さんは一日にどれくらい修復するものなのでしょう」

参考までに聞いてみる。自分以外に修復しているところを見たことがないから、常識が分からないのだ。

「そうですねぇ、損傷の程度にもよりますが、以前一般書籍をお願いした時は確か、数人がかりで一日に三十冊ほどだったと記憶しています」

「三十冊……」

「ああいえ、ですがそれはその道で生活している方たちですので、あまり参考になさらなくてよいかと」

思わずオウム返しに呟いてしまった私に、司書が慌てる。

せっかくフォローしてもらったけれど、そんなに少なくていいのかという驚きの方だった。だってどれだけボロボロの本でも、私なら数分で直せるから。

とはいえ、私も最初のうちは修復にかなりの時間がかかっていた。段違いに早くなったのは、長年家族に受け入れられるためにしてきた努力の積み重ねによるところが大きい。『祝福回復』も『修復』も、上達のコツは似ているのだ。

「一冊でも二冊でも文句を言う人間はいません。誰にも手が出せず長く放置されていましたから」

「……ありがとうございます。可能な限り頑張りますね」

曖昧に微笑《ほほえ》んで頷く。たぶん、彼の言う冊数に甘んじるのが正解だろう。一気に修復すれば、ずっと図書館に押し込めたいという両親の思惑から外れてしまう。

通された部屋は、開架図書館に比べれば小ぢんまりとしていたが、それでも父の書斎よりはよほど広く、やはり壁一面にびっしりと本が並べられていた。

「修復した本はもとの位置に戻してください。僕は通常業務に戻りますが、何かあったら遠慮なく声をかけてくださいね」

「ご親切にありがとうございます」

心からの礼を言って、部屋を出ていく司書を見送る。他人とこんなに言葉を交わしたのはいつ以来だろう。

「これからずっと、ここで一日中……」

誰にともなく呟いて、胸の前でぎゅっと手を組み合わせる。

「最っっ高……！」

感極まって漏れ出た声は、自分でも聞いたことがないほど幸せそうだった。

◇◇◇

図書館に引きこもるようになって早数ヶ月。

私は開館時間から閉館時間までずっと閉架図書室で過ごすようになっていた。

「自室なんていらないからここに住まわせてくれないかしら……」

読み終えた本を元の位置に戻して呟く。

ややカビ臭さはあるものの、それが気にならなくなるくらい本に囲まれた生活は最高だった。

一日のルーティーンはこうだ。

まず部屋に着いたら早速一冊修復する。その一冊を読みながら、片手間に別の本の修復をする。あとは閉館時間までひたすら読書タイムだ。

なんて充実した日々なのだろう。

もちろん修復業務中も家族の『祝福回復』は怠っていない。もし一瞬でもサボったら、血相を変えて怒鳴り込んで来るだろう。そんなものに至福の時間を邪魔されたくなかった。彼らの言う『サポート』さえしていれば、社交に忙しい彼らは私に見向きもしない。

「ふぅん、あの一角獣はユニコーンというのね」

王国建国史を読みながら呟く。

祝福を授かった教会に鎮座していた、角のある馬の像。

本によると、この地はその昔魔物の跋扈《ばっこ》する危険な土地だったらしい。

ある時ひとりの少女がユニコーンと出会い、心を通わせた。ユニコーンは少女の血筋が絶えるまでこの地を守ると誓い、魔物を追い払って少女に祝福を授けた。それがこの国の始まりだという。

家庭教師は読み書きや楽譜の読み方は教えてくれたけれど、歴史や経済学は男のものだと言って教えてくれなかったのだ。その家庭教師も、屋敷での軟禁生活が始まるのと同時にいなくなってしまった。

「つまり、神様はユニコーンってこと？　いつか会えるのかしら」

ワクワクしながら読み進めていくが、どうやらユニコーンは伝承上の生き物らしく、実際に遭遇した人間はいないらしい。

「なぁんだ」

ガッカリしながら次の本に移る。

読みたい本はいくらでも見つかった。

この国の歴史。歴代の祝福の詳細記録。植物図鑑や魔物図鑑。各領地の情報や、使い手が希少な魔法に関する書物。実在するのか謎な黒魔術の本まであった。

修復する本のジャンルは多岐に渡っていて、飽きることはない。次々に新しい知識を得られることに、私はひとり静かに歓喜していた。

特に目を引いたのは、いまだ有用性が疑問視されているという錬金術の本だった。

魔石や魔道具を駆使してまったく別の新しい物質を作り出すというその未知の学問に、私は強く魅せられた。

錬金術に興味を持ってからは、どの本も「これも錬金術に応用できるかもしれない」「この知識を錬金術の理論に組み込めるかもしれない」と、さらに本を読む楽しみが増えた。

最初は怪しまれないよう二、三冊にとどめていた修復も、すぐに読み足りなくなって五冊に増やした。司書は驚いていたけれど、「毎日集中して取り組んでいたおかげで腕が上がりました」と説明したら納得してくれた。

一年が経過して、五冊が七冊に増え、七冊が十冊になる頃。開架図書館所蔵の中からも、もし余裕があればと傷みの激しい本の修復も頼まれるようになった。

私は快くその頼みを受け入れた。開架図書館の本は比較的最近出版された本ばかりなのだ。

読む本が増えたことに歓喜しながら、どんどん知識を吸収していく。

少しペースを落とさないと、この楽しい時間があと数年で終わってしまうかもしれない。

そのあとに起こることも知らず、呑気にも私はそんな危機感を覚えていた。


両親から呼び出しを受けたのは、本に夢中で彼らの存在を忘れかけていた頃のことだった。

「十七歳の誕生日おめでとう、クレア」

珍しく両親の部屋に呼び出され、妙に優しげな顔で母が言う。

それでようやく気づいた。いつの間にか誕生日を迎えていたということに。

「よくぞ立派に成長したなクレア。稀覯本修復の件、陛下も大層お喜びだ」

猫撫で声とでもいうのだろうか。父が不自然なほど柔らかな声でそんなことを言った。

部屋にはフィンリーとヘレナもいて、ニヤニヤしながら「おめでとう」だの「少しはマシな顔になったな」だのと言ってくる。

こんなふうにお祝いをしてもらうのは七歳の誕生日以来だ。

だがどうしてだろう。ちっとも嬉しくはなかった。これまで家族で過ごす誕生日を夢見て泣いたこともあったというのに。

「ありがとう……ございます……？」

疑念を胸に、それでも殊勝な態度で礼を言う。ここで変に口ごたえをすれば、すぐにでも機嫌を損ねるだろうことは容易に想像できた。

「うむ。それでその褒賞に、お前の望むように縁談を取り計らって下さるそうだ」

「えっ、縁談ですか⁉」

思わず声が裏返ってしまう。寝耳に水とはこのことだ。

だって自分に結婚なんて道があるとは思ってもみなかった。

このまま一生家族に食い潰されて終わるのだと諦めていたのだ。だからこそ図書館での仕事が奇跡といえるくらいにありがたかったのに。

「ああそうだとも。陛下は寛容な方だ。ありがたく思うがいい」

「そんな、でも、縁談だなんて私、突然言われても困ります」

「ええそうでしょうとも」

オロオロと言葉を探す私に、母が当然とばかりに頷く。

「あなたごときにいいお相手を探せるなんて思っていないわ」

「ああ。だからな、こちらですでに相手を見繕ってやったぞ」

——ああ、そういうことか。

彼らの上機嫌の理由に見当がついて、私は表情を消して口を閉じた。

最初から私に決定権などなく、また彼らの都合のいいように使われるだけ。

「まだ確定ではないが、レイヴンヒース辺境伯がいいと思っておる。お前は知らないだろうが、ルーファス殿は若くして当主の座についた素晴らしい青年だ」

「あなたにはもったいない素晴らしい方よ。我が国の要所でもあるレイヴンヒース領を、陛下も重要視してらっしゃるの」

私の無知を嘲笑いながら両親が言う。

遠隔で祝福を回復できるようになって以来、社交の場には一切連れていってもらえていない。他貴族と会話をしたこともない私が、貴族社会のことなど何も分かっていないと思っているのだろう。

だけど生憎《あいにく》、本を片っ端から読みあさったからある程度のことは知っていた。

レイヴンヒース辺境領が国内一、魔物出現率の高い危険な領地だということも、一年前の魔物の氾濫で先代当主夫妻を失っているということも。そして魔物との戦いに備えて、王都にも負けない高い軍事力を保有しているということもだ。

両親の狙いは国の軍事力強化だろう。私を嫁がせることによってレイヴンヒース辺境伯と繋がりを作りたいのだ。そうして勇猛果敢と名高い辺境騎士団を、陛下が必要とした時に快く借り受けられるように。その手柄で、さらに陛下に気に入られるように。

「よかったなぁクレア。辺境伯は冷酷無比で情に流されない理想の軍人だそうだ。せいぜい殺されないようにご機嫌をとれよ」

「やぁだお兄様ったら。そんなこと言ったらお姉様が怯えてしまうわ」

からかうように言う兄を、妹がなだめる。

「ルーファス様には夜会で一度お会いしたけど、とっても素敵な方よ？　挨拶をしたら睨まれてしまったけど」

きゃははっ！　と耳障りな笑い声をあげて、ヘレナが嬉しそうに言う。

「それに軍事費が嵩んでカツカツなんだとよ」

「ああそれ、私も聞いたわ！　戦闘にしか興味がなくて、領地経営はあまりお上手ではないって」

「はは、こりゃ辺境伯とは名ばかりで、玉の輿なんて無理そうだな」

「宝石もドレスも買ってもらえない生活なんて考えられない。お兄様もセリーナ様にちゃんとプレゼントして差し上げなきゃダメよ？」

ふたりとも、そんな人に私が嫁ぐかもしれないというのが楽しくて仕方ないらしい。

はしゃぎながら辺境伯の悪評を挙げ連ねては、私の顔が不安で歪むのを嘲笑う。

「で、でもあの、私がいないと祝福が……！」

結婚も、相手も、図書館という居場所を失うことも。

何もかもが承服できずに、悪あがきをする。

そう、私がいなくなったら困るのは彼らだ。いくら遠隔でできるといっても、距離には限度がある。王都を離れたら、間違いなく私の能力は届かなくなる。

「はぁ？　まだそんなことを言っているの？」

「恩着せがましいやつ。そんなのとっくに必要ないっての」

ヘレナとフィンリーが、顔を歪ませながら馬鹿にしたように言う。

「え……？」

ふたりの言っていることが分からなくて戸惑う。

彼らは呆れたように肩を竦め、顔を見合わせため息をついた。

「いいか？　この二年、お前が本の修復にかかりきりになってたってこっちは何ひとつ困らなかったんだ」

「そうそう。お姉様に頼らなくても、私自身の魅力で殿下のお心を射止められたしね」

自信満々に言われて、私は頭が混乱しそうになる。

「まったく、本の修復なんて片手間で良いものを」

「まあまあいいじゃないのあなた。おかげで辺境伯との繋がりを持てるんですもの」

ブックサと文句を言う父を母がなだめる。

「そうだな。もうクレアなどいなくとも、私たちには何の問題もないという証明にもなった」

「ええ。私たち家族の地位はすでに盤石なものになりつつあるわ」

彼らの言葉を聞いて、頭から血の気が引いていく。

どうやら彼らは、本の修復と並行して彼らの『祝福回復』も行なっていたことに気づいていないらしい。

遠隔回復を習得して以来、私への興味を失ったからか、いまだに全力で集中していないと全員の『祝福回復』はできないと思い込んでいるようだ。叱られないよう、命じられずとも常時回復状態を保っていたせいもあるかもしれない。

とにかく彼らは、その状態を自分たちの実力だと思い込んでしまっているらしい。

彼らに認められるために血の滲むような努力をしてきたというのに、認められないどころかなかったことにされていたなんて。

「……分かりました」

急に何もかもがどうでもよくなって、投げやりな気持ちで頷いた。

結婚相手が冷酷だろうとロクに返事をしてくれなかろうと、どうせ今の状況と大差ない。

図書館という大切な居場所を手放さねばならないのはつらいが、私には過ぎたものだったのだと思えば諦めもつく。

「辺境伯様に嫁ぎます。日取りも何もかも、お父様たちがお好きに決めてください」

殊勝なフリで微笑むと、両親は満足げに頷いた。

最初から私が逆らうことなんて考えてもいなかった顔だ。

悲しいし腹も立つけれど、蔑《ないがし》ろにされるのはもう慣れている。

彼らにとって、私は単なる使い勝手のいい駒にすぎないのだから。

それにもうこれで最後なのだ。このままただ従順なだけでいるつもりはない。

辺境伯との結婚を願い出て陛下に許可されてしまえば、もう両親でさえこの話を取り消すことはできないはずだ。

ならば私が辺境領へ輿入れして、取り返しのつかなくなるその日まで。

せいぜい彼らの祝福を万全の状態に保ってあげよう。

その先どうなるかなんて、家族ではない私の知ったことではなかった。

第二章　新天地にて芽吹く

わずかな着替えと日用品を詰めたトランクひとつを提げて、馬車から飛び降りる。

「ありがとうございました」

「あいよ」

残りわずかな路銀をすべて渡すと、御者はさっさと馬に鞭を入れて行ってしまった。

これで財布の中身は空っぽだ。

あの人たちは私に少しでも余計なお金を渡したくなかったらしい。それとも、万が一にも引き返してくることがないようにだろうか。

「はぁ……この旅費が手切れ金のつもりなのかしら」

短く嘆息して、それから高い壁に囲まれた大きな建物を見上げて息を呑む。

レイヴンヒース辺境伯が住むという領主館だが、館というよりお城だ。

領地自体が魔物や隣国などの外敵から守れるよう、城塞都市のようになっているこの街でも一際無骨な造りをしている。

「……よしっ」

華やかさとは無縁のその城の門に向かって、覚悟を決め足を進める。

出迎えはないが跳ね橋が掛かっているのを見るに、私が今日ここへ来ることは伝わっているのだろう。

辺境伯との結婚は、ラストスパートとばかりに図書館にこもって全力で本の修復に取りかかっている間に進んでしまっていた。

王命に近い強制力のある縁談に、辺境伯は条件付きで渋々了承したらしい。

その条件とは、両家顔合わせや婚約発表のパーティーなど面倒なことはしないこと。結婚式を挙げないこと。それにローズウッド家からの使用人を寄越さないことの三つだった。

それを聞いてヘレナは大笑いしていた。やっぱりお金がないって本当なのね、と。

確かに辺境伯が挙げた条件すべてはお金のかかることだ。辺境領への旅費さえも出してくれる余裕はなかったらしい。

両親も兄も失笑を隠そうともせず、私を憐れむフリで自分たちの生活がいかに恵まれているかを自慢してきた。

だけどこれまで贅沢《ぜいたく》とは無縁の生活をしてきたのだし、別に構わなかった。

パーティーなんてしたところであの人たちが私より目立とうとするだけだし、結婚式もそうだ。

使用人だって、条件をつけるまでもない。彼らが私のために人員を寄越すなんてこと、最初からありえないのだから。

せっかく条件をつけるなら、お金でも要求すればよかったのに。

他人事のようにそんなことを思う。

両親が提示した持参金は最低限のものだったらしい。王宮住みの貴族のくせに、身売り同然の娘にはほんの少しでも余計なお金を使いたくなかったのだろう。

それに対して、辺境伯側は何も言わなかったそうだ。

ほぼ強制とはいえ、こちらからの要求なのだからこれでは少ないと文句をいうこともできたはずだ。結婚式を挙げる費用さえないのだし、見栄を張る必要もないのに。

今さらどうでもいいことを考えながら跳ね橋を渡り終えたところで、開け放たれた城門の向こうから赤い髪の男性が走り寄ってくるのが見えた。

格好からして執事か従者だろう。やけに足が速いように見える。下手をすればフィンリーよりも速いのではないか。

魔物が多い地域だから、農民でさえ戦闘能力が高いらしいと資料に載っていたが、あながち大袈裟ではないのかもしれない。

「クレア・ローズウッド様でいらっしゃいますか？」

男は私の前まで来ると、息ひとつ切らさずに笑顔で訪ねてきた。

「は、はい」

緊張に上擦った声で頷きを返す。

近くで見ると、予想より若く見えた。二十代前半くらいだろうか。『身体能力強化』の赤い光は大きく、鮮やかで澄んだ色をしている。

「あ、もうクレア・レイヴンヒース様ですね」

青年は人好きのする笑顔を浮かべ、頭を掻いた。

「ようこそおいでくださいました。人員が足りず、出迎えの人間がわたくしのみで大変申し訳ございません」

深々と頭を下げられ慌ててしまう。

「いえ、その、お気になさらず」

「ああ、お優しい方でよかった。長旅でお疲れでしょう。すぐにお部屋にご案内いたしますね」

彼はパッと顔を輝かせて、それからごく自然にトランクを受け取り、私を促すように歩き出した。

「わたくし、執事を務めておりますハロルドと申します。どうぞよろしくお願いいたします」

「はい、あの、クレア・ロー……クレアと申します。こちらこそよろしくお願いします」

たどたどしく自己紹介するのを、ハロルドが柔らかい笑みのまま聞いてくれる。

ぎこちない喋り方が恥ずかしかったが、急かされたりイラつかれたりしないことにホッとする。

「あの、執事さんなんですね。ずいぶんお若いのでびっくりしました」

「ああ！　はは、若いなんて嬉しいことを。これでも三十四なんですよ」

快活に言われてさらに驚く。どう見ても三十半ばには見えなかった。

「それに執事といっても繰り上がりみたいなもので。昨年魔物が大量発生した際に前任者が亡くなってしまいまして……人員不足の穴を埋める感じですね」

お恥ずかしい、と決まり悪そうにハロルドが苦笑する。

「若輩者で色々と不安に思うこともあるかもしれませんが、精一杯努めさせて頂きますので。遠慮なくなんでもおっしゃってくださいね」

口ごもってしまった私を見て、慌てたようにハロルドが明るい口調でフォローを入れる。

「はい、いえ、大抵のことは自分でできるので大丈夫です」

私も気にしていないというように笑顔で答え、彼が開けてくれた玄関扉をくぐり抜けた。

「……わぁ、やっぱり広いですねぇ」

玄関ホールを見回して感嘆の声をあげる。

外から見ても分かる通り、中はローズウッド領の領主館よりもずっと広かった。

そのせいか、なんだか閑散として見えるのは気のせいだろうか。質素というか、簡素というか。

造りはしっかりしているのに、なんとなく物足りない気がしてならない。

「実はその、ルーファス様は極度の倹約家でして……」

私の無言の疑問を感じ取ったのか、ハロルドが控えめな声で説明してくれる。

「華美な装飾や見栄え重視の調度品の類は置かない主義なんですよ」

「なるほど……」

言われて納得する。確かにここには余計な装飾が一切ない。豪華なシャンデリアも、フカフカのカーペットも、著名な画家の絵も。お客さんの目を楽しませる花どころか、それを飾るための花瓶すらもないのだ。そのせいでどこか寒々しい印象を受けてしまう。

見栄っ張りな貴族なら、自室を地味にしてでも客人が最初に目にする玄関ホールを飾り立てるものなのに。

「今日も本当は少ないながらも使用人総出でお出迎えするつもりだったのですが、仕事が回らなくなるからとわたくしひとりのわびしいお迎えとなってしまい……」

心苦しい限りです、とハロルドが眉尻を下げる。

戦闘狂で社交にも領地経営にも興味がないと聞いていたが、芸術の類にも妻となった人間にも無関心らしい。

「……ガッカリしました、よね？」

「いえ、そういう方だと伺っていましたので」

先導して階段を上るハロルドに、申し訳なさそうに問われ慌てて否定する。

貧乏だろうと軍事以外興味が無かろうと、最初からこの結婚に期待などしていない。それは夫となったルーファスもそうなのだろう。まともに出迎える様子がないことからも明らかだ。

それよりも、執事であるハロルドがとても話しやすいことの方がずっとありがたい。おかげで人との会話に慣れていない私でも、人並みに受け答えができていた。

「そう言っていただけると助かります」

悪い人じゃないんですけどね、と付け足して、二階のとある一室でハロルドは足を止めた。

「さあどうぞ。こちらが奥様のお部屋でございます」

そう言って両開きの扉を開け、中へと手招く。

「あっ、待ってくださいまだちょっと！」

途端に中から女性の慌てたような声が聞こえてきて、ハロルドがギョッと目を見開いた。

「なんだコレット！　まだ終わってなかったのか」

咎めるような呆れるような口調で言って、ハロルドが申し訳なさそうな視線をこちらに向けてくる。

「申し訳ありません、お部屋のご用意がまだのようで」

「いえ、一度完璧にしたつもりだったんですけど、時間を置いて見たらもう少し何かしたくなってしまいまして……」

モゴモゴと言い訳のように言いながら、扉の内側からひょっこりとひとりの少女が顔を出した。

「こんにちは！」

「こ、こんにちは」

満面の笑顔で言われて、ぺこりと頭を下げる。

「こら、まずは自己紹介だろ」

「そうでした！　初めまして奥様。コレットと申します」

ハロルドに促され、恥ずかしそうに目元を染めてコレットと名乗った金髪の少女がお辞儀をする。

整った容姿をしている少女だが、それ以上に目を引かれたのは彼女の纏う『幸運』の黄色い光だ。

希少と言われる緑の『治癒』、紫の『魔術』よりもさらに少ないと、祝福関連の本に書いてあった。

どれくらいの珍しさかと言えば、多くの人が暮らす王宮の中でもついぞ目にしたことがないほどだ。

「準備が間に合わず申し訳ありません。絶対快適に過ごしてほしくて、最終調整をその……」

そう言いながらおずおずと後ろ手に持っていたらしい花瓶を差し出す。そこには色とりどりの花が活けられていた。

「綺麗……」

美しい配色バランスにうっとりして呟くと、コレットがパッと明るい笑顔になる。

「ですよね!?　このお城、広いだけで殺風景なので、奥様のお部屋には少しでも彩りを添えたくて」

勢いよく言われて思わず仰け反りそうになる。

「建物全体は予算の関係で全然無理だったんですけど、せめてここだけでもって、ほら！」

バンと一気に両扉を開け放ち、コレットが得意げに部屋の中を見せてくれた。

そこには、派手すぎず絶妙な色合いで調和した、落ち着いた空間が存在していた。

「すごい、素敵……！」

無意識に声に出てしまい、慌てて口を押さえる。けれど足が勝手に動くのは止められなかった。なんて過ごしやすそうな部屋だろう。一目で気に入ってしまった。

王宮に与えられた部屋も立派だったけれど、無機質で温かみもなく、一年以上暮らしたというのに最後まで自分の部屋という気はしなかった。一日の大半を図書館で過ごしていたから余計だ。

だというのにこの部屋は、初めての場所にもかかわらず、ずっとここにいたくなるような不思議な感覚があった。

「いかがですか？　奥様の好みが事前に分かっていたらよかったんですけど、どうしてか先様に教えてもらえなくて」

怪しかったですかね？と残念そうにコレットが言う。

結婚に際してわざわざルーファスを通じて両親に確認してくれたらしい。

彼らが答えなかったのは怪しんでいたわけではなく、単に私の好みなんか知らなかったからだろうけど。

「ありがとうコレット。今まで暮らしてきた中で一番素敵な部屋よ」

心からの感謝を告げると、彼女は青い瞳を潤ませて、輝くような笑顔を見せてくれた。

「よかった！　おっしゃっていただければいくらでも調整いたしますので。これからたくさん好きなものを教えてくださいね」

上機嫌で言うコレットの横で、ハロルドが苦笑している。

「騒がしい娘ですが、仕事は的確で迅速です。奥様専属メイドですのでなんでもお申し付けください。うるさすぎたら別の者と交代させます」

「そんな！」

穏やかに言うハロルドにコレットが抗議の声をあげる。

「お気遣いありがとうございます。でも、是非コレットさんにお願いしたいです」

明るくて素直そうで、何より喋りやすい。年も近そうだ。何より彼女の溌剌《はつらつ》とした姿を見るだけで、なんとなく私まで元気になれる気がした。

「ほらぁ奥様は私がお気に召したようですよハロルドさん」

ニマニマと笑いながらハロルドの肩をドンと突き飛ばす。ハロルドは痛そうに顔を顰《しか》めながら肩を押さえた。

「頼むからもう少し淑やかに振る舞ってくれ……」

「世界一お淑やかなつもりですけど？」

本気の顔でコレットが言うと、ハロルドは諦めたように肩を竦めた。なんだか仲が良さそうだ。

「ちなみに専属とは名ばかりで、先ほど申しました通り手が足りておらず、用がない時は別の仕事にあたらせますのでご了承いただけると助かります」

「分かりました。私にもお手伝いできることがあれば遠慮なく言ってください」

「いえ、さすがにそれは」

私の申し出にハロルドは苦笑する。

「それでは早速城内の案内を、と思ったのですが、一度休まれた方がよろしいですよね？」

ハロルドの提案に少し考える。馬車を乗り継いで安宿を渡り歩き、一週間かけてここに辿り着いた。目の前には柔らかそうなベッドがあって、とても魅力的に見える。

「……いいえ」

だけどなんとなく、早くここのことをもっと知りたくなっていた。

ハロルドとコレットのおかげで、すでにこの城を好きになり始めているのだ。

「あの、ハロルドさんさえよければ、案内をお願いできますか？」

「ええもちろんですとも」

私がお願いすると、ハロルドは嬉しそうに微笑んだ。

「私もご一緒したいです！」

「おまえは自分の仕事をしなさい」

挙手して付き添いに立候補するのをあっさり却下して、ハロルドが私のトランクをコレットに押し付けた。

「え!?　もしかして荷物これだけですか？」

「え、ええ……」

目を丸くして驚かれて恥ずかしくなる。たぶん、貴族の娘が嫁入りするとなれば、衣装やアクセサリーが大量に運び込まれるはずだ。それがこれっぽっちしかないなんて、家族に愛されなかった証左でしかない。

案の定コレットは哀れみに満ちた目を私に向けてきた。

「お洋服、あんまり興味ない感じですか……？」

と思いきや、なんだか別の悲しみを感じているらしい。

「え、いいえ、素敵だなって思う服はたくさんあるけど……」

そう、興味がないわけではない。宮廷では見惚れるほど美しい衣装の令嬢がたくさんいたし、ヘレナのドレスやワンピースを羨ましく思ったのも一度や二度ではない。単純に、与えられなかったから持っていないだけだ。

「なるほど、謙虚な方なんですね」

理解した、とばかりに深い頷きを繰り返すコレットに、否定しようとして止める。

そう誤解されていた方がずっとマシだ。

「旦那様がケチなんで奥様の服飾費が異常に少ないんですけど、うち実家が結構大きい商会なので、今度奥様に似合いそうなお洋服を格安でたくさん仕入れてきますね！」

「ケチではなく倹約家と言いなさい」

コレットの言葉をハロルドがすかさず訂正する。

「……嬉しい、ありがとうコレット」

思わず顔が綻ぶ。本当は遠慮すべきなのかもしれないけれど、つい欲が出てしまった。だって今持っている服はすべて、身長が伸び止まった時からずっと修復を繰り返して着続けているものばかりだ。いくら新品同様の状態を保っているにしても、もう少しなんとかしたい。

それにコレットなら、この部屋を見ただけで分かるようにとてもセンスのいいものを選んでくれそうだ。

「お任せください！　あとで採寸させていただきますね」

パチンとウィンクをして、私よりもワクワクした顔でコレットが言う。

「では話がまとまったところで城内探検に参りますか」

「はい。よろしくお願いします」

ハロルドに促されて扉に向かう。私のあとを、トランクを置いたコレットがひょこひょことついてくる。

「まずはそうですね、一階の食堂、か、ら……」

扉を開けて廊下に出ながらの説明が途中で止まった。

ハロルドの視線は廊下の向こうに固定されている。

不思議に思って扉から廊下に顔を覗かせると、そこにはハロルドより背の高い男が立っていた。

「……旦那様、ちょうどよかった、今奥様に城内のご案内を」

「ああ、今日だったか」

抑揚のない低い声に、びくりと肩が跳ねる。

「忙しくて忘れていた……ルーファス・レイヴンヒースだ」

愛想も素っ気もなく名乗ったこの男が、私の夫となった人らしい。彼は短い黒髪を煩わし気にかきあげながら近づき、切れ長の目で私を見下ろした。

瞳の色に似た祝福の光は今にも消えそうで、かろうじて青系だというのが分かるくらいに儚い。

もともとの祝福量が少ないのか、すでに使い切ってしまったのか。目の下の黒々とした隈と不健康そうな顔色を見るに、後者なような気がする。

「は、初めましてっ、く、クレアと申します」

高い背と分厚い身体のせいだろうか。くたびれた雰囲気にもかかわらず妙な威圧感がある。

「あぁ……」

圧倒されながらもなんとか名乗ると、彼は煩わし気に眉をひそめた。

「王命だから仕方なく受け入れたが、構ってやる余裕はない。アテが外れたならすまないが、見ての通り贅沢とも縁遠い」

なんの装飾もない廊下に視線を巡らせながらルーファスが淡々と言う。

戦闘狂で闘う以外のことに興味がない。そんな噂《うわさ》を裏付けるように、その青い瞳にはなんの光も宿っていない。それどころか、陛下に頼んで無理やり結婚させられた迷惑な相手という非難の色がある気がして、ますます萎縮してしまう。

「城内は自由にしていい。だが三階南の角部屋には近づくな」

命令口調で言われ、身体が強張る。

言うだけ言って満足したのか、彼は私の返事を待つこともなく「あとは頼んだ」とハロルドに言って、どこかへ向かう途中だったのだろう、さっさとその場をあとにして行ってしまった。

「……ね？　ケチでしょ？」

廊下の曲がり角にルーファスが消えるのを待って、コレットが小さな声で言う。

「こら！」

すかさずハロルドがたしなめて、コレットが「ひゃあっ」と首を竦めた。

そのやり取りのおかげで、暗く沈みかけていた気持ちが少し軽くなる。

「愛想のない主人で申し訳ありません。前はもっと柔らかかったんですが、今は少し余裕をなくしていまして」

「いえ、大丈夫です。放っておかれるのは慣れていますから」

平身低頭で謝ってくれるハロルドに苦笑する。

考えてみれば、彼は私に何かを強制したり閉じ込めようとしたりしたわけではない。ただ妻のご機嫌伺いをするつもりはないと宣告しただけ。

それってつまり、彼に気を遣うことなく好きに過ごしていいということではないだろうか。

「それよりその、食堂からでしたっけ？　案内していただけると嬉しいです」

私は自由なのだ。

都合のいいように解釈したら、前向きにそう思えてきた。

「……はい！　では参りましょう！」

私の表情になんの鬱屈もないのを見てとったのか、ハロルドの表情も明るくなる。

「食堂は一階の玄関ホールから右に行きまして」

説明しながら先導するハロルドが、私がついてきているか確認するように振り返る。

「……おまえはあっちで掃除」

当然のように私の横に並んでついてくるコレットに気づいて、彼は上司の顔で部下に指示を出した。

「はぁい」

コレットは不服そうに唇を尖らせて、それでも素直に持ち場へと戻っていった。

ハロルドの案内は丁寧で、部屋の用途や位置関係を把握しやすかった。

「彼女はエリス。厨房の料理長を任せています」

部屋だけでなく、それぞれの場所で働く使用人たちへの紹介もそつなくこなしてくれる。おかげで私もみんなのことを覚えられるし、覚えてもらえるのがありがたかった。

「初めまして奥様。使用人一同、心より奥様を歓迎いたしております」

彼女を始め、厨房で働くメイドたちがそれぞれ名乗っていく。

皆緊張したように顔を強張らせているが、私も負けないくらい緊張していた。

「ありがとう。これからよろしくね、エリスさん。それに皆さんも」

ぎこちなく微笑むと、彼女たちはホッとしたように表情を緩めてくれた。

「今晩のお食事も張り切ってお作りしますね！」

「本当は調理器具が揃っていたらもっと美味しいものを召し上がっていただけるんですけど……」

「そうなの？　今でも十分美味しそうな匂いがして倒れそうよ」

お腹を押さえながら正直に言うと、彼女たちはポカンとした顔のあとでクスクスと笑い出した。

馬鹿にした響きは一切なく、和やかな雰囲気だ。

「本当に歓迎していただけているみたいで嬉しいです」

厨房をあとにしてハロルドと並んで歩きながら、弾む声で言う。

「もちろんです。奥様がいらしたら城内がまた華やぐだろうと皆大はしゃぎでしたよ」

ハロルドが優しく微笑んでくれる。

厨房以外でも、レイヴンヒース城で働く使用人たちは皆感じがよく、友好的だ。

主人に従いながらもどこかギスギスして意地の悪い使用人たちばかりのローズウッド侯爵家とはずいぶん違う。

挨拶回りを兼ねた城内探索は、応接室やパーティールームなどの主要な場所を回るうちにあっという間に夕食の時間になった。

「続きはまた明日にしましょうか」

「はい、さすがに少し疲れました」

気を利かせてくれるハロルドに、素直に頷く。

「全部を見て回るにはまだまだ時間がかかりそうですね」

「今は使われていない部屋が多いので、そこまでではないかもしれません」

「そうなんですか？」

夕飯のため食堂へ向かう廊下を歩きながら、苦笑するハロルドに首を傾げる。

「先ほども少し触れましたが、昨年の魔物の氾濫が残した傷跡が大きくて。お客様をお招きする余裕もないもので」

「ああなるほど……使用人の数が足りていないというのもそのせいで？」

「そうですね。ここら一帯は無事だったんですが、故郷を荒らされた使用人たちが親類縁者のもとに戻って復興を手伝っているんです」

「そうだったんですね……」

それを聞いて少しホッとする。前任の執事が亡くなったと言っていたから、ここも被害に遭い、そのせいで使用人が減ってしまったのではないかと心配だったのだ。

「それでも人的な被害が少なかったのは旦那様の采配のおかげです。当時は従者として近くで見ていましたが、見事なものでしたよ。どこにどれだけ騎士団の人員を割くべきかを的確に判断されて」

頬を紅潮させてハロルドが興奮気味に言う。その横顔には尊敬の色が見て取れた。

「被害をレイヴンヒース領だけにとどめることができたのも旦那様の対応のおかげです。ま、他領も王都も、自分のところに被害がなかったせいで完全に他人事なんですけどね」

肩を竦めて短く嘆息する。

確かにずっと王都に住んでいた私の耳に、レイヴンヒースの危機についての情報は入ってこなかった。社交界に縁遠い私はともかく、他領の損害話が大好きな両親も話題にしていなかったし、あまり有名な話ではないのだろう。

図書館の本を読んでいなければ、魔物の出現率が他領より高いことすら知らなかった。

「ルーファス様はその、すごい方なんですね」

「ええそれはもう。今も少しでも早い復興のため、寝る間も惜しんで働かれています」

「復興のため、ですか」

その言葉がなんとなくルーファスの噂とはズレている気がして、つい聞き返してしまう。

確かにさっき会った時に疲れた顔をしているなとは思ったけれど、領地のために頑張っているというのは意外だ。

「まぁ、それだけではないんですが……」

ハロルドが含みを持たせるように言って、悲し気に微笑む。

何か他にも事情があるのだろうか。

「そんなわけで、帰省中の使用人たちが戻るまで残ったわたくしどもで頑張るしかないわけです」

私が質問するより早く、彼は切り替えるように口調を明るくしてそう言った。

「では落ち着いたらみなさん復帰されるんですね」

「その予定です。今は皆で協力し合って、少ない人数でも回せる工夫をしていますね」

不満があって辞めたり、不興を買って首になったりということではないらしい。

今日紹介してもらった使用人たちも皆、忙しそうに走り回っているが不満そうな顔をしている者はいない。お互いの信頼関係で成り立っているのだろう。感謝の言葉や笑顔が飛び交っている。

「こちらの部屋は紳士クラブなどの集まりで使われていました。ルーファス様が当主になられてからはまだ一度も」

通りかかった部屋をついでに紹介してくれて、中を覗き込む。

「ここも物が少ないですね」

「どうせ使うあてもないのだから大型家具以外は売ってしまえと」

ハロルドが笑いながら言う。

城内はどの部屋も廊下も、いわゆる金目の物というのが極端に少ない。

もともとなかったわけではなく、以前は派手ではないが一級品がバランスよく並んでいたそうだが、それらのほとんどは今、お金に換えられ領内の復興費に当てられているらしい。

「お城を直そうとはなさらないのでしょうか」

「城など城壁さえ頑丈ならとりあえずはいい、とのことで」

ハロルドとの探索中、あちこち修繕が必要な場所が目についた。けれどそれらは放置で、少しでもお金があったらルーファスはすべて領民のために使ってしまうらしい。

噂で聞いていた人物像とは、似ているようで全然違う。

領地全体が貧しいというのは合っているが、領地経営が下手なわけではなく魔物被害のせいだし、軍事費につぎ込んでいるというよりは必要だから予算を割いているという感じだ。それに自分の住処である領主館の修繕もあと回しにしている。

ハロルドもルーファスを心から敬愛しているように見えるし、噂ほど怖い人ではないのかもしれない。

そんなことを考えながら食堂に戻ると、そこにはコレットが待っていた。

「お疲れ様でございます、奥様」

そう言って私の席らしい場所の椅子を引く。大きなテーブルにはひとり分の食事だけ用意されていて、戸惑いながらも席についた。

「あの、ルーファス様は……？」

食事を共にしないのは明らかだったが、念のために聞いてみる。

「旦那様はいつも別の部屋でお食事を」

申し訳なさそうにハロルドが言って、グラスに飲み物を注いでくれる。

「そうなんですか……いつもどちらでお食事を？」

「大抵は執務室ですね。書類仕事をしながら器用に食べてらっしゃいますよ」

気になって聞いてみると、ハロルドが苦笑しながら教えてくれた。

なるほど、私とコミュニケーションをとるのが嫌で避けているというわけではなく、単純に忙しくて食堂に行く時間も惜しいだけらしい。

ホッとしたような残念なような、複雑な気持ちだ。

「食材は少ないですけど、うちの厨房メイドはみんな天才なのでお味は保証します」

コレットがニコニコしながら、料理の説明をしてくれる。

彼女の言う通り、どれもとても美味しそうだ。さっきハロルドが紹介してくれたエリスたちが、
私のために作ってくれたのだと思うと余計に美味しそうに見える。

コレットにお礼を言ってから早速食事に取りかかる。

「美味しい……！」

「お口に合ったようでホッとしました」

思わず感想を漏らすと、ハロルドが安堵のため息をついた。

「このお魚は裏手の山で釣ってきたものなんですよ。このきのこは領民が奥様のためにって採れたてを持ってきてくれて」

「こんなにたくさん？　嬉しい。私も何かお返しできればいいんだけど」

「街で会った時にでも、笑いかけてくだされば十分ですよ」

コレットたちは私が寂しくないよう、給仕をしながらいろいろな話を聞かせてくれる。

おかげで私は久しぶりに心から食事を楽しむことができた。

食事を終えたあとはゆっくりと風呂に浸からせてもらえて、部屋に戻ったあともコレットが甲斐甲斐しく世話をしてくれた。

「それではお休みなさいませ、奥様」

「ええ、本当にありがとう。また明日、よろしくね」

恭《うやうや》しく頭を下げてコレットが部屋を出ていく。

夫との仲は冷え切ったものになりそうだけど、不思議なほどに心が軽かった。

誰にも見下されたり馬鹿にされたりすることもなく、人として扱ってもらえることのなんとありがたいことか。

疲れ切った身体をベッドに横たえ、目を閉じる。フワフワと、浮かび上がるような感覚に身を任せた。

明日から何をしよう。

何をしてもいいと言われると案外何も思い浮かばないものだ。

だけど期待で胸が膨らんでいた。

ここに来るまでは人生を諦めた気分でいたのに、まるで嘘みたいだ。

口の端が自然と持ち上がる。

「……ふふっ」

吐息のような笑い声を漏らし、私は幸せな気持ちで眠りについた。

◆◆◆

三階南角部屋のドアの前で深いため息をつく。

「あれがローズウッドの……」

書類上、自分の妻になったらしいあの少女。

どれだけ面の皮の厚い女かと思っていたが、表面上は善良そうに見えた。

王宮を我が物顔で闊歩するようになったという侯爵家の次子だったか。

陛下や殿下に気に入られているのを笠に着て、裏でやりたい放題の一家。

どうせここへの輿入れだって、何か魂胆があってのことだろう。

いつだったかのパーティーで一目惚れしたとか言っていたらしいが、信用などしていない。大方、王家に協力的でない我が領を懐柔するための一手といったところか。

表向きはローズウッド侯爵家からの申し入れとなっているが、つまるところこれは王命だ。断ることによって生じる不利益は計り知れない。その対処をしている余裕がないため、受け入れざるを得なかったのだ。

「ひゃあっ、あ、旦那様……」

うんざりしながらドアノブに手をかけようとすると、ちょうど中からメイドが出てくるところだった。

「セシルの様子は」

「ちょうどお眠りになったところです」

水桶を抱えたまま、メイドが微かに微笑む。

「今日はお身体の調子が良かったようで、窓辺にお運びして日光浴をいたしました」

「そうか。いつもすまないな」

メイドを労って、入れ違いに部屋の中に入る。

一応クレアに立ち入るなと念を押しておいたが、明日からは見張りを立てておいた方がいいだろうか。信用のおけない人間を、この部屋の中にだけは入れるわけにはいかない。

まったく、常に人手不足だというのに余計な人員を割かせるなど。

「面倒な……」

堪えきれずもう一度ため息をついて、部屋の中央に置かれたベッドに歩を進める。

ベッドサイドの椅子に座り、聞こえる寝息に乱れがないことにホッとする。

「セシル、さっき俺の妻だとかいう女と会った」

聞こえていないのは承知の上で話しかける。

「クレアというらしい。ローズウッドにしては妙に自信のなさそうな顔をしていたな」

思い出して喋りながら、セシルの前髪をそっと手で梳く。パサついた髪は、もつれるようにして指に絡んだ。

ツヤツヤだった金髪は、栄養を失って藁《わら》のようだ。

「金はないと先手を打ったが、あまり気落ちした様子はないようだ」

静かな部屋に、自分の無感動な声が響いて消える。

色を失った肌。ひび割れた唇。

頬を薔薇《ばら》色に染めて嬉しそうに笑っていた日々は、もう遠い昔のようだった。

「セシル……」

ほっそりとした手をとって、ぎゅっと握りしめる。

「俺には、おまえさえいればいいのに……！」

握り返されることのない手に額《ひたい》をつけて、祈るように目を閉じる。

クレア・ローズウッド。

辺境騎士団を意のままに操りたいのか、それとも王族に取り入った手管で俺も同じようにできるつもりでいるのか。

なんの目的があってこんなところに来たのかは分からないが、思惑通りになってやるつもりはなかった。

◇◇◇

やけにスッキリとした気分で目が覚める。

見覚えのない光景に一瞬焦るが、すぐにここが辺境伯の居城だと思い出した。

改めて見ても素敵な部屋だ。むしろ朝日に照らされてますますいい。

シンプルなのに品よくまとまっていて、目覚めがいっそう爽やかに感じる。

「失礼します、起きてらっしゃいますか？」

控えめなノックと共に遠慮がちな小声が聞こえて、慌てて姿勢を正した。

「どうぞ」

コホンと咳払いをしてから言うと、細く開いた扉からコレットがひょこっと顔を出した。

昨日初対面だというのに、すでにローズウッドの使用人よりもよっぽど親しみを感じて、自然と笑顔になる。

「おはようございます奥様。朝のお茶はいかがですか？」

「おはようコレット。お願いできるかしら」

私が頷くとパッと顔を輝かせ、茶器の載ったワゴンを転がしながらコレットが部屋に入ってくる。

「お疲れだと思って、朝食もお持ちしました」

淹れたてのお茶を手渡しながら、コレットがワゴンからサイドテーブルへ大きなトレイを移した。

「ありがとう。まだ足の疲れが残っていたからすごく助かるわ」

昨日は無事にたどり着けた高揚と、初対面の緊張とで感じていなかった疲れが、一晩寝たことで一気に表出してしまったようだ。足だけでなく、全身がダルくて重い。

「よろしければ、あとでハロルドさんに『とても気の利くメイドだ』ってこっそり褒めておいてください」

「あはは、そうするわね」

銀製のクローシュを外すと、中から焼きたてのパンや新鮮な野菜が現れた。

スープからは湯気が立ち上っていて、とても美味しそうだ。

「いい匂い……！」

食欲をそそる匂いを胸いっぱいに吸い込んでじんわりと全身に熱が広がっていく。

「たくさん召し上がってくださいね」

優しく言われて、じわりと涙が滲む。

こんなに恵まれていていいのだろうか。

あまりにも今までと違っていて、なんだか心配になってくる。

前は父の機嫌次第で理不尽に待たされ、冷え切った状態で食べることが多かったし、王宮では自室でひとりでコソコソと食べていた。誰も私に笑顔で接してくれることなんてなかったし、自分のことは大抵自分でやっていた。

なのに今は、執事は親切だし専属メイドまでつけてもらって、整えられた自室があり、温かくて美味しい食事まである。

こんなに素晴らしい環境があるのだ。形式上の夫が冷たいことくらい、何ほどのものだというのだろう。

「朝食のあとは探索の続きをなさいますか？　ハロルドさんは午前中お忙しいので、私でよろしければご案内しますよ」

「いいの!?　是非お願いしたいわ！」

私がそう言うと、コレットは「お任せください！」と自分の胸を叩いた。

ハロルドとは違って、コレットは女性向けの場所を中心に案内してくれた。

ウォークインクローゼットやメイクルーム。それに庭のガゼボや温室まで。

「昔は美しい花園だったらしいのですが、最近はめっきり野菜とか薬草とかですね」

「すごい！　立派なトマトね！」

庭園にたわわに実る野菜や果物たちに目を瞠《みは》る。

「魔物に荒らされがちですが、レイヴンヒース領の農産物は国内でもトップクラスの品質なんですよ」

コレットが誇らしげに言って、私はなるほどと納得する。

「魔物が多い地域は土壌が豊かな場合が多いらしいわ。だからこそ魔物もよく育つのかも」

「へえ、奥様は物知りですねぇ」

本で得た知識だが、感心したように褒められて照れてしまう。

「もしや育てやすい果物とかご存知ですか？」

「そうねぇ、ここにないものだとベリー系とかどうかしら」

「いいですね！　デザートの選択肢が増えます！」

コレットがいちいちいい反応を返してくれるものだから、城内に移動しながらあまり手間がかからず収穫までの期間が短いものをどんどん挙げていった。彼女は熱心にメモをとりながら聞いてくれた。

自分の言葉をこんなに真剣に聞いてもらえることが新鮮で、身体の中が温かなもので満たされていく気がした。

「お次はこちらです」

「ここは何の部屋なの？」

「こちらは晩餐会のあとの女性たちがお茶をするための広間」

「えっ⁉」

カチャリとドアを開け、中を見せられて絶句する。

「……だったんですが、もはや物置と化していますね」

ほほほ、と乾いた笑いでコレットが言う。

彼女の言う通り、広い部屋の中は種々様々なものでごった返していた。

「屋敷中の売れそうなものを集めた時に、傷がついていたり壊れていたりして値段のつかないものが結構ありまして」

「そういうものをここに集めたの？」

「ええ。処分するにもお金がかかるので。あとは直せば使えそうなものも残してあるんですけど……」

「直すまで手が回らない、と」

「そういうことです」

城内設備もだが、最小限の人員でやっているせいで、修繕など今すぐ必要でないものはすべてあと回しになっているらしい。

「新しく買う余裕もないので、できれば直して使いたいんですけど」

この有様です、とホコリをかぶり始めた食器類や家具に物悲しい視線を投げかけ、コレットがぼやく。

「こういう一時保管場所みたいな部屋は他にもいくつか。まあいつかは、と思いつつ手を付けられない状況です」

「なるほど」

途方に暮れたように言うコレットに神妙な顔で頷くが、私の目にはそれらが宝の山に見えていた。

私の力があれば、ここにあるすべてを新品同様にできるのだ。

食器。雑貨。家具類。衣類。それに厨房メイドが足りないと嘆いていた調理器具もある。

これらすべてを直して渡したら、みんなどんな顔をするだろう。

想像したら胸の高鳴りが止まらなくなった。

実家では壊れたものを直して使うなんてみみっちい真似をするなと叱られた。

一度パーティーで披露したドレスを同じ集まりで着るのは恥ずかしいことだと笑っていた。飽きたらすぐ買い替えればいい。モノを大事にして長く使うなんて貧乏人のすること。お金なんか領民からいくらでも沸いてくるんだからケチケチするな。

そう豪語していた、家族だった人たち。

だけどこの屋敷なら？

来たばかりの私に優しくしてくれる人たち。人員不足でも腐らず助け合い、今あるものを大事にして、明るい笑顔の絶えないこの場所でなら。

「ねぇコレット。ここにあるものが直ったら、みんな喜ぶかしら」

「それはもう大喜びでしょうね。私も飛び跳ねて喜ぶ自信があります」

コレットが笑いながら頷く。

そうか。そんなに喜んでもらえるのか。

「やっぱりそうよね⁉　じゃあ全部直しちゃうわね！」

「へっ？　直すってどう」

喜び勇んで両手を部屋の中にかざし、全力で『直れ』と念じる。

手のひらから眩しいほどの光が迸るが、他の人には見えていないというのをもう知っている。だから家族は私の力を私の存在同様、ないものとして扱うようになってしまったけれど。

「ウソ……すごい……」

修復は光が見えなくても、結果が目に見える。

みるみる元の形を取り戻していく家具や食器を見て、コレットが呆然と呟いた。

「はっ、ハロルドさんを呼んできます！」

それから大慌てで駆けていく。

素晴らしい速さと美しいフォームだった。

感心しながらも、修復を進めていく。

褪せも欠けも錆も、みるみるうちに消えて輝きを取り戻していくのが爽快だ。

そういえば、祝福を授かったばかりの頃はこんな気持ちで壊れた物を直していたっけ。

傷ひとつなく本来の形に戻っていく喜びと。母が喜んでくれるかも。父が褒めてくれるかも。そんな期待に胸を膨らませながら。

『祝福回復』を並行する必要もなく、修復のみに集中したおかげで、部屋に溢れかえっていたガラクタたちは、十分も経たないうちにすべて新品の状態に戻すことができた。

「ふぅ」

「ここ！　ここです！　ハロルドさん早く！」

無事修復を終えて息を吐いたところで、コレットが慌ただしく戻ってきた。後ろにハロルドを連れている。

「いやだからまず事情を説明しろって……」

彼はわけが分からないという顔で、それでも私に気づくとニコリと微笑んだ。

「すみません騒がしくて」

「そんな悠長に話してる場合じゃないんですって！」

私の前まで来たハロルドがぺこりと頭を下げて、コレットがもどかしそうに足をばたつかせる。

「とにかく見てくださいよこの部屋の中をっ！」

「うおっ」

ハロルドの袖をグイッと引っ張って、コレットが強引に部屋に引き込む。

「……ってあ⁉　もう全部直ってる！」

「これは……一体……⁉」

頭を抱えるコレットの後ろから、部屋の中を見てハロルドが愕然と呟いた。

それから無言で修復済みの品々を検品するように手に取って確かめる。

「全部奥様が直してくださったんですよ⁉　しかもあっという間に！　全部同時に‼」

興奮した様子でコレットがハロルドに説明している。それを聞いているのかいないのか、ハロルドはぐるりと私を振り返った。

出会ってからずっと、常に穏やかな笑顔を浮かべているハロルドが怖いくらいに真剣な顔をしている。

その表情のままツカツカと真っ直ぐこちらに向かってきて、思わずびくりと身体が強張った。

余計なことをしてしまっただろうか。貧乏くさいことをするなと叱られるだろうか。

反射的に謝りそうになった瞬間、ハロルドが私の目の前で跪《ひざまず》いた。

「救世主……‼」

「へえっ⁉」

ぎゅっと手を握りながらそんなことを言われて、変な声が出てしまう。

「分かりますその気持ち！　完全に同意です！」

コレットも近寄ってきて、ハロルドとは逆の手を掴んでブンブンと縦に振る。

「奥様は『修復』の祝福をお持ちなのですね⁉　ああなんと幸運な……！」

「しかも物凄く強力ですよ！　こんな大量に一気に修復できる人なんて初めて……ハッ！　祝福の使いすぎで倒れてしまうのでは⁉」

コレットが一瞬で顔を青くして、私の顔を覗き込む。

「あの、ううん、大丈夫、これくらい全然平気よ」

「このくらい⁉　部屋いっぱいの修復がこのくらい⁉」

「ええ⁉　ごめんなさい、変なことを言ってしまったかも！」

ガシッと両手で肩を掴まれて、勢いに押されるように謝ってしまう。

「落ち着けコレット！　気持ちは分かるがうるさすぎる！」

すっかり取り乱してしまったコレットをハロルドがなだめる。

けれどすでにその声を聞きつけ、近くで働いていた使用人たちが何事かと集まり始めていた。

「奥様、修復していただいたものは皆で使用してもよろしいでしょうか？」

「え？　ええもちろん、そのつもりで直したので」

コレットに肩を掴まれたままハロルドの質問に頷く。

「ありがとうございます……！　みんなよく聞きなさい！　ここにあるものすべて奥様が直してく

ださった！　皆手分けして元の場所に戻し、これまで以上に大切に扱うように！」

集まってきた使用人たちに向けてハロルドがテキパキと指示を出す。

「すげぇ！　全部ピカピカじゃん！」

「えっ、ウソあれも直ってるわ！」

「やった！　これがあれば時間が半分で済む！」

「こらおまえたち！　奥様が怯えているだろう！　騒ぐんじゃない！」

一気にガヤガヤと騒がしくなった使用人たちをハロルドが叱る。

「ほら、ちゃんと並んで礼儀正しく。きちんとお礼して」

「あはっ」

執事というよりまるで大家族の母親みたいな言い方に小さく笑いが漏れる。

使用人たちは素直に従い、ずらりと私の前に並んだ。

「せーのっ」

「ありがとうございますクレア様！」

一斉に深々と頭を下げられ、ビリビリと身体が痺れる。

全身が熱いお湯に浸かったみたいに汗が噴き出した。

「いえ、その、どういたしまして！」

慌ててお辞儀を返す。下を向いたらなんだか涙がこぼれ落ちそうだ。

今まで何をしたって感謝のひとつもなく、嫌味や罵倒しか返ってこなかった。

自分のものを直したら「役立たずに金をかけずに済む」と何も与えてもらえなくなった。『修復』を授かってからいい思い出なんてほとんどなかったのに。

「本当にすごいです！　まるで新品ですよコレ」

「次割ったらお皿足りなくなるってずっとヒヤヒヤしてたので助かります……！」

列を崩したメイドたちが次々に拝む勢いでやってきて、熱い感謝を述べていく。

その後ろでニコニコと私たちを見守っているハロルドに、コレットが「これ高く売れますよ！」と興奮気味に言っている。

なんだか幸せな光景だ。

「……ふふっ、あはは！」

堪えきれずに笑い出してしまった私に、みんなはキョトンとした顔になったあとで嬉しそうに微笑んでくれた。

「調理器具が増えたので、お約束通りもっと美味しいごはんを作りますね！」

「奥様が快適に過ごせるよう頑張ります！」

「ありがとう、でもあの、身体を壊さないようにほどほどにね」

張り切る彼女たちを慌てて止める。

物を直すことはできても、治癒能力はないのだ。

「さ、そろそろ自分の仕事に戻りたまえ君たち」

「はーい！」

彼女たちは声を揃えて返事をして、ハロルドの指示でいそいそと仕事に戻っていった。

「いやぁ奥様のおかげで年内は心穏やかに過ごせそうです」

ホクホク顔のハロルドが、部屋に残された芸術品の類を抱えながら廊下を先導する。

家具や日用品とは違い、美術品やアクセサリー類はルーファスの許可をもらい次第、すべて売り払い城の運営費にあてるらしい。

「お役に立てたようで何よりです」

予想を遥かに上回る感謝の嵐に、夢心地のまま並んで歩く。

「奥様は本当にそれだけでよろしいいんですか？」

私の手の中にある小さな香炉を見て、コレットが心配そうに聞いてくる。

「ええもちろん。むしろ本当に貰っていいのかしら？」

修復した中にあった、繊細な模様が美しい陶器の香炉。「直したのは奥様なのだから好きなものをお部屋にお持ちください」と言われて選んだものだ。

もっとたくさん選んでもよかったみたいだが、私にはこれひとつで十分だった。

「もともとこのお城のものだし、ひとつだけでも申し訳ないくらいよ」

本心からそう言って、香炉をぎゅっと胸元に抱きしめる。

私自身の持ち物なんて、ここに来る前から数えるほどしかない。

無能には何を与えても損をするだけだと、着替えすらトランクひとつに収まるくらいしか買ってもらえなかった。

だから欲しいものを欲しいと言えて、それが叶うなんて初めてのことだった。

「お城のものは奥様のものでもありますよ？　だってここの女主人になられたんですから」

「名目上はそうかもしれないけど、一番の新参者だもの」

コレットはそう言ってくれるけど、結婚式もなければ領主である夫との会話もない。そんな自分が偉そうにあれもこれも貰うというのはやはり図々しい気がする。

「謙虚ですねぇ。私なら大手柄とばかりにこのへん全部持っていきますが」

コレットは修復したアクセサリー類がたっぷり詰まった箱を高く掲げ、目をキラキラさせて言った。

「おまえは強欲すぎる」

ハロルドが冷めた目で言って、すでに両手が塞がっているというのにコレットからその箱を器用に奪った。

「あん、冗談なのにぃ！」

「本だったら私も強欲になってたかも」

ふたりのやりとりにクスクス笑いながら言う。

「本がお好きなんですか？」

「ええ。もし読んだことのない本があれば、香炉ではなくそちらを選んでいたかもしれません」

ハロルドに聞かれて頷く。

「では明日はもうひとつの物置部屋にご案内します」

「そのお部屋には本が置いてあるんですか？」

「ええ、難解なものが多いですが……」

渋い顔で言うハロルドに、つられるように渋い顔になったコレットがこくこくと頷く。

「文字が多い上に分厚いんです」

「素敵！　今日はダメですか？」

「さすがに今日はもうやめておきましょう」

勇み足の私に、ハロルドが苦笑する。

「そうですよ奥様、祝福の使いすぎは体調不良の原因にもなるんですから」

「そ、そうね……」

コレットの忠告に慌てて引き下がる。

その祝福の回復もできるんですよ、とは言わない。

皆いい人たちばかりだとは思うけど、他人を全面的に信用するのは愚かなことだと分かっている。

だって血の繋がった家族でさえ、この力を搾取することしか考えなかったのだから。

「一気に修復してしまったので、さすがに疲れました」

「明日からはご自分の好きなものだけ修復にしましょうね」

話を合わせるように言うと、ハロルドが気遣うように足を止めこちらを振り向いた。

「でも、それだとみなさんガッカリされませんか？」

びっくりして問い返す。

レイヴンヒースの財政状況を考えれば、まだまだ修復が必要なはずだ。

「こんな危険な地に嫁いでくださっただけでも十分なのに、奥様に無理をさせてまでのことではありません。皆もきっと同じことを言うでしょう」

「そう、ですか……」

なんとも言えない気持ちになって、誤魔化すようにうつむく。

せっかくみんなが喜んでくれることを見つけたと思ったのに。

やはり私はどこにいても役立たずなのかもしれない。

「奥様、何かよくない勘違いをされてませんか？」

あまり期待されているわけではないと知ってガッカリする私に、コレットが眉根を寄せる。

「え？」

「ハロルドさんはこう言いたいんです。奥様はそこにいてくださるだけでみんなを明るくしてくださるって」

「そ、そういうこと……？」

戸惑いながらハロルドを見ると、彼は肯定するようににっこりと笑った。

社交辞令だとしても心底嬉しくて、思わず真っ赤になってしまった私に、ふたりは温かい微笑みを返してくれた。

◇◇◇

翌日から修復の日々が始まった。

しなくてもいいとハロルドに言われたけれど、やはり彼らの喜ぶ顔が見たい。

言うなればこれは私のエゴだ。偽善だ。彼らの感謝が気持ちよくて勝手にやっているだけ。そう開き直ったら心が軽くなった。

とはいえ、コレットたちを心配させないよう力をセーブしながら少量ずつだ。

「ねぇコレット、これはどうかしら」

「お目が高いですねクレア様！　これは今需要が急激に高まっているオレアス・フォルジェの手による作品ですよ」

商人の娘だというコレットの目利きは確かなようで、普段使いに適さない陶器類や絵画など、芸術品を見分けるのが上手い。おかげで修復する優先順位をつけられるので助かっている。

コレットが是としたものは大抵高値で売れるため、「最近ハロルドさんがすごく優しいんです」とコレットも喜んでいる。

ふたりでの城内探索はもはやちょっとした宝探し気分だ。

「他にも直すものを置いてる部屋ってあるのかしら」

「うーん一応ここで全部なんですけど……開かずの間って呼ばれてる部屋があって、そこもガラクタ置き場になってたって聞いたことがあります」

「コレットが勤め始める前から開かないってこと？」

「そうなんですよ。先々代だか先々々代だかの趣味のお部屋だとかなんとか」

「開かないって、魔術的な封印がされているとか？」

「いえ、単純に鍵が壊れているそうで……あっ」

そこまで言って、思いついたようにコレットが声をあげ私を見た。

「ふふ、壊れてるだけなら直してみましょうか」

「奥様の祝福って本当に最高ですね！」

先んじて言うと、実は気になってたんですよ、とコレットが歓声をあげた。

「一応開けていいかハロルドさんに確認した方がいいかしら」

「え？　いいんじゃないですか別に。だって領主の妻ですよ？」

「初日以来ロクに夫と挨拶もしていない妻だけど」

「夫元気で留守がいいって言うじゃないですか」

調子のいいことを言って、コレットが開かずの間があるという三階にある部屋へと私の背を押す。

そういえば南角部屋には近寄るなって言われたっけ。

チラリとルーファスに言われたことを思い出す。彼の執務室は二階にあると言っていたし、一体何があるのだろう。気になったけれど、コレットに力強く押し出されてあっという間に開かずの間に着いたので、すぐに忘れてしまった。

「ここなの？」

「ですです。ほら、開かないでしょう？」

ガチャガチャとドアノブを回しながらコレットが言う。

「鍵を挿しても回らないらしくて、ここで一番長いメイド長も入ったことないそうです」

「では、僭越ながら私めが……」

「お願いします！」

コレットがスッと場所を譲ってくれて、ドアノブに手をかざす。

ずっと誰も入れなかった部屋に入るなんて、なんだかいけないことをしている気分だ。

ゴクリと喉を鳴らして手のひらに力を込める。

「おやおふたりさん、もしや開かずの間を開けるおつもりですか？」

「ひゃあっ！」

唐突に声をかけられてコレットと同時に跳び上がる。

反射的に声の方を見ると、大荷物を抱えたハロルドが興味深そうな顔で立っていた。

「いやあの違うんですよハロルドさん、鍵が壊れているので奥様にお願いして直してもらおうと」

「いえそうじゃなくて私が好奇心で入りたいってお願いして」

「ははは、お互いを庇い合うほど仲良くなったようで」

悪事が見つかった子供のようにオロオロする私たちを見て、彼は愉快そうに笑う。

「別に止めませんよ。わたくしも気になっておりましたし」

そう言って荷物を廊下に置く。それからコレットの隣に立ち、ワクワクした顔でドアノブにかかったままの私の手を覗き込んだ。

「ささ、どうぞお願いします奥様」

「あは、ハロルドさん案外ノリがいいんですね」

思いがけず急かされて笑ってしまう。

屋敷中の使用人を束ねる立場とはいえ、好奇心には抗わないらしい。

「叱られると思って怯えちゃいましたよ」

コレットが大きくため息をつく。

「おまえはあとで説教な」

「なんでですか⁉」

背後で言い合うのを聞きながら、今度こそ『修復』を発動させる。

もともと鍵はかかっていなかったようで、ドアノブはあっさりと回った。

「うっ、カビくさっ」

ドアが開くのと同時にコレットが嫌そうな声を発した。

「もう何十年も放置されてたみたいですよ」

「そんなに⁉　誰か開けようとしなかったんですかね？」

「当時の部屋の主がわざと壊したらしいからなぁ」

ドアを開ける私の背後で、ハロルドとコレットがそんな会話をしている。

「先々代でしたっけ？　当主様のご趣味って一体なんだったたん……」

ハロルドに質問する言葉が、部屋の中を見て止まる。

「……なんですかねコレ？」

コレットが首を傾げる。

そこには何に使うのかよく分からない器材や、紙の束が雑然と積み上げられていた。

調理器具に似たものもあれば、まったく違うものもある。

私はそれらが何に使われるのか、すぐに分かった。

「……錬金術」

知らず、口から言葉が紡がれる。胸が震えるような、こみ上げてくる何かを必死で飲み込んだ。

「おや、よくご存知でしたね」

ハロルドが感心したような口調で言う。

「確か先々代当主様は錬金術に傾倒していらしたようで。その本棚にぎっしり詰まった本も、おそらくすべて錬金術に関連する書物ではないですかね」

「錬金術ぅ～？　ってあのなんか昔流行ったっていう怪しげな実験ですよね？」

「怪しげといっても、その技術から回復薬とか役に立つものがいくつか生み出されただろう」

「へぇ、あれってそうなんですか？」

「強化付与された武具やアクセサリーもだし、魔道具類も魔術師が錬金術の研究を応用したものらしい」

コレットが準備よく持参した掃除道具でサササッと床を掃きながら、ハロルドの講釈を聞いている。

「といってもほとんどのものは机上の空論、妄想の産物とか言われて、実現しなかったみたいだけど」

私はそれを上の空で聞き流しながら、机にぎっしりと並んでいる器材にそっと触れた。

心臓がトクトクと早い音を刻みだす。

本の中の挿絵でしか見たことのない、変わった形の実験道具。

魔石や植物、魔物素材を混ぜ合わせて生み出される、新たな発明品の数々。

夢中になって読んだ錬金術の本の中の世界が、今目の前にあるのだ。

机に開かれたままになっていた古びた本に視線を移す。

◆◆◆

ホコリをかぶったそれは、王宮図書館では見たことのない錬金術の本だった。

「――といった感じで、城の者たちとも和気藹々《わきあいあい》とされています」

書類を書く手を止めず、ハロルドの報告を聞いて眉根が寄る。

どうにも王都で聞いていた話と違うようだ。

「あそこの一家は揃って傲慢で鼻持ちならないという話だったが」

自分より上の者には恥ずかしげもなくへりくだり、下とみなした者は平気で踏みつける。なまじ能力が高いばかりに、逆らえるものはいないらしい。下手に苦言を呈すと周囲を巻き込んで陥れられ、社交界に出られないようにされるとか。

「さぁ、噂が間違っていたのか、クレア様だけは違ったのか……」

「善人のフリがやたらに上手いということもある」

現に陛下や殿下たちには気に入られているのだ。取り入りたい相手には好かれるように振る舞えるはず。

「ルーファス様はもっとクレア様とお話しする機会を設けるべきです。そうすればあれが演技などではないとすぐにお分かりになるでしょう」

半ば呆れたようにハロルドが言う。

どうやらハロルドは長年俺の従者を務めていたくせに、彼女の味方らしい。

「まんまとローズウッドに絆されたか」

「そりゃ火の車だったレイヴンヒースの財政状況を支えていただければね」

責めるように言うと、当然でしょう、と長年の友が冷静に頷く。

「しかもなんの見返りもなく。使用人ごときにお礼を言われただけで、あんなに嬉しそうな顔をされて」

どこ見てんですかまったく、と遠慮なくハロルドに言われて言葉に詰まる。

確かに初日に少し言葉を交わした以外、城内で偶然すれ違った際に挨拶をする程度しか会話をしていない。忙しくて顔を合わせる暇がないというのも本当だが、あえて避けているというのもある。王族を手玉にとるような家の者なのだ。あまり深く関わりたくはない。

「ざ、財産狙いだったらどうする」

「今狙われて困るような財産はすべてクレア様が直してくださったものですが？」

苦し紛れの言葉はあっさりと言い返されて。

「警戒するのは結構ですが、ルーファス様もちゃんとお礼を言わなきゃダメですよ」

説教までされてはもはやこれ以上何も言えなくなる。

「……セシルに害をなさないのであれば、歩み寄らないこともない」

渋々折れたように言うが、実のところクレアへの警戒はすでに解け始めていた。

余計なことは言わず、貴族特有の高慢さもなく、城の者から反感を買うこともない。すれ違うたび控えめな笑顔で挨拶を欠かさず、放っておかれても文句ひとつ言わず、メイドのコレットと楽し気にしているのをよく見かけた。

そんな少女相手に、素っ気ない態度を取り続けられるほど冷血漢ではないつもりだ。

それこそがあの一家のやり口なのだとしても。

まんまと乗せられているような気になってきて、頭を抱えてしまう。

「そろそろお休みになられた方がよろしいのでは？」

それを疲労による頭痛とでも思ったのか、ハロルドが心配そうな顔になる。

時計を見ると、すでに零時を回ろうとしていた。

「明日は南の森に行くんですから」

「……そうだな。皆の足を引っ張るわけにはいかないからな」

素直にペンを置く。南の森で魔物の数が増加傾向にあるという報告を受け、調査に行く予定だ。

「わざわざルーファス様が行かれるほどの規模ではないと思いますけどね」

「そう言うな。実際に自分の目で見ておきたいんだ」

いまだ納得のいっていない様子のハロルドに、苦笑で返す。

「どんな些細な変化でも見逃したくない」

何が魔物の大量発生に繋がるのか。その前兆と思えるものを、少しも取りこぼしたくない。去年の二の舞はごめんだ。

「おまえこそ、あの娘のお守りと監視に徹して構わないんだぞ」

従者ではなく執事となったハロルドに、留守番でもしていろと揶揄をこめて言う。去年までは隣で好き放題暴れ回っていたハロルドが、この機会を見逃すはずもないことを知りながら。

「いえいえ。腕が鈍ってはいざという時に主をお守りできませんから」

涼しい顔でハロルドが言って、引き下がる気などまったくないことをアピールしてくる。

「それに、何か魔物素材を持ち帰ったら喜ばれるかもしれませんし」

「魔物素材？　金策用か？」

ハロルドの言いたいことが分からず首を傾げる。南の森で採れる素材に、窮地を救えるほどの金額になるようなものはない。そんなこと、しっかり者のハロルドならとっくに調べがついているはずなのに。

「いえ、クレア様が……おっと」

「……ローズウッドがどうした」

口を滑らせた、というようにサッと口元を押さえるが、どうもわざとくさい。それが分かっていても、問わずにはいられないのを悔しく思いながら聞いてみる。

案の定ハロルドが悪ガキのような顔でニヤリと笑った。

「錬金術に興味を持たれたようですよ」

予想外のことに面食らう。

父から聞いたことがある。祖父が趣味というにはのめり込みすぎていた学問のことを。廃人寸前まで追い込まれ、祖母が封印同然に閉じたその部屋に、錬金術に関するすべてのものを押し込めたのだとか。

そんな部屋があったことなど、言われるまで思い出しもしなかった。

「……そういうのこそ報告しろ」

「忘れてました。すみません」

ペロッと舌を出して、ちっとも悪いと思ってなさそうなふざけた態度で謝罪する。

面倒なことを押し付けて申し訳ないと思っていたクレアの監視だったが、どうやら後ろめたく思う必要はなかったらしい。

「おまえが楽しそうで何よりだよ……」

脱力しながらそう言うと、ハロルドは嬉しそうに笑った。

「そのうちルーファス様もそうなる日が来ますよ」

そんな予言めいたことを言って、ハロルドは執務室を辞した。

◇◇◇

「……っすぅーーーー」

先々代当主の、通称『錬金部屋』の中に入って深く息を吸う。

丸一日空気の入れ替えをして、コレットが掃除をしてくれたおかげでカビ臭さはだいぶ軽減された。

修復と並行して部屋を片付けたから、室内はすっきり整頓されている。何十年も使われていなかったとは思えないほど綺麗だ。

床に散らばっていた紙の山は先々代当主による手記だったようで、それをまとめるのに一番時間がかかった。日付のあるものは順に並べ、走り書きのようなメモは一旦保留という形でまとめて束ねて机の傍に置いた。

ここにある本は全体的に経年劣化とはまた違う損傷が目立つ。実験失敗時の余波によるものか、焦げたような跡や溶けたようなものまで様々だ。激情にまかせて引き裂いたような本まであった。

ハロルドの話によると、先々代当主は錬金術にのめり込みすぎて晩年はこの部屋にこもりきりになっていたそうだ。しかし初歩的な錬金しか成功せず、絶望して一度は研究を放棄しようとしたものの結局はまたこの部屋に舞い戻り、最終的に見かねた妻がこの部屋の鍵を壊し、誰も立ち入れないようにしたのだとか。

散らばった手記には錬金レシピや覚え書きの他に日記のようなものもあり、その中に彼の苦悩が見て取れる。日付の最後の方は字も乱れて、自分には才能がないと嘆く言葉もあった。

「それでも諦められないくらい魅力的な学問だったってことよね……」

紙面を撫でて嘆息する。

この部屋の存在を知ってからワクワクが止まらない。

素材から要素を抽出し、混ぜ合わせることでまったく新しいものを作り出す。

提言者が百数十年前に回復薬を開発して以来一気にその発想が広まったが、その後目立った成果は上がらず衰退していった。昨今では趣味の延長扱いされることがほとんどだ。街の本屋や図書館にはもう置いていないだろう。

王宮図書館の閉架書庫には錬金術最盛期の頃に発行された本が数冊保管されていたが、ここにはそれ以上の関連本がありそうだ。

その技術や発想を応用して魔術師が魔道具を発明したというから、研究自体はまったく的外れだというわけではないはずだ。

早速取りかかるため、錬金術のレシピ本を机に開く。

ここに載っているものはすでに製造法が確立されていて、一般市場にも高価ではあるが出回っている。回復薬や筋力増強剤の類だ。

本によって使う素材にブレがあるのは、料理と一緒で多少違うものを作っても似たような効果が現れるかららしい。とは言っても、高級食材を使えば美味しくなる確率が上がるように、錬金術も素材の質が高い方が成功率や効果が上がる。その上、運の要素もあるから、レシピの通りに作っても必ず成功するという保証はないらしい。それゆえに完成品は高価になる。

この本に載っている回復薬の必要素材は『薬草』『緑の魔石』『抽出液』だ。かなりざっくりしている。それぞれ種類はなんでもいいらしい。

薬草は城の庭に生えているものを今コレットに摘んでもらっている。

抽出液は水でもいいらしいので、厨房から井戸水を分けてもらった。

「魔石、はこれでいいのよね？」

片付けの時にあちこちから出てきた宝石のような石。指でつまめるほどの大きさのものが、全部で十個ほど。その中から薄い緑色のものを選ぶ。

手順書の必要器材を確認し、コレットを待つ間にテーブルに並べていく。

乳鉢と天秤。魔石を溶かすための容器とバーナー。蒸留器にフラスコ。それに完成品を詰める保存瓶。フィルターやガラス棒など細々したもの。

すべてこの部屋にあったものだ。もちろん修復してピカピカにしてある。

「魔石は溶けやすくするために砕いておく……革袋とハンマー？　これかしら」

手のひらサイズの革袋とジュエリーハンマーがあったのを思い出し、引き出しから取り出す。革袋の中を確認すると、キラキラと小さな粒が見えた。先々代が魔石を砕いた時に出た粉だろう。

「うん、これでいいみたい」

革袋の中に薄緑の魔石を入れて袋の口を閉める。

ハンマーの柄をぎゅっと握り締め、深呼吸。

本当に砕いていいのか今更心配になるが、やらないことには前に進めない。

大丈夫、失敗しても私には『修復』がある。

そう自分に言い聞かせて、狙いを外さないようにまっすぐにハンマーを叩きつけた。

手に砕けた感触が伝わって、息を吐き出す。革袋の上から触ると、大小バラバラに砕けているのが分かる。念のためもう何度かハンマーをぶつけて砕く。なんだか悪いことをしている気分になる半面、少し楽しくなってくる。

「これくらいでいいかしら」

ほぼ粉状になった魔石を、今度は坩堝《るつぼ》という容器に移す。本来は金属を溶かすためのものらしいが、これは魔石用に容器の素材や魔術式を変えたものだと手記に書いてあった。

「バーナーもだけど、坩堝も魔道具なのね」

ふたつの器材にはどちらも魔法陣が描かれている。

魔法も魔道具も、紫の祝福『魔術』を得た人間にしか作り出せない。

けれど魔力自体は誰にでもある。魔法陣は魔力を注げばその効果を発動できるよう、魔法使いによって開発されたものだ。

手記によると、ここにある錬金術用の魔道具はすべて、先々代が自作したものらしい。ということは先々代の祝福は紫の『魔術』だったのだろうか。

疑問に思いながらも、バーナーの上に魔石粉を入れた坩堝をセットする。

使い方は簡単だ。バーナーに描かれた魔法陣に指先で触れて、『点火』と念じるだけ。

「わっ、ついた！」

バーナーの先端に火が灯り、感激する。指を離しても火は消えなかった。

魔道具の存在は知識として知っていたが、実際に使うのは初めてだ。生家にもいくつかあったようだが、両親しか触ることは許されていなかった。

炎の揺らめきがだんだんと青色に変わっていくのが綺麗でうっとり眺める。赤より青い火の方が高温なのだと、本で読んだことがある。

坩堝の中を上から覗き込むと、魔石粉がトロリと溶けていくのが見えた。

こんなにあっさり溶けるものなのかと驚く。この器材のおかげだろうか。それとも魔石は熱に弱いのだろうか。

「失礼します奥様。ヨモギをお持ちしました」

「はいっ！」

あれこれ考えていたせいでコレットの登場に驚いて声が裏返る。

コレットは浅いカゴにヨモギの葉を何枚かと、他にも薬草に分類される植物を何種類か摘んできてくれていた。

「ありがとう。これで実験ができそう」

「もう取りかかってるんですか？」

火のついたバーナーを見てコレットがおっかなびっくり近づいてくる。

「……危なくないですよね？」

「目を離さなければ大丈夫そう。見て、綺麗じゃない？」

坩堝の中を見せると、コレットは怪訝《けげん》そうな顔をして首を傾げた。

「なんの液体ですかコレ」

「魔石を溶かしたの」

「魔石って溶けるんですか？」

驚いたようにコレットが目を丸くする。

「びっくりよね」

「ヨモギはどうやって使うんです？」

「この乳鉢ですり潰して、抽出液……今回は水ね。それと混ぜて蒸留器で薬草のエキスを作るの」

「ではすり潰すのは私がやりますね。こう見えて結構力持ちなんですよ」

コレットが袖をまくって二の腕を見せる。華奢に見えて、筋肉がしっかりと浮き出ていた。

「助かるわ。私なんて魔石を砕くだけで手が痺れてしまったもの」

苦笑すると、コレットは「普通はそういうものです」と慰めてくれた。

コレットの協力を得て、錬金術の初実験は着々と進行していく。

魔石は一度溶けたら固まらないため、冷えるのを待ってフラスコに移しておく。

蒸留した薬草エキスは透き通った綺麗な緑色で、葉の状態より匂いが強くなった。

「……混ぜるわよ」

薬草エキスの入ったフラスコを持ち上げ私が言うと、コレットがごくりと生唾を飲み込んで頷いた。

少しずつ魔石液に薬草エキスを足していき、ガラス棒で静かにかき混ぜる。

粘性のある液体とサラリとした液体が徐々に混ざり合って、濃さの違う緑が上手く融合していく。そのうちに、何か感覚が変わるのを感じた。なんというか、調和した、と感じる瞬間があったのだ。

ガラス棒を混ぜる手を止める。

「……これで完成、ですか？」

「……たぶん」

コレットに尋ねられ、自信なく頷く。

分離も濁りもないし、変な沈殿物もない。失敗の場合はそのどれかが起こっているはずだから、そうでないということは成功しているということだ。

「何かもっとこう、ピカッと光ったりぼわわーんて音が鳴ったりするのかと」

コレットがつまらなそうに言って、回復薬と思われる液体を振る。

「試してみましょうか」

確かに劇的なことは起こらないから少し拍子抜けしてしまったが、それでも初めての実験の成功を確かめたくてウズウズしていた。

「どうやってです？」

「ちょっと待っててね」

「へっ？」

手っ取り早く効果を見るなら、自分で試してみればいい。

引き出しを開け、ナイフを取り出すとコレットがギョッと目を見開いた。

「何する気ですか!?」

「え？　だから指を」

切ろうと思って、と指先に切っ先を当てようとした瞬間、コレットにすごい速さでナイフを奪われた。

「剛胆すぎます！」

焦った声で言われてポカンとしてしまう。

「ほんのちょっとよ？」

たったそれだけで、この液体の正体を確かめられるのだ。

「わざわざ奥様が傷を作らなくても、小さい怪我なら私もありますから！」

聞き分けのない幼子をたしなめるようにコレットに言われて、なんだか恥ずかしくなってくる。

「でも、もし失敗作で、逆に怪我をさせてしまうことがあったら大変じゃない」

「それは確かに……」

モゴモゴと言い訳をすると、コレットが難しい顔で考え込んだ。

真っ先に自分で試そうとした理由はそれもある。効果がないだけならまだしも、現状「謎の液体」でしかないのだ。皮膚がかぶれたり爛《ただ》れたりしたらと思うとゾッとする。

「あ、ならこうすればいいのよ」

そう言いながら緑色の液体を躊躇《ちゅうちょ》なく自分の手にたらす。

「わぁ！　何なさってるんですか！」

慌てたように言って、コレットが私の手を勢いよく取り自分のエプロンでゴシゴシと拭った。

「信じられません！　謎の液体を躊躇なくかけるなんて！」

「せめてマイナスの効果だけでもないか確認しておこうと思って……」

コレットに叱られてシュンとしてしまう。

幸い、手にはなんの異常も出ていない。コレットに何度も擦られて少しヒリヒリしているくらいだ。

「もう！　もう！　奥様はちょっと無謀すぎます！」

プリプリしながらコレットが言う。どうやらこれもダメだったらしい。

「でもこれで安全面は保証されたわ」

得意げに言うと、コレットは唖然とした顔のあとで盛大に呆れたため息をついた。

「……分かりました。では先ほどヨモギを摘んだ時に少し手を切ってしまったので、効果を試すのは私がやります」

もう血は止まってますが、と言いながら、コレットが私の手から液体の入ったフラスコを受け取る。

「ありがとう、でも、少しでも変な感じがあったらすぐに洗い流してね？」

井戸水の入った桶をコレットのすぐそばに寄せて、ハラハラしながら言う。

「いきます」

コレットがごくりと唾を飲んで、指の切り傷にぽたりと一滴、液体を垂らした。

時間にして三秒くらいだろうか。

「わぁ……」

「すごい……」

みるみると傷口が塞がっていくのを、ふたりで見届ける。

「すごい！　本当に回復薬ですよこれ！」

「ええ、どうして成功したのかしら……素材は最低限のものだから失敗の可能性の方が高いのに」

素直に感激するコレットとは対照的に、私の頭には疑問がいっぱいだった。

先々代の回復薬に関するメモには、薬草は新鮮なもので、魔石は色が濃ければ濃いほどよく、抽出液は高価な白ワインにすることで成功率が上がると書いてあった。

条件に合うのは新鮮な薬草だけだ。それなのにレシピを何度も確認しながら手際の悪い初心者が作ったものが、一発で成功するなんて。

「……もしかして、コレットの『幸運』のおかげ……？」

「えっ⁉」

「え？」

可能性に思い至ってポツリと呟いた言葉に、コレットが過剰と思えるくらいの反応をして戸惑う。

「え、私、祝福の話、え？　してません、よね……？」

青ざめ、怯えるようにコレットがオロオロし始める。

「ごっ、ごめんなさい私、人の祝福の光が見えるの、見えるから、その、勝手に見てしまって……！」

つられてオロオロしながら、見てしまったことを慌てて謝る。私だって白い祝福のことで散々家族に馬鹿にされてきたのだ。知られたくない人だっているだろう。

「そんなことあるんですか⁉　司祭様だけじゃないんですね……」

コレットは驚いたように目を丸くして、それから「なるほど……」と呟いて脱力した。

「私の光のこと、誰かに言ったりは……？」

「してない、してないわ！　神に誓う」

必死に頷く。

「それなら大丈夫です。はー、焦りました……」

「ごめんなさい、知られたくなかったのね……無神経だったわ」

反省して項垂《うなだ》れる。

「……あの、ご存知ないようですから言いますが、幸運って他人に知られると色々とよくないんですよ」

心底沈み込んだ私を見て気の毒に思ったのか、コレットが遠慮がちに言う。

なんとか顔を上げると、コレットが真剣な顔で頷いた。

「そうなの……？」

「はい。『幸運』の祝福は本人だけじゃなくて周りの人にも効果があるのはご存知ですか？」

「え、ええ」

戸惑いながら頷く。それは私も知っていた。図書館の祝福関連の本に書いてあったから。だから『幸運』の祝福を与えられた人間は、周囲の人間からとても大切にされるのだと。

「それってすごくいいことみたいですけど、世の中善人ばかりじゃないのが問題で」

はぁ、と重いため息をついてコレットが一旦言葉を区切る。

「……誘拐されやすいんです。『幸運』のおこぼれ目当てで。それで生かさず殺さず一生監禁される」

言葉が出てこなかった。それは、それではまるで。

「実際祝福の儀のすぐあと、強盗団に攫《さら》われました」

「ええ!?」

「貴重な祝福持ちを誘拐するために教会を見張ってる悪党もいるんですって。その時はすぐ父によって救出されましたし、小さかったのであんまり覚えてないんですけど」

「そんな……そんなに危険なの……？」

「はい。だから私、赤の祝福持ちってことにしてます。そのために身体鍛えてるんですよ！」

場を和ますためか、二の腕を見せながら冗談めかしてコレットが言う。

「ごめんなさい、私、本当に、考えなしで……」

「あっ、いえ、他の人に言わないでいただければ全然っ！　私もまさか司祭様以外に祝福が見える人がいるなんて思ってもみなかったので」

気遣うように言われてますます落ち込んでしまう。

世間知らずなことが恥ずかしかった。

「さっきは驚いて動揺してしまいましたけど、奥様は言いふらすような方じゃないと分かっています。お会いしたばかりで生意気ですけど」

えへへ、とコレットが笑う。

そんな嬉しいことを言ってくれるけれど、彼女を不安にさせてしまったのは確かだ。

「……交換、というにはおこがましいけど」

意を決して口を開く。

「私、祝福の回復ができるの」

「え」

ポカンとするコレットに、『祝福回復』についての説明を淡々としていく。

「――それで家族から軟禁状態にされて……言い訳になってしまうけど、そのせいで少し常識がないのかも」

自虐で締めくくると、それまで呆然とした顔で聞いていたコレットがハッとした顔になった。

「なるほど……奥様がどこか浮世離れして見えた理由が分かりました」

「やだ、そんなふうに思われていたの？」

気恥ずかしさにジワリと頬が熱くなる。

「しかしひどいご家族ですね……今頃困り果てていればいいのに」

「それはどうかしら……もうある程度の地位を築いてしまったようだし、本当にもう私の力は必要ないのかも」

辺境伯と娘の婚姻により、宮廷で両親はさらに力をつけただろう。兄妹もまだ仮とはいえそれぞれ王族と婚約したし、よほどのことがなければ解消されることもなくそのまま結婚するはずだ。そうなれば本当に祝福を使う機会もなくなる。

「でも正直、ものすごく困っていればいいのにとは思ってる」

笑って言うと、コレットが小さく噴き出して「奥様結構ワルですね」と笑ってくれた。

「でもほら、こうして秘密をトレードしておけば、少しは安心できないかしら?」

「確かに。お互い他人に知られてはまずい祝福ですね」

そう言って、ふふ、と笑い合う。

自分の情けない身の上話を打ち明けたら、なんだかすっきりしてしまった。

「よし!　じゃあ話の続きをしましょう!　これはもう回復薬と言っても間違いじゃなさそうね?」

切り替えるように声のトーンを上げて言うと、コレットが大きく頷いた。

「間違いないですね。私の存在が本当に成功率を上げているのだとしたら、これから実験の時は必ず私も同席します」

「でもそれだとコレットの仕事の邪魔になってしまわない?」

「うーん、一応ハロルドさんに確認はしてみますけど……でもむしろ大歓迎って言われると思いますよ?」

「どうして?」

「だってコレ、売ったらなかなかいいお金になりますから」

フラスコに残った回復薬を振りながらコレットが言う。

「……なるほど」

美術品類を直した時のハロルドの嬉しそうな顔を思い出して深く納得する。

「ヨモギは庭でいくらでも採れますし、水もいくらでも湧いているので原価ほぼタダですよ。ハロルドさん大喜び間違いなしです」

「でも、魔石がもうあと少ししかないのよ」

特に緑のものに限っていえば、先々代が残したものの中にはあとひとつしかない。

魔石は魔物の体内から摘出したり、山や川、洞窟などから採掘されるものだ。買うにしてもそれなりの価格なのではないか。それに高く売るためには回復薬の質自体を高くする必要があるだろう。ならば水より手記にあった通り白ワインを使った方がいい。だけどそのお金は一体どこから。

「ではまず、コレを売ったお金を元手に、クズ魔石を買うのはどうですか？」

「クズ魔石？」

「はい。加工の際に出た小指の先ほどもないようなカケラで、魔石としての価値はほぼありません。でも綺麗なので、雑貨屋とか露店とかで一山いくらで売られています。モザイクアートとか装飾品に使われているみたいです」

「へぇ……私でも買えるかしら」

「もちろん。今から行きますか？」

「行くわ！」

「あはは！　クレア様ってば私の弟みたいです」

椅子から勢いよく立ち上がり、興奮気味に言うとコレットがおかしそうに笑った。

「ご、ごめんなさい、はしたないわね」

名前呼びになったことを密かに嬉しく思いながら、慌ててスカートの裾を直す。社交界に出す必要はないと判断されてから、淑女教育もロクに受けさせてもらえなくなったことが今更恥ずかしい。

「まさか。元気なのはいいことです」

そう言ってコレットが嬉しそうに頷く。

「ちょうど父から大量の服が届きましたし、お披露目も兼ねて街に繰り出しましょう！」

ガッツポーズで言われて私も嬉しくなる。

服が増えることもだけど、コレットと街に買い物に行けるということがとても楽しみだった。

一旦片付けてから自室に戻り、着替えを手伝ってもらいコレットと玄関に向かう。

「ねぇ、やっぱり不似合いじゃないかしら？」

「とんでもない！　御髪の色にもお肌の色にもぴったりで、我ながらセンスいいなと自信を持ったところです」

モジモジしながら言う私に、コレットがやや興奮気味に答えた。

地味な色合いの服しか着たことがないから、コレットが選んでくれたというこの水色のワンピースはなんだか落ち着かない気分になる。服自体は間違いなく可愛いのだが、可愛いからこそ自分が着るのが相応《ふさわ》しくない気がしてくるのだ。

「あれ、旦那様も出かけられるみたいですね」

コレットに言われて視線を移すと、階段を降りた先の玄関ホールにルーファスとハロルドが見えた。

あちらも私たちに気づいて、ハロルドがぺこりと会釈をした。

「お出かけですか？」

「はい、コレットと市場を見に行こうかと」

ハロルドに聞かれて素直に答える。

「新しいお洋服、お似合いです」

「あ、ありがとうございます……」

照れてうつむく私に、ルーファスの視線がじっと注がれているのを感じてそちらを見ると、目が合った。

「あの、ルーファス様はどちらへ？」

「騎士団の兵舎だ」

緊張しながら聞いてみると、素っ気ない返答が返ってきた。たまに顔を合わせるといつもこんな感じだ。相変わらず顔色が悪い。

「私にお手伝いできることはありますか？」

「ない」

即答されてしょんぼりしそうになるのをグッと堪え、ニコリと笑いかける。

「では、お気をつけて」

心を込めたつもりだが、我ながら社交辞令みたいだ。他人行儀な挨拶しかしない夫婦なのだから、仕方ないといえば仕方ないのだが。

案の定ルーファスはほとんど表情を変えず、微かに頷いただけだった。

コレットやハロルドたちのおかげでずいぶん人と話すことに慣れてきたけれど、まだまだ対人スキルが低い。

「護衛は」

「え？」

「護衛は誰をつけるつもりだ」

「あ、いえ、コレットとふたりで行くつもりです」

そう答えると、ルーファスが微かに片眉を上げた。不満げな顔だ。

行こうとしている市場はこの領主館からすぐの市街地にある。使用人たちもしょっちゅう買い出しに行く場所で、道はしっかり舗装されているらしい。馬車で向かうから護衛の必要はないとコレットも言っていたのだけど。

「ハロルド、ふたりについていけ」

「かしこまりました」

「え、でもハロルドさんはルーファス様とお出かけの予定だったのでは!?」

サクサクと話が進みそうになって慌てて止める。

いつもの執事服ではなく外出用の格好をしているし、どう見てもハロルドはルーファスと連れ立って出かけようとしていたのに。

「構わん。俺ひとりでどうとでもなる」

「あっ！　待ってください！」

言いたいことだけ言って、私の声に振り返ることもせずさっさと出ていってしまう。

「過保護ですね」

「心配性と言いなさい」

止めそこなった私の後ろで、コレットとハロルドが普段通りの調子で話している。

どうやら困惑しているのは私だけらしい。

「それでは旦那様のお言いつけ通り、三人でお出かけしましょっか」

「街で何を買う予定だったんですか？」

あっさり気持ちを切り替えたふたりに促され、本当にいいのかしらと思いながら城を出る。

「ええとまず回復薬の買い取りをしてくれるところへ……それからクズ魔石と、買取金額次第ですが白ワインを買いたいです」

ハロルドの手を借りて馬車に乗り込みながら、今日の買い物計画を告げる。

「ふむ、ではまずカロス道具店へ……ってえ？　まさか回復薬、成功したんですか？」

「そうなんですよ！」

動き始めた馬車の中、ハロルドの驚いたような問いにコレットが得意げに頷く。

「見てくださいこれ！　私の傷が三秒で治りました！」

フタ付きの小瓶に詰め替えた回復薬を、コレットはハロルドの目の前に掲げ持つ。

「それはすごいですね……奥様には錬金術の才能がおありのようで」

「いえそんな大層なものでは……」

感心したように言われて口ごもってしまう。半分以上はコレットの『幸運』のおかげだと思うのだけど、それを言うことはできない。ふたりだけの秘密だ。

「それであの、これから回復薬をたくさん作って売って、お城の運営費にしたらどうかってクレア様と話してたんですけど、私しばらくつきっきりでお手伝いしても」

「是非そうしなさい」

コレットの言葉を最後まで待たずハロルドが真顔で頷く。それから私を真っ直ぐに見て、深々と頭を下げた。

「ありがとうございます奥様。そうとなればコレットだけでなくわたくしも全力でご協力いたしますので何なりとお申し付けください」

「いえあの、基本的にはコレットに手伝ってもらえれば十分なので……今もお仕事の邪魔をしてしまってすみません」

慌てて遠慮すると、ハロルドはいつもの柔和な笑顔に戻った。

「お気になさらず。旦那様が奥様につけた方がいいと判断したのですから」

「そうそう。ハロルドさんはこんな優男みたいな顔して最強なんですよ？　クレア様の護衛にぴったりです」

「そうなんですか⁉」

「祝福に恵まれました」

ハロルドはにこやかに肯定し、腰に佩《は》いた剣にそっと触れる。

確かに『身体能力強化』の光は兄のフィンリーより大きいが、執事をしているのだから戦いとは無縁だと思っていたから意外だ。

「レイヴンヒースは魔物だらけですから。いざという時当主を守れるよう、レイヴンヒース家の従者や執事は騎士団で特に戦闘能力が高い者から選ぶのが伝統なのです」

「執事に指名されるというのは栄誉あることなんですよ」

ハロルドの説明にコレットが補足を入れてくれる。

「何があってもお護りしますので、安心してお買い物を楽しまれてください」

頼もしい笑みを浮かべてハロルドが恭しく言う。

彼が纏う光は少しも揺らぐことなく、穏やかな赤色を湛えていた。

「これなんかどうです？」

コレットがワインビネガーの瓶を手に取って聞いてくる。白ワインの代用になる液体を一緒に探しているのだ。

あの回復薬は一応買い取ってもらえたが、やはり素材が最低限だったせいか最低ランクの回復薬としてあまり高値がつかなかった。だからなるべく節約しなくてはならない。

「そうねぇ……うん、いいかも。ブドウの成分が重要なのかもしれないから、ジュースも買ってみようかしら」

錬金術の本や先々代のレシピを見ていて気づいたのは、同系統の色の素材を使うと比較的上手くいくことが多いということだ。

緑色のヨモギ。緑系の魔石。それに緑の皮のぶどうを使った白ワイン。

だから同系色で揃えられる回復薬は成功しやすく、緑の薬草に赤い魔石が必要な疲労回復薬は成功率が下がる。そんな気がした。もちろん実践経験のない私の勝手な推論でしかないけれど。

お酢は白ワインに色が近いし、製造方法も似ている。白ブドウのジュースなら成分が近い。どちらも井戸水よりは質の高い回復薬が作れそうだ。

「ヨモギに魔石入りのお酢……料理長が聞いたら卒倒しそうだ」

「錬金術に味は関係ないですからね」

顔を顰めるハロルドにコレットが言う。

「そういえば味なんて考えもしなかったわ」

回復薬は直接傷口にかけることが多いらしいが、全身の打撲や擦過傷なんかには飲んだ方がいいとも書いてあった。だとしたら成功率や効果より味重視で作ってみるのも楽しいかもしれない。

「でも痛いのが早く消えるなら味なんて気にしてる場合じゃなくないですか？」

「俺は多少治りが遅くても美味い回復薬を飲みたいよ」

過去に不味い回復薬でも飲んだことでもあるのか、嫌そうに唇を曲げてハロルドが言う。どうでもいいが、同僚相手の一人称は『俺』らしい。

「もし完成したら、味見をしてからハロルドさんに渡すことにしますね」

「そうしていただけると助かります」

私の提案にハロルドは嬉しそうに笑った。

「そうなるとさっき売った回復薬の味が気になってくるわ」

「あれも試してみればよかったですね」

私が悔しがると、コレットが笑って同意してくれた。

「奥様は案外好奇心旺盛ですね」

ハロルドに指摘されて、そうかもしれないと自覚する。

いくら本を読んでも読み足りないと感じたのは、その性質のせいだったのだろうか。

「あの回復薬のランクを調べる細い紙が何でできているかも気になりました」

私が持ち込んだ回復薬に値段をつける際、店主は細長い白い紙を浸した。その紙は回復薬の緑に染まるのではなく、なぜか薄い水色に色を変えた。それを見て最低ランクと判断されたのだ。上級になるとその水色が濃くなるのか、それともさらに違う色になるのか。今まで読んだ本には載っていなかったから、帰ったら先々代の手記にそれについての記述がないか探してみよう。

こんなふうに、知りたいことはまだまだ山ほどあった。

「次は魔石を見に行ってもいいですか？」

会計を終えて早速次の場所への案内を頼む。ハロルドは「もちろんですとも」と当然のように荷物をすべて持って頷いてくれた。液体の瓶がいくつもあって重いはずなのに、彼は顔色ひとつ変えず軽々と持っている。これも『身体能力強化』の祝福のおかげだろうか。

「加工品に使う魔石ではなくクズ魔石をお求めなんですよね？　でしたら魔石屋ではなくジャンク品を扱う露店の方がいいと思います」

「へぇ、そんなお店があるんですね」

足取りも軽く先導するハロルドのあとについて、コレットもうんうんと頷いている。

「魔石だけじゃなくて宝飾店の宝石チップとか鍛冶屋の金属片とか、壊れた魔道具なんかもあって結構楽しいんですよ」

おつかいついでについついつい見ちゃいます、と言ったところでハロルドに睨まれ、コレットは「やばっ」と慌てて口を閉じた。

「サボりを自供するとはいい度胸だな」

「いえあの、通りがかりにちょーっと覗いていくだけですよ？」

ふたりの仲の良いやり取りの間に露店が多く並ぶ目抜き通りに辿り着く。

「すごい！　露店がたくさん！」

「ね！　ね！　テンション上がりますよね！」

思わず声をあげると、コレットがここぞとばかりに乗ってきた。

ハロルドが諦めたようにため息をつく。

「いつも同じ場所に出店しているジャンク店がありますのでご案内しますね」

そう言って迷いのない足取りで人混みを縫ってひとつの露店に辿り着いた。

「こちらです」

「わぁ……！」

思わず感嘆の声が漏れる。

その露店の台には、色とりどりの石がたくさん置かれていた。

手のひらサイズの小さな籠に爪の先ほどの不揃いな魔石が山のように盛られて、いくつも並べられている。

それぞれについている値札を見ると、ワインビネガーやぶどうジュースとそう変わらないものもあって驚いた。

「こんなに安いの？」

「これなら我が城のお財布事情でも買えそうでしょう？」

コレットが得意げに言う。

正規の加工品を作る際に発生した、本来なら捨てられるはずのものだから安いのだとか。だとしても思った以上に安い。

「どうします？　緑だけが必要ならこれとかいいんじゃないですか？」

濃淡の違いはあれど、同系色でまとまった山を差してコレットが言う。

「うーん……」

青系もあれば赤系もあって、どれも同じくらいの値段だ。

それとは別に、色がごちゃ混ぜになっている山もある。そちらは分類の手間がない分か、さらに少し安い。

「こっちの色々混ざっている方にしようかしら」

お買い得というのもあるが、これから回復薬以外もいろいろ実験してみたいから、魔石の色は限定しない方がいい気がした。

「とりあえず緑が多いものに……」

そう言いかけて止まる。似たような色とりどりの山の中で、妙に目を引かれるものがあったのだ。

「それにするんですか？」

無意識に手に取ったのを見て、コレットが問う。

「ええ……なんだかこれだけすごく綺麗じゃない？」

「そうですか？　全部同じに見えますけど」

「わたくしも特別他と違うようには……」

コレットとハロルドが首を傾げる。

気のせいだろうか。値段を見ても他のものと変わらない。だけど他のものと輝きが違う気がするのだ。

「お、お嬢さんお目が高いねぇ。そいつはノヴァル工房のチップ品だよ」

「ノヴァル工房？」

店主に言われて今度は私が首を傾げてしまった。

「レイヴンヒースで一番と名高い魔石加工のアトリエですね」

ハロルドが教えてくれて、そのクズ魔石の山を改めて見る。やはり他のものより全体的に色が濃いというか、活き活きしているように見える。無機物に対してその印象はおかしい気もするが、そうとしか形容できなかった。

「うん、やっぱりこれにします」

「毎度あり！」

確信を持って言うと、コレットが素早く支払いを済ませてくれた。

「まだ早いですし、他にも見て回りたいところがあれば」

「そうですねぇ……」

ハロルドに問われて考える。

材料が揃って今すぐ実験に取りかかりたい気持ちはあったけれど、気の向くまま街中をそぞろ歩くのも捨てがたい。

錬金術のためというのもあったけれど、単純にコレットたちとの買い物が楽しかった。

「では、少し露店を見て回ってもいいですか？」

「もちろん」

「やったー！」

優しく頷くハロルドの後ろで、私よりも嬉しそうにコレットが快哉を叫ぶ。

コレットはハロルドに睨まれて首を竦めたあと、私を見ておどけたようにペロリと舌を出した。

それから私たちは日暮れ近くまで露店を回り、見たこともないようなデザインの雑貨や、錬金術を応用したという魔道具の強化武具を手に取ってみたり、じっくりと買い物を堪能した。

結局その日は疲れて夕食後すぐに寝てしまったけれど、実験ができなくても充足感に満たされたまま、夢も見ずに朝を迎えたのだった。

◇◇◇

「それでは始めましょう」

神妙な顔で言うと、コレットが同じように神妙な顔でコクリと頷いた。

昨日のうちに軽く乾燥させたヨモギや他の薬草。買い集めた液体類。それに緑だけ選り分けた魔石チップ。全部で二十個ほどある。これひとつにつき回復薬がひとつ作れるなら、低級のものだけでもそれなりの買取価格になるはずだ。

「ひとつも失敗しなければ、だけど」

「大丈夫ですよ！　幸運担当の私がついていますからね！」

コレットがドンと胸を叩いて自信満々に言う。

「頼りにしてるわ」

笑いながら言って、早速作業に取りかかった。

一度経験したおかげか、昨日より手際よく進められている。

コレットも慣れた手つきで薬草をすり潰していき、種類ごとに分けてくれた。

「これストレス解消になりますね！」

「そんなにストレスが溜まっているの？」

魔石砕きを手伝ってくれながらそんなことを言うコレットに苦笑しつつ、先に砕いた魔石を溶かしていく。

元の魔石の色の濃さ、大きさ、それに硬度や輝きなど。可能な限りそれぞれの特徴をメモして、何が回復薬の出来を左右するのか見極めたい。

トロリと溶けた魔石をフラスコに移す。液体の状態で見ても、やはり昨日の魔石とは何かが違う。

フラスコを目の高さまで持ち上げ、太陽光に透かし見るように矯めつ眇めつ観察するが、よく分からない。

「うーん……」

「一体何が違うんでしょうねぇ？」

悩む私に、コレットも不思議そうに首を傾げる。

「私の勘違いかも」

「そうは思いません」

コレットがやけにキッパリとした口調で言う。彼女は違いがまったく分からないと言っていたけれど、私が変だとか間違っているとかは思わないようだ。

「どうして？」

「だってクレア様には祝福を見ることのできる特別な目があるんですよ？　私と違う見え方でも

まったく不思議はありません」

　当たり前とばかりに言われてハッとする。

「そうか！　光！」

　慌ててフラスコを置いて、カーテンを閉める。

「何か分かったんですか？」

「分からないけど、分かったかも」

　陽の光を遮るのを手伝ってくれながら、コレットがワクワクした顔で訊ねてくる。

　明かりも消そうかと迷ったけれど、この程度なら邪魔にならないはず。それは経験で分かっていた。

　そう、きっと。

「……やっぱり。光ってる」

「光ってる？　魔石が、ですか？」

　溶けた魔石に視線を固定したまま頷く。

　見ようと思えば見える。祝福の光と同じ性質のものだ。目を凝らしてよく見なければ無視してしまえるくらいにほのかな光だが、確かに魔石から発せられていた。

「祝福と似てる……緑の魔石は緑の光で、赤いのは赤……魔石だけじゃない、ヨモギも緑だわ」

「ヨモギも光ってるんですか⁉」

「光ってる……といっても正確には照明みたいな本当の光じゃないんだけど……ブドウジュースは……不思議、緑じゃなくて青だわ」

「へぇ～！」

コレットが素直に驚いてくれる。私も同じ気持ちだ。見えるものだと思って見てみれば、光を発しているものはあちこちにあった。

先々代の残した魔石を取り出しじっと見つめる。

「これは光ってない……というより、すごく小さい……のかしら？」

「消耗したんですかね？　ということは回復させられる、とか」

分かったような分かってないような口調でコレットが首を傾げながら言う。

「……ダメ。元々の光の量が少ないだけみたい」

個体差なのだろう。祝福の光も、人によって大きい小さいがある。それは直接祝福の能力の差でもあった。

「魔石自体の質の問題ってことですかね」

コレットが感心したように言って、私も頷く。

「つまり輝きじゃなくて、光の量の差を無意識に見分けてたのかも」

「ノヴァル工房の扱う魔石は一級品ばかりと聞きますし、魔石チップの活きがいいのは納得です」

「ふふ、食材みたいね」

「ますます錬金術が料理っぽく思えてきました」

「じゃあ鮮度が悪くならないうちに完成させちゃいましょうか」

ふたりで笑い合いながら作業を再開させる。

祝福の光は大きければ大きいほど能力が高いのだし、錬金術も纏う光が大きい素材を使えば完成品の質も上がるのではないか。

「ビネガーよりブドウジュースの方が良さそう」

先々代のレシピに書いてあった白ワインについては、あとでハロルドにワイン倉庫を見せてもらおう。

「薬草はどうします？　ヨモギより緑成分多いのがあれば」

「今ある中ではヨモギが一番光が大きいからこのままで」

あれこれと組み合わせを考えながら、紙に書き付け仮説を立てて。

薬草とジュースを熱して蒸留させる段階で、不思議なことが起こった。

「えっ、混ざった！」

「混ざった？　何がです？」

驚いて思わず声をあげた私に、光の見えないコレットが焦れったそうに聞いてくる。

「今、ヨモギの緑と、ブドウの青の光がスッと混ざって水色になったの」

すり潰した薬草とジュースに宿っていた光が素材から離れて、蒸気が管を通り蒸留液となる段階で綺麗に合わさったのだ。

まるで光が調和するように。

調和。

それは昨日の薬草エキスと魔石液を混ぜ合わせる最終段階で感じた感覚だ。

「……光が上手く調和すると、錬金術は成功する……？」

自信のない口調で呟くが、ほとんど確信に近かった。

「とにかくやってみましょう！」

コレットが顔を輝かせて急かすように言う。

私はしっかりと頷いて、蒸留したばかりの薬草エキスを冷えた魔石液に投入した。

ガラス棒で慎重に混ぜ合わせていく。液体の色はすぐに混ざって薄緑になったが、緑と水色の光がそれぞれを押しのけ合うように揺らめいた。その光の争いが偏らないように、絡み合うように混ぜていくと。

そうするうちに、ある瞬間でスゥッと溶け合うように光が混ざり、やがて調和した。

昨日感じたのより、はるかにハッキリとした感覚だった。

「……成功した、と、思う」

調和した光は薄い水色だった。回復薬の質を調べた試験紙の色に似ている。もしかしたらあの試験紙は、光の色と強さを測っていたのかもしれない。

昨日は光を意識していなかったから比べられないが、完成品の発する光は素材個々の発する光より大きくなったように感じる。

「本当ですか⁉　早速買取屋で調べてもらいます⁉」

目をキラキラさせながらコレットがこちらに身を乗り出す。

「そ、そうね、でもどうかしら、昨日のと同じくらいの品質かも……」

自信がなくてゴニョゴニョと口ごもる。

光の色が試験紙の色と同じだと仮定した場合の話ではあるが。濃いのがいいのか薄いのがいいのかは分からないけれど、この光の色は試験紙の色と大差ないように見える。

「そうですかね？　私に光は見えませんが、液体の色自体は昨日より濃くて効果が高そうに見えますけど」

コレットが残念そうに言いながら、完成品を持ち上げ明かりにかざす。

綺麗な緑色の液体だ。確かに昨日の回復薬より上質そうに見える。

「また私で実験、と言いたいところですが、今日は怪我してないんですよねぇ」

「じゃあここは私が」

言ってナイフを取り出そうと引き出しにかけた手をコレットがサッと捕まえて、「ダメです」と言いながらフルフルと首を横に振った。

「どうせ治るんだしいいじゃない」

「ダメ！　です！」

ムクれて言うと、コレットがぎゅっと私の手を握ったまま強めに繰り返した。

「……取り込み中か？」

「わぁっ！」

突然声がかかってふたり揃って飛び上がる。

ドアの方を振り返ると、そこには気まずそうな顔のルーファスと、何やら楽しげに微笑んでいるハロルドが立っていた。

「ル、ルーファス様、おはようございます……何かご用でしょうか？」

「あー、ハロルドに言われて、魔物素材をいくつか取ってきたんだが」

そう言って手に持っていた包みを差し出してくる。

「えっ、あ、ありがとうござ……」

なんだかよく分からないまま慌てて礼を言おうとして、途中で止まる。

「どうされたんですかそのお怪我は!?」

驚いて声が大きくなってしまう。

差し出されたルーファスの手に包帯が巻かれている。包帯には血が滲んでいて、まだ傷が塞がっていないのは明白だった。

「少ししくじって……いや、気にするほどのものでは」

「気になりま」

「クレア様！　ちょうどいいところに実験体が！」

言葉を濁すルーファスへの追撃を遮るように、コレットが私の腕を掴んで揺さぶる。

「今主人に向かって実験体って言ったか？」

「ごめんなさい！」

ハロルドが聞き逃すわけもなく目を光らせると、コレットが反射のように謝る。

「ええい騒がしい！　落ち着けおまえたち！」

収拾がつかなくなったところでルーファスの一喝が皆を黙らせる。

私たちは一斉に口を噤み、叱られた子供のようにしゅんとうつむいた。

「うっ……そうしょげられると……」

ルーファスが戸惑うように呻く。動揺が見られるのが意外だ。もしかしたらこれまでの印象と違って、あまり高圧的な物言いは得意ではないのかもしれない。

「……いやいい。それで、実験とはなんの話だ」

ズバリと聞かれてコレットと目配せをし合う。私から話すのが妥当だろう。

「……その、錬金術、を学ぼうと思いまして」

「それはハロルドから聞いている」

その口ぶりだと、私が錬金術をすることに反対する気はないらしい。

「それで出来上がりましたのがこちらの回復薬です」

サッと回復薬入りのフラスコを見せる。

「そんなあっさり成功するものなのか……!?」

驚いたようにルーファスが言う。一応昨日の時点で第一弾は成功しているのだが、ルーファスは昨日出かけたまま戻らず、先ほど帰ってきたばかりらしい。ハロルドが報告する時間はなかったのだろう。

「それが、まだ成功しているかどうかは分からないのです」

「なるほど、それで実験体か」

そう言っただけですぐに理解したらしいルーファスが、納得顔で頷いた。

「ふたりが揉めていたのは、実験体の押し付け合いか……?」

ルーファスの目がスッと細められ、そこに冷たい光が宿った気がして背筋が伸びる。

「そうなんですよ旦那様！　クレア様ったらすぐご自分の指を切って試そうとするので止めるのに一苦労で！」

「あ！　シーッ！　ダメよコレット！　叱られる波動を感じたわ今！」

あっさり本当のことを告げるコレットを慌てて止める。

家族から理不尽に叱られ続けてきた私には、叱られる前の空気というものがなんとなく分かるのだ。

「自分で、だと……!?」

けれどルーファスはなぜか面食らったような顔で言い、その後ろでハロルドが笑いを堪えるように口元を押さえて肩を震わせている。

どうやら思っていたのと違ったらしい。

「……分かった。俺の身体で存分に試すがいい」

すっかり怒気が収まったらしいルーファスが、ため息交じりに言って包帯をクルクルと解いていく。その下から現れた全長十センチほどの裂傷はまだ傷口が生々しく、思わず目を逸らした。

「いえ、でも、まだ安全面の保証が……あ、ではそれは私が」

思いついてフラスコを傾け自分の手の甲に液体を少し垂らす。

「おい！」

「もう！　ご自分で試すのやめてくださいってば！」

昨日の経験が活きたのだろう。慌てた様子のルーファスよりも早く、コレットがエプロンで力強く私の手を拭う。

「……いつもこうなのか？」

止めようとしたのか、片手が不自然に上がった状態のままルーファスがハロルドに尋ねる。

「ぶくくっ……いえ、俺もさすがにここまでとは……っ」

堪えきれていない笑いを漏らしながら、ハロルドがルーファスに答える。その口調にどこか気安さを感じて不思議に思う。

どうやら彼らは主従の線引きはあっても仲良しらしい。歳が近いからだろうか。執事の前は従者だったと言っていたから、友人のような関係なのかもしれない。

「聞いてますかクレア様⁉」

「はっ、はい！」

コレットに叱られながらそんなことを考えていたせいで、余計に怒らせてしまったらしい。

反省して謝りながらも、私もコレットと遠慮のない関係になれているようで嬉しかった。

「まったくもう……」

「とりあえず、試してもいいんだな？」

ブツブツとお説教を続けるコレットに遠慮したのか、小さな声でルーファスが聞いてくる。

「はい、あの、少量ずつ試してみてくださいね」

頷いてフラスコを手渡すと、ルーファスは露出した傷口に躊躇なく液体を垂らした。

ほんの数滴だというのに、その効果は絶大だった。

直視できないほどの大きな傷はみるみるうちに塞がり、あっという間に完治してしまったのだ。

「おお、これは……」

「かなりの高品質だな」

ハロルドとルーファスが感心したように言う。

「すごいですね、昨日のはあんなちょびっとの切り傷を直すのにも数秒かかったのに」

「魔石の質の違いかしら……？」

それともしっかり光を意識して調合した結果か。あるいはどちらもかもしれない。それくらいはっきりと違いが出ていた。

うつむいて考え込んでいると、ふと視線を感じて顔を上げる。

じっと私を見ていたらしいルーファスとパチリと目が合い、仰け反るように一歩下がる。

「クレア」

「は、はいっ」

初めて名前を呼ばれ、そういえばこんなにしっかり目が合うのも初めてかもしれない、なんてどうでもいいことを思う。

「この才能はローズウッド侯爵もご存知なのか」

「え？　いえ、家族は私のすることに興味がないので」

質問の意図が分からず、戸惑いながら答える。

そもそも錬金術に興味を持ったのは完全に放置されるようになってからだし、実験ができるようになったのはここに来てからだ。

ルーファスが一瞬奇妙な表情をして、それからすぐに眉根を寄せてむっつりと黙り込んだ。

「これもあとで売りに行きますか？　かなりの額になると思いますよ」

答え方を間違っただろうかとオロオロする私に、ハロルドが助け舟のように話しかけてくれた。

「まだ回復薬の材料がたくさんあるので、全部作ってからまとめて持っていこうかと」

コツは掴んだ。成功の手応えも分かった。別の実験をしても、光さえ意識していれば、失敗も成功もすぐに要因を分析できるだろう。

それよりも売りに行く時間が惜しい。今手元にある素材で、回復薬以外にも可能な限りの実験をしてみたかった。

「……そういえば先ほど、魔物素材とおっしゃいました？」

ルーファスの足元に置かれた包みを見てキラリと目が光る。

「あ、ああ、ハロルドが協力してやれと……」

「ハロルドさぁん！」

そう聞いた瞬間ハロルドに満面の笑みを向けてしまった。なんて気の利く執事なのだろう。

「ありがとうございます！　本当に嬉しいです！」

「いえいえ、礼には及びません」

この程度の感謝の言葉では足りず、もどかしさに足をジタバタさせる私にハロルドが手柄を誇示するでもなく爽やかに笑った。

「採ってきたのは俺なんだが……」

「はっ、そうですよねすみません！　怪我までさせてしまって申し訳ありません……」

腑に落ちない感じで言われ、慌てて頭を下げる。

「いや謝罪が欲しかったわけでは……」

リアクションを間違えたのか、ルーファスが苦虫を噛んだような顔になる。

「そうだ！　苦虫と言えば！」

ハッと思いついてコレットの方を向く。

「この辺で虫がたくさん生息しているような場所はあるかしら？　錬金術の素材になる虫を探したいのだけど」

「いえまぁ、いくらでもご案内しますけど……もうちょっと旦那様に構ってさしあげてはいかがでしょう……」

遠慮がちに言われてまたハッとする。急いでルーファスの方を見ると途方に暮れたような顔のルーファスが、もはや笑いを堪える気のないハロルドに肩をバシバシ叩かれているところだった。

「ごっ、ごめんなさい！　あちこちに気がいってしまって……」

肩を縮めて謝罪する。作ったものがお金になるとはいえ、錬金術はあくまで私の趣味みたいなものだ。領主であり夫でもある人間を蔑ろにしてまでしていいことではない。

「……いや、いい。その調子で錬金術に励んでくれ」

ルーファスが苦笑する。なんて大人な対応だろう。

「よろしいのですか？」

「回復薬があれば騎士団もずいぶん助かる。材料費は出すからもっと作れるか？　ああもちろん、売って自分の小遣いにしたいなら一切口は出さないが」

大人なだけでなく、なんて度量の大きい人だろう。噂だけでなく目に見えてレイヴンヒース領は財政難だというのに、私が望めば回復薬の売上金を独り占めしてもいいいなんて。

「いえ！　特に欲しいものがあるわけでは……！」

ない、と言いかけて言い淀む。それから図々しいのを承知でおずおずと願い出る。

「……その、素材を買うために少しだけ、都合していただけると」

親指と人差し指で「少し」のジェスチャーと共に控えめに言う。

「……ハハハハッ！　変わったやつだなおまえは！」

ルーファスはポカンとした顔のあと、豪快に笑い始めた。

――こんなふうに笑う人だったんだ。

初対面の印象とあまりに違う笑顔に、今度は私がポカンとしてしまう。

「ふ、くくっ、分かった。金が必要な時はハロルドに言うといい。それに、討伐の際には必ず素材となりそうなものを持ってくると約束する」

「いいんですか!?　でも、大変なのではありませんか……？」

今回だって怪我をして帰ってきたのだ。くれるからと言って、なんの見返りもなく受け取るのは気が引ける。

「そうだな……ではその代わりに、魔物素材から作ったものの売り上げは一部城の運営費に当てさせてもらうというのはどうだ？」

「もちろんです！　ありがとうございます！」

「それでたまに研究成果を聞かせてほしい。楽しそうだ」

そう言われて自然と笑顔になる。

嬉しい。まさかルーファスも錬金術に興味を持ってくれるなんて。

「はい！　楽しくお話しできるように頑張ります！」

張り切って頷くと、ルーファスが満足そうに頷いた。

ハロルドとコレットが、そんな私たちの会話をニコニコと聞いていた。

◆◆◆

よく絞った布でセシルの身体を拭き清め、服を着替えさせる。

簡単に抱え上げられてしまうほど軽い身体をベッドにそっと横たえ毛布をかけてやると、セシルが微かに笑った。

「……なんだかたのしそう」

「別に、そんなことは」

掠れた弱々しい声で指摘されて、責めるつもりはなかっただろうに、なんだか少し後ろめたくて目を逸らした。

いつも通りに振る舞っていたつもりだったが、セシルは敏いところがある。自分でも気づかないような小さな変化にも、いつもセシルが先に気づくのだ。

「いや、実は資金繰りに目処がついてな」

楽しそうに見えるというのならたぶんそのせいだろう。

クレアが錬金術の成果を目を輝かせて報告してくるのを心待ちにするようになったのは、領地経営の資金難に歯止めがかかりそうだと思ったから。それだけだ。

「やっとお医者さまをあきらめてくれたの……？」

「違う」

嬉しそうに言われてムッとしてしまう。

医者探しを諦めるつもりはこれっぽっちもない。どれだけ金がかかろうと、生涯を賭けてセシルを治すつもりだ。

「クレアが錬金術を始めて、その売上金の一部を城のために使ってくれることになったんだ」

変な少女だと思う。

自分の功績を誇ることもなく、自らで人体実験をすることに躊躇がない。身を飾り立てることには興味がなく、控えめで無欲。かと思えば錬金術に関しては貪欲で。

「クレアさんて、おくさん、だよね……？」

セシルが悲しそうな顔になる。ただでさえか細い声が、今にも消え入りそうだった。

「……会ってみたいな」

小さな小さな声で呟かれたその言葉を、聞こえないフリでやり過ごした。

セシルの頼みならなんでも聞いてやりたいが、安請け合いするにはまだ見極めが済んでいない。

ハロルドの言う通り、クレアは確かに善人に見える。だが安全という保証はない。

彼女があの悪辣なローズウッドの娘なのだということがどうしても引っかかるのだ。

クレアは錬金術の才能があるだけでなく、ハロルド曰く全方面に高い知識があるようだという。

能力重視のローズウッド侯爵家で間違いなく重宝されていたはずだ。そんな娘を、簡単に手放すだろうか。善人に見えるのを利用して送り込まれた有能なスパイなのではないか。その可能性をどうしても捨てきれないのだ。

もしセシルの存在を盾に辺境騎士団を差し出せと迫られたら、差し出してしまうかもしれない。

「セシル……？」

無視したから拗ねているのだろうか。黙ってしまったのが気になって声をかけると、いつの間にか眠ってしまっていたらしい。寝息が聞こえてきて苦笑する。

たくさん喋ったから疲れたのだろう。

そっと頭を撫でて、白い頬に触れる。

カサついた栄養不足の肌に胸が痛む。

楽しそう、なんて、あってはならないことだ。

セシルがこんなにも苦しんでいるというのに、自分だけ人生を楽しむなんて。

「……そういえば、声をあげて笑うなんてずいぶん久しぶりだったな」

ふと、先日の自分を思い出してポツリと呟く。

恥ずかしそうに目元を染めて「少しだけ都合してほしい」と商人みたいなジェスチャーで。

無意識に唇の端が持ち上がっていることに気づいて、慌てて口元を手で覆った。

それを咎める者は、どこにもいないのに。

◇◇◇

「できた！」

達成感を覚えて、薄いオレンジ色の液体が入ったフラスコを高く掲げる。

素材はシソの葉と赤い魔石にオレンジジュース。

回復薬より成功率が下がるという疲労回復薬だ。成功の証に、液体の発するピンク色の光は素材個々の光よりも強まっている。

　ようやく満足のいく物ができた。一体何日かかったことか。

　なぜか素材が燃えたり蒸留液が蒸発したり光が打ち消し合ったり。コレットがいても、なかなか上手くいかなかった。色々試してみたが、他の素材の組み合わせでは調和しなかったのだ。

「人体実験なら是非私に！」

「疲労回復薬が必要なほど働いてないだろう」

　勢いよく挙手するコレットに、ちょうど休憩がてら見学に来ていたハロルドがツッコミを入れる。

「飲んでも効果実感できないんじゃないか？」

「こんな一生懸命働いてるのに！　ハロルドさんの目は節穴ですか？」

　言い合うふたりをよそに、クイッと一口飲んでみる。

「ああ！　またご自分で！」

　コレットが憤慨したように言い、ハロルドがケラケラと笑う。

「……うん！　ちゃんと効いているわコレ！」

　ここのところベッドの中でこっそり錬金術の本を読み込んでいたから寝不足だったのだ。おかげで十分に効果を実感できた。一口飲んだだけでも頭がシャキッと冴えて眠気が吹き飛んだ。運動などによる肉体的な疲労じゃなくても回復してくれるらしい。

「味はイマイチね……いっそシソジュースで作った方がよかったかも」

「そうしたらシソの葉なしでもできそうじゃないですか？」

「それも試してみたんですけど、錬金用の蒸留器を使って合わせるという段階が必要みたいで」

「なるほど、魔道具自体に何か仕掛けがあるのかもしれませんね」

「でも美味しいと飲みすぎちゃいません？」

もったいないですよ、とハロルドとの会話の途中でコレットがもっともなことを言う。

たった一口でこの効き目だ。高価な疲労回復薬をジュースみたいに飲んでしまったら、あっという間に破産してしまう。

「疲労回復薬の品質と買取価格を確かめてきましょうか？」

ハロルドに問われて少し迷う。

今のところ資金は十分だ。

ルーファスは魔物素材を使ったものだけでいいと言ってくれたけれど、自分では上手く管理できないし、結局作ったものの用途はすべてルーファスの判断に任せることにした。

売上金は好きに使ってくれてよかったのだけど、彼は律義にも私からの借金という形にして都度借用書を作り、研究費を差し引いた売上金を領地の運営に当てている。

「これはルーファス様に使っていただこうと思います」

意を決してそう言うと、ハロルドが目を輝かせた。

「いいですね！　旦那様ったら毎日青い顔してらっしゃるし、目の下のクマなんて日に日に濃くなっていません？」

ハロルドより先にコレットが嬉しそうに言う。本当にその通りだと思う。

「まったくお役に立てていない私が言うのもなんですけど、領主の仕事ってそんなに大変なものなんですか？」

ルーファスの仕事を手伝っているというハロルドに聞いてみる。

ここに来てまだ二ヶ月も経っていないけど、ルーファスの顔色はずっと悪い。病気の類ではなく、ハロルド曰く慢性的な疲労によるものだという。そんなことを聞いてしまったら、いい加減おせっかいも焼きたくなるというものだ。

「いいえ、まぁ、平和な領に比べて遥かに領主の仕事が多いのは確かです」

私の質問に頷きながら、どこか歯切れ悪くハロルドが答える。

「ただ、ルーファス様の場合はそれだけではなくてですね……」

「他にどんな問題が？」

濁すように言われて怪訝に思う。

どんな些細な質問にもハキハキ答えてくれるハロルドにしては珍しい物言いだ。

「ハロルドさん？」

急かすように言って、ジリジリと逸らされていく顔を覗き込む。

うっかり口を滑らせたというよりは、言うべきことがあって、でも言いづらくて、本当は言いたくて迷っている、といった感じ。

なんだろう。領主の仕事以外に疲労を蓄積してまですべきこと。

「もしかして、三階南の角部屋が何か関係しています？」

思い当たって聞いてみる。

ここに来た初日にルーファスに言われた。好きにしていいけれどその部屋にだけは近づくなと。

最初そこはルーファスの仕事部屋か何かだと思っていたけれど、城中をくまなく案内してもらった今はそうではないということを知っている。

気になってはいたが、探りを入れて彼の怒りを買い、自由に歩き回ることを禁じられたら困ると思って放置していた。

でも、今は前より気になっている。

なぜかは分かっていた。

ルーファスが柔らかく笑うようになって、顔を合わせれば短いけれど挨拶以外の会話もするようになって、完成したばかりの疲労回復薬を真っ先に使ってほしいと思えるくらいの存在になったから。

隠し事をされているのが、少し寂しいのだ。

ハロルドは観念したように一度瞑目《どうもく》して、それから真っ直ぐに私を見て苦笑した。

「……あたりです。今ならもうルーファス様も「近づくな」とは言わないでしょうから、お教えしますね」

なぜ今なら私を遠ざけようとしないのか。

その理由が、私と似たような理由なら嬉しいのだけど。

「怒らないで聞いてくださいね……？」

「もちろんです。どんなお話でも受け止める覚悟があります」

確認するように問われ、胸を張って頷く。

押し付けられただけとはいえ、結果的に私に自由と喜びを与えてくれたルーファスの助けになりたいのだ。

「三階南の角部屋には」

もったいぶるように溜めて言われ、ごくりと唾を飲み込む。

「角部屋には？」

「……ルーファス様の最愛の方が暮らしております」

言われた瞬間頭が真っ白になって、思考が停止する。

それまで大人しく事の成り行きを見守っていたコレットが「いやハロルドさんその言い方やば」と呆れたようにたしなめるのを、私は茫然としたまま聞いていた。

◇◇◇

セシル・レイヴンヒース。五歳。ルーファスの年の離れた弟にして、三階南角部屋の住人。

ハロルドが慌てて付け足した情報に、私はすぐに正気を取り戻すことができた。

そっと扉を叩くと、中から短い応えがあった。

「……ハロルドが教えたのか」

静かに中に入ると、微苦笑を浮かべたルーファスが穏やかに言った。

「ごめんなさい、私、何も知らなくて」

なんと言えばいいのか分からずうつむいてしまう。

「気にしなくていい。黙っていたのは俺だ」

ルーファスはそう言いながら、彼の隣の椅子に座るよう手で示した。

ベッドには小さな子供が眠っている。小さな、本当に小さな身体だった。

「一年前のあの日、両親が魔物に襲われた時、セシルだけが助かったんだ」

彼を起こさないように、ルーファスが小声で教えてくれる。

昨年レイヴンヒースで魔物が大量発生した時、ルーファスは両親を失った。それはすでに聞いていた。だがそれだけではなかったのだ。

それは家族揃って湖畔にある別荘に遊びに行っていた時の出来事だったらしい。

騎士団の伝令係が息も絶え絶えに、湖畔近くの北の森に魔物が大量発生したと報告に来たのだ。

「当時領主だった父は、護衛と家族を連れてここに戻る手筈だった。俺は騎士団を指揮する者として単身北の森に向かった」

さらりとセシルの前髪を掻き上げて、ルーファスが淡々と語る。

「父も前執事も戦闘能力が高かったからな。離れて行動することに心配はしていなかった。むしろ森から遠ざかるから安全だと思っていたよ」

ルーファスが苦笑する。まだ両親を失った傷は癒えていないだろうに、今にも泣きそうな私を気遣うように。

「だが運悪く先行していた騎士団が取り逃した魔物に遭遇してしまった。手負いの魔物だ。死に物狂いで向かってくるそいつから、セシルを守れただけでも僥倖《ぎょうこう》だったさ」

痛みを堪えるような顔だ。それでもルーファスは優しい目で弟の寝顔を見つめている。

胸が苦しくなって、膝の上でぎゅっと握られているルーファスの拳にそっと自分の手を重ねた。

ルーファスはそれを拒絶することなく、ぎこちなく手を開いて緩く私の手を握った。

「それから一年、セシルは寝たきりだ。あれこれ手は尽くしたが、一向に良くなる気配がない」

身体がほとんど動かないのだという。食事も排泄も介助を必要とし、ひとりでは寝返りすらもできない。

日中の世話は専属のメイドに任せているが、深夜や早朝などはルーファスが何度も様子を見にきているらしい。だからずっと寝不足なのだ。

「……怪我の後遺症、でしょうか」

「おそらくな。医者の見立てでは、怪我が直接の原因ではないらしい。だが太ももの裂傷を中心に硬化現象が見られる」

それは手や足の先に向かうにつれ弱まっているが、足はほとんど動かず、手は肘から先が辛うじて動かせるくらいらしい。首から上も、向きを変える、喋る、食べるはなんとか可能という程度で、日常生活を送るのは困難なのだという。

「おそらく父たちの命を奪ったのは、石化能力を持つ魔物なのだろう」

「……コカトリス、バジリスク、あるいはセイレーン?」

魔物図鑑を思い浮かべ、歌や呪いで相手を硬化させる魔物たちを挙げていく。他にも似たような能力の魔物はいるが、錬金部屋にあったレイヴンヒース領に生息する魔物図鑑に載っていたのはその三種だった。石化能力というのはあくまで名称で、実際に成分として石になるのではなく、単純に生き物の動きを阻害する能力のことをいう。

「よく知っているな」

ルーファスが感心したように言う。

「そう、あの当時はここらであまり見かけないような魔物まで発生していた。セシルたちが襲われた付近でコカトリスの目撃情報が上がっていたから、おそらくそれだろう」

「魔物由来とすると、確かに治療は難しいですね……」

病気や怪我の後遺症であれば、それこそ私の作った回復薬や緑の祝福を持つ治癒術師にも治療可能だが、魔物の毒や呪いの解除はその限りではない。

「医者も治癒士も魔術師も、試せるものはいろいろ試したが、どれも匙《さじ》を投げられてしまったよ。回復薬も、最上級のものを飲ませたが根治には至らなかった。意外にも疲労回復薬が有効でな。一時的に顔色がよくなって元気が出るから、定期的に飲ませている。おそらく慢性的な栄養不足や運動不足による体調不良に効果があるんだろう」

おかげで年中金欠だ、とルーファスが笑う。

「復興資金やこの城の運営費用には手をつけていないが、自分で使える金はすべてセシルに注ぎ込んでしまった。贅沢をさせてやれないのはそれが理由だ」

悪いな、と、本当に申し訳なさそうにルーファスが言う。

「そんなこと、ちっとも気にしていません……！」

申し訳なさそうに苦笑するルーファスにブンブンと首を振る。

「私、本当に何も、自分のことばかりで恥ずかしいです……！」

喉につかえながらなんとか言葉を口にする。

ルーファスが疲れた顔をしているのに気づいていたくせに、自分に興味がないなら自由にできて最高だなんて浮かれて。領主の妻としての責務を負わないでいい現状に甘え切っていた。その間彼は領主としての仕事だけでなく、弟のためにすべてを投げうって奔走していたのに。

「言ったただろう。俺が黙ってたせいだと」

ルーファスが優しく慰めてくれる。

私にはそんな資格などないのに。

「うう……」

いっそどこかに埋まってしまいたかった。

「……ん」

自分の不甲斐なさにひとり悶えていると、微かな呻き声が聞こえてセシルを見る。

血管が透けるほど青白いまぶたがゆっくりと上がっていった。

「セシル。目が覚めたか」

「兄さま……おはようございます」

セシルはルーファスに気づくと、弱々しい声で言ってふわりと微笑んだ。

その表情に、胸を鷲掴みにされたような衝撃が走った。

顔色は悪く頬はこけ、呼吸さえも苦しそうなのに、健気にルーファスに笑いかけるその少年があまりに可愛らしくて、なんともいえない感情が私の中に巻き起こる。

少年は、不思議そうにルーファスの隣に座る私へと視線を移した。

「……だぁれ？　あたらしいお医者さま？」

ルーファスではなく私に聞いているらしい。だけどまだ心の準備ができていない。大慌てで姿勢を正し、口を開いた。

「わ、いえ、私はクレア・ローズウッ、じゃない、クレア・レイヴンヒースといって」

「ぶっ、くくく……」

病床の五歳児相手に取り乱す様が面白かったのか、ルーファスが口元を手で覆いながら肩を揺らしている。

カァッと頬が熱くなったが、自己紹介すらまともにできないのだから仕方ない。

「わぁ……！　じゃあ兄さまの奥さんだぁ……！」

嬉しそうに微笑んで、セシルが目元を薄紅色に染める。

それだけでより一層可愛らしさが増した。

「お会いできてこうえいです……えと、セシルです。ベッドからのあいさつでごめんなさい」

セシルは礼儀正しく言ったあと、どうだとばかりに誇らしげな顔でルーファスを見た。

「えらいぞセシル。ちゃんと挨拶できたな」

そう言ってルーファスはわしわしとセシルの頭を撫でる。

セシルは褒められて嬉しそうに目を細め、うふふと笑った。

お互いを大切に思い合っている。一目でそう分かる光景に、不意に涙が込み上げてきた。

「ないてるの……？」

すぐにセシルが気づいて、悲しそうな顔になる。その言葉につられてルーファスも私を見て心配そうな顔をした。

「いえこれは違うんです、最近少し寝不足で」

慌てて目元を拭って笑顔を作る。

人の機微に聡い少年らしい。自分の方がずっと大変な状況なのに、誰かが悲しいことの方がよほど気にかかるようだ。

だけど私は悲しいのではなく、たぶんそう、羨ましいのだ。

両親に先立たれ、残されたたったふたりだけの家族。その絆の強さに、憧れのようなものを感じて胸が痛くなった。

「もう、ねないのはダメですよ。大きくなれませんよ」

「ごっ、ごめんなさい……」

「ははは、これではどちらが子供か分からんな」

小さな子供に叱られしゅんとなる私を、ルーファスが笑う。ただ楽しそうに。

「兄さまもですよ」

セシルがジトっとした目をルーファスに向けて低い声で言う。それは私もまったくもってその通りだと思う。

「はい……」

自覚はあるのか、それとも弟の言うことならなんでも聞き入れるのか。ルーファスは神妙な顔で頷いて肩を落とした。

「……っふふ」

それがなんだかおかしくて、堪えきれず笑い声が漏れてしまった。

「あは！　ルーファス様ったら！」

一度笑い出したら止まらなくなって、はしたないとは思いつつも声をあげて笑う。

だっていつも泰然としているルーファスが、弟のセシルの前では全然違うのだ。

ルーファスは笑い出した私に驚いたような顔をしたあと、気恥ずかしそうに視線を逸らして微かに目元を赤く染めた。

「ふふふ、クレアさまは笑ったおかおがすてきですね」

「ひえっ」

私よりもよほど素敵な笑顔でセシルがキザなことを言う。言われ慣れていない言葉に思わず真っ赤になって固まった。

「……おい、五歳児に口説かれてどうする」

「だ、だって……！」

呆れたようにルーファスに言われ、恥ずかしさのあまり両手で赤くなった頬を隠す。

こんな愛らしい少年に真っ直ぐに褒められて、照れない女性なんているのだろうか。

「セシル様、将来絶対おモテになりますね」

「当然だな」

確信をもってそう言うと、ルーファスが即答した。それ以外の可能性なんてまるで考えていないみたいに。

「んふ！」

その潔さがまた面白くて、せっかく収まっていた笑いがぶり返す。

「まったく、どこで笑うんだおまえは……っふ」

私の笑い声につられたのか、呆れたようなセリフのあとでルーファスが噴き出した。

「兄さまたちがなかよしでうれしいです」

よく分からないまま笑い合う私たちを見て、セシルも楽しそうに笑う。

ここで自由を得られたと感じた時よりも深く。幸福を感じて、私は笑いながら涙の滲んだ目元を拭った。

「……セシル、少し顔色が悪くなってきたな」

ふと、ルーファスが笑いを止めてそう指摘する。

「大変、長居してしまったからですね」

「ごめんなさいクレアさま、たくさんおしゃべりしたから、少しつかれてしまって」

眠そうなまぶたを懸命に持ち上げながら、セシルが申し訳なさそうに言う。一年間寝たきりの生活だというから、体力が極端に落ちているのだろう。

「こちらこそ気がつかなくてごめんなさい」

そのいとけない仕草に胸が締め付けられるほどの愛しさを感じながら、痩せこけた頬にそっと触れる。

「また会いにきてもいいですか」

「うれしい。ぜったいですよ」

「約束です。次はセシル様の好きなものを教えてくださいね」

「はい……かならず……」

もう半分夢の中なのだろう。ほとんど目を閉じてフワフワした口調のセシルに、笑いながら頷いて見せる。

セシルは安心したように微笑んで、それからすぐに眠りについた。

「……部屋を移動しよう」

最後にセシルの額を優しく撫で、ルーファスが静かな声でそう言った。

「はい」

音を立てないように椅子から立ち上がる。

「こっちだ」

セシルの部屋を出て、すぐ隣の部屋にルーファスが私を招いた。そこはルーファスの私室になっているらしい。セシルに何かあった時、深夜であろうとすぐ駆けつけられるようにだろう。彼の生活はセシルを中心に回っているのだ。

「あの調子で、少し喋ったらすぐに寝てしまう。自分の意思で動かせるのは首から上だけ」

私にソファを勧めてくれながら、ルーファスが疲れた顔で言う。

「この一年間色々と手を尽くしたが改善の兆しはない。むしろ少しずつ衰弱している。このままではいずれ……」

これ以上は言いたくないというように言葉を途切れさせ、彼は重いため息をつく。

そのつらそうな表情に、胸がぎゅっと締め付けられた。

「……私、たくさん勉強します」

口をついて出た言葉に、ルーファスが怪訝そうな顔をする。

「たくさん錬金術の研究をして、少しでもセシル様の回復のお手伝いをします」

したいのではなく、するのだ。希望ではなく、決意。

「いや、それは助かるが……なぜおまえがそんなことを」

「あんな幼い子を助けるのに理由が必要ですか⁉」

眉根を寄せるルーファスに、私はきっぱりと答えた。

それからポケットにしまっていた小瓶を取り出し、困惑顔のルーファスに押し付ける。

「できたての疲労回復薬です。セシル様に使ってください。効果は実証済みなのでご安心を」

「また自分で試したのか？」

ルーファスが苦笑して目を細める。

「もう少し自分の身体を大切にしろ」

「ルーファス様には言われたくないです」

「うっ」

ムスッとしながら答えると、ルーファスがわずかにたじろいだ。

自分を大切にしない人代表だ。自覚はあるのだろう。

「これからもたくさん作ります。セシル様だけでなくルーファス様の分も。だから」

だから、なんだろう。自分でも何が言いたいか分かっていない。だけど知ってしまった以上、何かしてあげたいという気持ちがあとからあとから湧いてくるのだ。

「だから、幸せでいてください」

私の家族はダメになってしまったけど、彼らには幸せでいてほしい。

強くそう思った。

第三章　実りの季節

先々代の不完全な手記をもとに、新しい理論を組み立てていくのは楽しかった。

彼にはできなかった錬金術が私にはできるのだということはもう気づいていた。

「きっと錬金術の研究を始めた人は、クレア様みたいな目をもっていたんでしょうね」

「そうなのかも。識光眼《しきこうがん》っていうらしいわ。この目をもつ人は普通、神官になるのでしょう?」

「ええ。司祭になるには必須ですからね。お給料いいらしいですよ」

コレットが内緒話のように口元に手を当てて小声で言う。

司祭には人々に祝福を授ける役割がある。光が見えない者には務まらないらしい。

「クレア様が作る回復薬はどれも高品質ですよね」

「同じ素材でも個体差があるみたいで光の強さが違うの。なるべく大きな光のものを選ぶと完成品の光の強さが段違いで」

不思議なことに、素材同士の光が上手く調和するほど白に近づき光は強くなる。そして買取時の試験紙が示す色は濃くなった。

「昨日の疲労回復薬なんて、試験紙が真っ赤になって買取窓口の方が驚いていましたよ」

「ふふ、いい組み合わせを見つけられてよかったわ」

「クレア様は錬金術の天才ですね!」

コレットが興奮したように言う。お世辞ではなく、本心から言ってくれているのが分かるからとても嬉しい。

「ありがとう。でもこれは才能というより目と祝福のおかげだと思うわ」

物質の発する光が見えるというのは、錬金術を研究する者にとって大きなアドバンテージだ。

光には混ざりやすい組み合わせと、絶対に混ざり合わない組み合わせがある。ただそれらを上手く中和する色もあって、それには一定の法則性があることが分かった。

光が見えていると、最適な組み合わせを探すのが格段に楽になる。

自分の特殊な目が錬金術の研究にこれほど有利に働くとは思いもしなかった。

さらに幸運だったのは、『修復』の祝福も錬金術にプラスに働いたことだ。

錬金素材を光の組み合わせだけで選ぶと、実は素材同士の物質的な組み合わせが良くなかったということが往々にしてある。液体と固体を合わせて熱すると固体が溶けたり崩れ落ちたり、あるいは液体が凝固してしまったり。そういう望ましくない変化を、『修復』の力で直しつつ光だけを反応させることができるのだ。

識光眼をもつ人間は稀で、さらに修復も使えるとなると、その希少性は跳ね上がる。

「本当に運がよかったわ」

作り終えたばかりの疲労回復薬を入れた小瓶を、木箱に並べながらしみじみと呟く。

自分のやりたいことに、自分の能力が適しているなんて。

今まで散々家族に利用され搾取され、どうして神様は私にこんな力しか与えてくれなかったのかと嘆いたこともあったけど、今は素直に感謝していた。

「神はその才能がある者に祝福を授ける、とかなんとか」

「卵が先か鶏が先かみたいな感じかしら？」

コレットの言葉に首を傾げる。

才能があるからその祝福が発現するのか。祝福があるからその能力が備わるのか。

どちらにせよ、その能力を最大限に活かせる錬金術に出会えたことはやはり幸運この上ないといえる。

木箱の蓋を閉じたところで、ちょうどノックの音が聞こえてハロルドが入ってきた。

「こんにちは奥様。今日の分を受け取りに参りました」

「はい、ハロルドさん。こちらをルーファス様にお渡しください」

「いつもありがとうございます。おかげさまですっかり顔色も良くなりましたし、集中力や思考力も戻ったと感心しておられましたよ」

「でもこれに頼りきりはダメですよ？　長期的に使うと人体にどんな影響があるかという検証はできていないんですから」

「ええ。睡眠時間はなるべく取っていただくよう注意しています」

小言を言う私に、ハロルドがクスクスと笑う。

彼の言う通り、最近のルーファスは以前よりしっかり休息を取っているらしい。回復薬や疲労回復薬では治せない、祝福の光量が戻りつつあるのだ。

おかげでルーファスの祝福の色がしっかりと見えるようになった。彼の光は紫に近い濃い青色だった。しかもかなり大きい。青は『知力強化』、そして紫は『魔術』だ。もしかしたらルーファスは魔法が使えるのかもしれない。

聞いてみたかったけれど、コレットのように自分の祝福を知られたくない人もいるのを知ったばかりだ。私から聞くのは憚《はばか》られた。

「しかし疲労回復薬の効果はすごいですね。ルーファス様だけでなくセシル様までお顔の色が戻られて」

「そうなんです！　セシルくんも起きていられる時間がずいぶん伸びたんですよ！」

しみじみと言うハロルドに、嬉しくなって私は微笑む。

「今日もセシル様のお部屋へ？」

「はい。本を読んであげるとすごく喜んでくれるんです」

初めて南角部屋を訪れて以来、疲労回復薬を片手に毎日欠かさずセシルに会いに行っている。おかげで一週間もしないうちに打ち解けて、今では「セシルくん」「クレアさん」と呼び合う仲になり、口調もくだけたものとなっていた。

「今日もこれから伺おうかと」

木箱に詰めなかった小瓶を振りながら言うと、ハロルドが笑顔になった。

「ルーファス様もあとでセシル様のご様子を見に行くとおっしゃってましたので、お会いするかもしれませんね」

それを聞いて自然と頬が緩む。

セシルの部屋に、錬金術の研究結果の報告。それに仕事が捗るようになって余裕ができたからと食堂で夕食も。

ここのところルーファスに会う機会が増えて、セシルだけでなく彼とも打ち解けてきている。それがなんだかとても嬉しかった。

忙しいハロルドに別れを告げ、コレットと共にセシルの部屋に向かう。

「旦那様、最近表情が穏やかになりましたよね」

「やっぱり、コレットもそう思う？」

コレットに言われて私も同意する。

顔色が良くなっただけでなく、優しい笑顔が増えた。睡眠不足や疲労の蓄積は、人に与える印象をこうも変えてしまうのかと驚くくらいに。

「口調も柔らかくなったし、すごく話しやすくて」

「クレア様、最初の頃は緊張してらっしゃいましたものね」

「恥ずかしい、気づいてたの？　でも最近はお話しするのが楽しいわ」

見抜かれていたことに照れながらそう言うと、コレットがニマニマと何か含むところのありそうな笑顔になった。

「なぁに？」

「旦那様たちが仲睦まじい様子で、使用人一同としては安心です」

「なっ」

絶句してカァッと頬が熱くなる。

確かに仕える主人の家庭が上手くいっていた方がそこで働く人たちにとっては安心だろう。実際にルーファスとの交流は順調だし、別に否定するようなことでもない。なのに、どうしてだか落ち着かない気持ちになる。

「……そうよね。私たちがピリピリしていたらみんなも落ち着かないものね？」

セシルの部屋に辿り着き、冷静ぶって言いながらドアノブに手をかける。寝ている場合に起こしてしまわないように、ノックをせずに開ける許可をもらっているのだ。

「クレアさん！」

扉を開けると、すぐにセシルの嬉しそうな声が聞こえてきた。初めて会った時よりもハリのある声だ。体調は良さそうだ、と思うのと同時に、ベッド脇の椅子にルーファスが座っているのが見えて動きが止まる。

会えたらいいなとは思っていたけれど、さっきまでの会話のせいか、なんだか妙に気恥ずかしい。

「兄さま、クレアさんとコレットだよ」

「ああ、見えているさ」

セシルが言うと、ルーファスが苦笑で答えた。

「旦那様もいらしてたんですね」

「ちょうど今来たところだ」

ルーファスがコレットの言葉に頷き、それから私に視線を移して緩く微笑んだ。

「毎日セシルの相手をしてもらってすまないな」

「いえっ、私の方こそ……あ、そうだ、今日はこれを持ってきました」

しどろもどろになりながら、ポケットに入れた小瓶を取り出す。

中にはいつもの疲労回復薬とは別の、透明に近いピンク色の液体が入っている。

「今度は何を作りだしたんだ？」

呆れとも感心ともつかない表情でルーファスが言う。

回復薬以外にも、いろんな組み合わせを思いついては試作して、失敗なのか判別がつきづらい奇妙なものばかり作っているせいだろう。錬金術関連本にも載っていないそれらの効能を、ルーファスはいつも楽しそうに聞いてくれる。

「これはお肌に潤いを与える薬液です」

「お肌に潤い⁉」

私が言うと、なぜかルーファスではなくコレットがギラリと目を光らせた。

「セシルくんの肌の乾燥が気になってしまって。市販の保湿薬だと効果がイマイチじゃないですか」

肉や魚など、油分の多いものは消化に悪く、身体が弱っているセシルには食べることができない。そうすると肌への栄養が足りず、セシルの皮膚はいつもカサついていた。炎症を起こしてしまうのを防ぐため保湿剤を塗っているらしいが、ツヤツヤとは程遠い。

「回復薬だと肌荒れは治るけど、潤いとはまた別なので」

小瓶の蓋を開け、中の液体を自分の手のひらに少し垂らす。回復薬とは違って少しとろみのあるその液体は、祝福の『魅力強化』に倣ってピンク色の光になる組み合わせをあれこれ試した。

セシルの手を取り、栄養不足のカサついた手の甲に薬液を塗布する。

「ほら、これなら痛くならないでしょう？」

「わぁ！　すごい……！」

小さな手がみるみる潤いを取り戻していくのを見て、セシルが目を瞠った。

「ほぉ、効果覿面《てきめん》だな」

「私も試してみていいですか⁉」

感心してセシルの手をじっくり見るルーファスを遮るように、コレットが前のめりに聞いてくる。その目がなんだか少し怖い。

「ど、どうぞ……」

ビクビクしながら小瓶を手渡す。

コレットは目を輝かせながら受け取り「ちょっと顔洗ってきますね！」と興奮状態で走り去っていった。

「……嵐のような娘だな」

「コレットはいつもげんきだからボク大好きだよ」

唖然とするルーファスに、セシルがクスクスと笑った。

「セシルくんにはもうひとつあるから、あれはコレットにあげてもいいかな？」

「もちろんです」

セシルが頷く。手を動かせない彼の代わりにルーファスに予備の小瓶を渡すと、セシルは「ありがとう、クレアさん」と律儀にお礼を言ってくれた。

「クレアさんはいろんなものを作れてすごいです」

「まだまだだよ。いつか絶対にセシルくんを治すからね」

勇気づけるように言うと、セシルが申し訳なさそうに眉尻を下げた。

「でも……ボクのことばかりじゃなくて、もっと好きなことをしてほしいです」

「？　してるよ？」

気遣うように言われて首を傾げてしまう。

錬金術の研究は、楽しいだけでなく成功すれば可愛いセシルを元気にすることができるのだ。失敗しても次に活かすことができるし、自分の努力が結果に結びつき、かつセシルやルーファスが喜んでくれる。こんなに幸せな生活を送っていて、本当にいいのだろうかと心配になるくらいだ。

「……してるんですか？」

セシルが不思議そうな顔でぱちぱちと大きな目を瞬く。

お互い同じような顔になっているところで、くくく、とルーファスの忍び笑いが聞こえてきた。

「残念だったなセシル。クレアは俺と同じで、おまえを喜ばせることに夢中のようだ」

「はい！　次は筋力増強剤を作ってみようって今からワクワクしています！」

そう、彼の言う通り、私は今セシルが生き甲斐と言っても過言ではない。

力強く肯定すると、セシルがジワリと頬を赤く染め、困ったように眉根を寄せた。照れているらしい。青白い頬に赤みが差すと、可愛さに拍車がかかる。

「動けるようになったら一緒に庭を散歩しようね。街に買い物にも行きたいな」

動かない小さな手に自分の手を重ねて言うと、セシルがはにかむように微笑んだ。

「おかいもの、いったことないからたのしみです」

「私も王都にいた頃は街に出たことがなかったから、珍しいものがいっぱいですごく楽しいよ」

あちこちに視線を奪われ、目をキラキラ輝かせているセシルを想像して嬉しくなる。

はしゃぎすぎてはぐれないように、手を繋いで歩こう。それで一緒に迷子になりそうになって、コレットが慌てて追いかけてくるのだ。

そうだ、いつかルーファスも一緒に行けたらいいな。セシルの身体が良くなったら、きっと彼の忙しさも少しは減るはず。

そんなことを考えてルーファスを見ると、なぜか彼は神妙というか気の毒そうな顔で私を見ていた。

◆◆◆

報告を終えた部下が執務室から出ていくのを待って、小さくため息をつく。

王都でのクレアに関する調査報告書は、わずか一枚で収まるほど薄っぺらいものだった。

曰く、幼少期はでしゃばりでデビュタントの手順も踏まず社交界に出入りしていたとか。

曰く、ブラコンで騎士見習いの兄にくっついて回り、王子殿下の寵愛を受ける妹の邪魔をしていたとか。

それだけ我が強いにもかかわらず、なぜかある年を境に表舞台から姿を消したとか。

正式に社交界に出られる年齢になってからも、彼女の目撃談はない。

親兄弟の功績で王宮暮らしになったあとは、贅沢三昧ワガママ放題だったと言われている。反面、王宮図書館の修復作業なんていう地味な仕事に明け暮れていたという証言もある。

「人物像が一貫しないな」

でしゃばりワガママなのに、引きこもりでワーカホリック。

事前に噂で伝え聞いたローズウッド家の話から想像していたクレアは前者だが、実際に目にするクレアは完全に後者だ。

疑問に思って部下に調べさせた結果もこの通り矛盾に満ちている。

「前者は悪意ある誰かに流された不名誉な噂なのでしょう」

「おまえもそう思うか」

一緒に報告を聞いていたハロルドが言う。

ここまで二面性のある人物評を聞けば馬鹿でも分かる。クレアの悪評は誰かが操作したものだと。

「そしてその『誰か』はおそらくクレアの家族だ」

「ええ」

確信をもって言うと、ハロルドが複雑そうな顔で同意した。この三ヶ月でずいぶんクレアと親しくなったようだから、憐憫の情を感じているのだろう。

クレアの調査書を置いて、今度はその隣の紙束を持ち上げる。

部下に調べさせたのはクレアのことだけではない。彼女の報告書とは違い十数枚に及ぶその報告書には、ローズウッド侯爵一家のこれまでの功績と、その裏で行われてきた悪行が書き連ねられていた。タチの悪いことに、すべて王家の人間や格上の貴族には気付かれていない。

「クレア様を貶めることで自分たちをよく見せようとしたというところでしょうか」

「いや……」

気の毒そうなハロルドの推測を聞いて、そうではない、と思う。

もう一度クレアの報告書を手に取りローズウッド一家のものと見比べる。

「おそらくクレアの悪評は、ローズウッドの躍進と関係がある」

クレアが「でしゃばり」始めた時から、それまでパッとしなかったローズウッド家が社交界の中で注目を集め始めている。そして「引きこもる」ようになってからは目覚ましい発展を遂げた。

「まるでクレアひとりを犠牲に成り立っているかのようだ」

クレアは何事にも積極的で明るく勤勉だ。

だがハロルドが言うには、ここに来たばかりの頃は常に人の顔色を窺い、誰かの役に立ちたいという気持ちが人並み外れて強かったらしい。そして何にでも感動し、ボロ屋敷を見ても不満のひとつも言わず、ありふれた感謝の言葉に泣きそうになっていたそうだ。

王宮入りするほどの権力を手に入れた貴族の娘なのにもかかわらず、だ。

おそらく彼女は家族から真っ当な扱いを受けてこなかったのだろう。彼女が授かった祝福の色が『白』だというのがその推測に説得力を持たせている。貴族の間では、『白』は将来の見込みなしと判断される色だから。

彼女はローズウッド家全員の引き立て役として連れ回され、ある時期を境に不要と判断された。ここに嫁ぐこともクレアの意思ではなく、王族に取り入るための手駒にされたといったところか。

「たぶん、ご家族はクレア様の才能をご存じなかったのでしょうね」

「ああ。錬金術の素質だけじゃなく知識量も並外れている」

ハロルドの言葉に頷く。

王宮図書館に閉じ込められていたせいだろうか。クレアの知識は幅広い。薬草などの植物だけでなく、動物や魔物、鉱物などの多岐にわたる知識を満遍なく持っているのだ。記憶力だけでなく、理解力もあるし、発想力も応用力も優れている。錬金術で様々な組み合わせを思いつけるのも、それらの才能あってのものだろう。

あれだけの才覚があることを知っていれば、たとえ祝福が期待通りでなくとも手放すことはなかったはずだ。

ローズウッド侯爵夫妻にはクレアがどれだけ希少な能力の持ち主かを見抜く力がないのだ。そんな浅はかな人間たちが、この先も王宮でやっていけるとは思えない。

実際、報告書の最新情報を見る限り、すでにローズウッドの快進撃に翳《かげ》りの片鱗が見え始めている気がしてならなかった。

「ようやくルーファス様がクレア様に心をお許しになったようで、執事としては喜ばしい限りです」

「ふん、まだ全面的に信用したわけではないがな」

「はいはい。そういうことにしておいてあげますよ」

素直に認めるのが気恥ずかしくて強がるが、年上の執事はお見通しのようで、悔しいことに軽く受け流されてしまった。

「ところで、来週調査予定のヴェルモア湿地には俺もお供していいんですよね？」

「ああそのつもりだ……そういえばクレアにパペットマンサーの素材を持ち帰るよう頼まれたな」

「あの泥人形とか操って攻撃する魔物のですか？」

ハロルドが怪訝そうに眉根を寄せる。パペットマンサーはレイヴンヒース領ではヴェルモア湿地にのみ生息している。攻撃力は弱く繁殖力もない上に、素材の需要もないためスルーされがちだ。そんな魔物がいるということすら知らない領民も多いだろう。

「またマニアックなところにいきますね」

呆れとも感心ともつかない感想をハロルドが漏らす。

「クレアの突拍子もない発想には毎度驚かされる」

「スライムを生け捕りにしろと言われた時は何事かと思いました」

「まさかポーション類を量産するとはな……」

金策のためにレシピが確立しているものをひとつひとつ作っていると、当たり前だが時間がかかる。それではクレアの研究時間が減って、新しいものに着手するのが難しい。コレットや他の使用人たちに任せようともしたが、同じやり方をしてもなぜか五割以上の確率で失敗してしまう。

それでクレアが考え出したのだ。スライムの分裂という要素を抽出することを。

スライムはコアを潰して倒すのがセオリーだが、そうすると燕散してしまう。だから生け捕りを望んだのだとあとで理解したが、言われた時はさすがに正気を疑った。

生きたスライムの取り扱いが心配で初めて錬金術の実験に付き合ったが、彼女の集中力はすさまじかった。何度失敗を重ねても折れることなく、むしろなぜ失敗したかを考えるのすら楽しいようで、寝食を削ってまで取り組む姿には共感を覚えた。コレットに叱られていたが。とばっちりで俺まで叱られたのにはまだ納得がいっていない。

おかげで回復薬やコレットが大喜びした美肌薬など、ポーション系の練成物の生産量が飛躍的に増えた。

「次は一体何を作る気なんだか」

「楽しみですよね、謎の練成品」

ぼやくように言うと、ハロルドが楽しそうに目を細めた。

「ちょっとだけ浮く靴とか」

「うごめく手袋とかな」

言い合ってふたりで笑う。

「クレア様は失敗した時が分かりやすすぎます」

「くく、あのしょんぼりした顔ときたら」

露骨に肩を落とす様を思い出してますます笑いがこみ上げてくる。

錬成されたものには驚くような効果を発揮するものもあるが、何に使うのか分からないユニークなものも多い。クレアは失敗作だと言うが、それでも溶けたり塵になったりではなく一応形になっているのだから、やはりクレアには才能があるのだろう。そしてそれを私利私欲のために使うこともなく、すべて管理を任せてくれている。

「まるで錬金術のために生まれてきたような女だ」

汚れても怪我をしても、新しいものを作り出す喜びに顔を輝かせるクレアを思い浮かべてしみじみと呟く。

突如婚約話が浮上して以来あれだけ警戒していたというのに、いつの間にか彼女はこの城に馴染んでしまっていた。

何より、セシルの存在を知って憤るでもなく優しく接している姿を目の当たりにして、彼女を見る目が完全に変わってしまったという自覚がある。

これがすべて自分を篭絡するための演技だと言われたら、もう全人類が騙されても仕方ないとさえ思えた。

「新しいドレスより珍しい虫の方が喜ぶとコレットがぼやいていました」

「ではせいぜい素材採取に励むとしよう」

また笑い合って、報告書の束を机の引き出しにしまう。

ローズウッドの動向は今後も探らせるつもりだ。

クレアを手放すことによって起こる変化に、本人たちよりも早く気づけるように。

◇◇◇

そもそも素材の発している光とはなんなのか。

それはおそらく、素材のもつ「性質」に由来するものなのではないだろうか。

例えば傷薬にもなる薬草全般の発する緑色の光。それは祝福で言えば『治癒』に相当する光だ。

その『治癒の光』を錬金の過程で薬草から抽出しているのだ。

だからそう、今回の実験もきっと上手くいくはず。

「……でき、た？」

完成品を机の上に並べてじっくりと観察する。

針のように細く小さな深紅の結晶が十個ほど。

その中からひとつ、慎重につまみ上げていろんな角度から見る。

魔石に似た透明度の高いその結晶が放つ光は紫に近い赤だった。

先に完成していた指先ほどの大きさの紫水晶を近づけると、互いの纏う光が呼応するようにほんのり強さを増した。

「それがパペットマンサーを使った練成品か？」

「わひっ」

唐突に耳元で声が聞こえて飛び上がりそうになる。

「ルーファス様⁉」

慌てて横を見ると、私の背後から手元を覗き込むようにしているルーファスの横顔があった。

「ああすまない、一応ノックはしたんだが返事がなかったもので」

「ごめんなさいっ、気づきませんでした！」

「いい、いい。コレットから聞いている。集中している時は何も聞こえなくなると」

笑いながら言われてカァッと顔が熱くなる。

試したいことがたくさんありすぎて、ついつい夢中になってしまうのだ。最初は一日三時間程度だったのに、今はすっかり錬金術にのめり込んで四六時中この部屋にいる。ずっと付き合ってくれていたコレットも、今では手伝えることがないと判断した時はそっと抜け出して他の仕事をするようになっていた。そうして手がほしいと思う絶妙なタイミングで様子を窺いに来てくれるのだ。

「コレットが優秀すぎるせいでつい甘えてしまいます……」

反省で委縮しながらルーファスに正面の椅子を勧めると、彼はその椅子を持ってきてなぜか私の隣に腰を下ろした。

「え？　あの」

「それは何用に作ったものなんだ？」

戸惑う私に構わず、ルーファスが赤い結晶を指さして聞いてくる。

目には好奇心の光が宿っている。

ルーファスは私の錬金術に関する成果報告をいつも興味深そうに聞いてくれた。コレットなら「難しすぎて分からないので結論だけお願いします」というような内容でも、その結論に至るまでの過程を、どんなに長くなっても最後までじっくり聞いてくれるのだ。

「これはですね、パペットマンサーの水晶と、それで使役する木偶人形を素材に練成したもので」

「ふむ、ふたつはセットで使うのか？」

「そうなんです。違う個体のものだと魔術式が違うからか機能しないようで」

だからついつい語ってしまう。自分の考えを聞いてくれるのが嬉しくて、いつからか研究と同じくらいルーファスへの報告が楽しみになっていた。

「へぇ？　魔法も呪文が同じでも使う人間によって効果が変わることがあるし、魔物も個々に違いがあるのかもしれないな」

その上ルーファスは思っていた通り魔術の心得もあるようで、魔物や魔道具に関する知識が私よりも多く、いいアドバイスをもらえることが多いので助かっている。

彼は自分の所見も交えながら、私の実験について「ふむふむ」と相槌を打って聞き入っていた。

「――で、こうやって関節に刺すんです」

「ぅわーーッ！」

集中して聞いてもらえる嬉しさにニコニコしながら、見てもらった方が手っ取り早いと判断して結晶を自分の手首に突き刺した途端、ルーファスが青い顔で大声を出したので驚いて固まってしまう。

「いやびっくりしたのはこっちだ！」

目をぱちくりさせている私に、ルーファスがわけが分からないという顔でそう言った。

「躊躇なく刺すな！」

「……ああ！　大丈夫ですよ、これは魔力結晶なので、刺しても痛くありません」

なるほど心配してくれたのか。そう気づいて安心させるように笑いながら説明する。

「そういう問題では……いやそういう問題なのか……？」

混乱したようにブツブツ言ったあと、ルーファスは自分の頭を抱えて唸り始めた。

なんだかよく分からないけれど、心配してもらえるのは嬉しい。私の家族は私が怪我をしても、「治癒の祝福ならよかったのにな」と皮肉っぽく言うばかりで使用人に手当てを言いつけることさえしなかったから。

「あの、続けてもいいですか？」

「……ああ、よろしく頼む」

おずおず聞くと、ルーファスはまだ納得のいっていない顔で言ったあとに、結晶を刺した私の手首を労わるようにそっと撫でた。

心臓がおかしな音を立てたけど、ルーファスは無意識にやったことのようで、その手はすぐに元の位置に戻っていってしまった。

彼は冷たそうな見た目に反してスキンシップが多い気がする。ここ最近は特にだ。

たぶん弟であるセシルに対するのと同じ感覚なのだと思うが、年頃の娘が相手だということを忘れているのだろう。一応とはいえ夫婦なのに、そんな気は一切なさそうだ。

「ええと、それで今度はこっちの水晶に……【動け】」

なんとなく自尊心を傷つけられたような気持ちになりながら、水晶に魔力を込めて言う。

その水晶には、ルーファスから譲り受けた魔術書にヒントを得た、簡易的な魔法陣が彫り込まれている。それは声に反応して、実験器材のバーナーにもあるような発動のスイッチになるのだ。

「……失敗か？」

数秒ののち、何も起こらないのを見てルーファスが首を傾げる。

「いえ、一応成功はしているみたいです」

しょんぼりとしながらトーンの落ちた声で答える。

「成功？　何か起こっているのか」

「今、埋め込んだ結晶が一生懸命私の手を持ち上げようとしているところです」

「……言われてみれば、何かがうごめいているような」

確かめるように、ルーファスがまた私の手首に触れた。

「パペットマンサーの『操る力』があれば動くと思ったんですけど……」

「効果が弱いのだろうか」

「あとは私が重、うっ、というのもあるかと」

自分で重いと明言するのを乙女心が邪魔をする。

どちらにせよ成功してこれなのだから、改良を重ねたところで本来の使用目的の実用化には遠く及ばなさそうだ。

「……一応領主として聞くが、これを何かに悪用するつもりなどは……？」

「ひえっ！　違います！　そんなつもりはこれっぽっちも！」

探るように問われて慌てて否定する。

確かに効果だけ聞くと、人を操って悪事を働こうとしているみたいだ。

「これはその、セシルくんが自分の意思で身体を動かせるようになればと思って」

「セシルの？」

「はい。セシルくんが動けないのは筋力の問題じゃないんですよね？　コカトリスの毒……呪い？のようなものだと」

「ああ、そうだ」

「だとしたら、治療法ではなく別の手段で身体を動かす方法を探した方が早いかも、と」

尻すぼみになりながらこの実験に至った理由を説明する。

疲労回復薬も、筋力増強剤も、セシルの健康をある程度取り戻すことには寄与できたが、直接的な治療には繋がらなかった。これ以上ポーション系でどうにかするのは難しそうだ。

だから別のアプローチを、と考えて色々作っているのだが、まだまだ実用レベルには達していない。

「なるほど……」

諦めて結晶を抜いていると、ルーファスが唸るように言って難しい顔をした。

ガッカリさせてしまったのだろう。こんなふうになるのが嫌だったから、何を作るか言わずに素材の採取をお願いしたのだけど。

「……クレア」

「はっ、はいっ」

改まったように名前を呼ばれてびくりと肩が跳ねる。

「弟のためにありがとう。本当に、心から感謝している」

「へ……？」

深々と頭を下げられて唖然としてしまう。

「で、でも、上手くいかなかったのに……」

「いや、上手くいくいかないの話ではなく、弟のために心を砕いてくれるその気持ちがありがたくてな」

戸惑う私にルーファスが優しく微笑む。

それから少し申し訳なさそうな顔になって、「すまなかった」ともう一度頭を下げた。

「えっ!?　何がですか!?」

ますます混乱して挙動不審になる私に、ルーファスが苦笑しながら顔を上げて「実は」と切り出した。

「ローズウッドからの輿入れということでずっとクレアを疑っていた」

「……！」

その言葉に衝撃を受け黙り込んだ私に、彼は教えてくれた。

ローズウッド侯爵家がいかにして王宮でのし上がってきたのかを。

彼らはライバルとみなした相手を、手段を選ばず蹴落としてきたらしい。

ルーファスから語られる内容は想像以上にひどいものだった。

父と地位を争っていた貴族の悪評を捏造し家族ぐるみでバラまいたり、兄と実力が拮抗していた騎士を、ゴロツキを雇って闇討ちしたり。妹のライバルになりそうな令嬢には、嫉妬で嫌がらせを受けたと嘘をつき、社交界から追放して悪名高い老貴族の後妻になるよう仕組んだという証言もあるらしい。

「ひどい……」

あまりのことに愕然としてしまう。

彼らは私の『祝福回復』で実力を底上げして正々堂々と戦ったわけではなく、犯罪同然のことを繰り返して地位を築いていたのだ。

「だから今回の婚約も、俺を陥れるために送り込んだ刺客だと思って警戒していたんだ」

「ちがっ……！」

咄嗟《とっさ》に否定しようとしたが、違うと言い切ることはできるのだろうか。

例え私にそんなつもりはなかったとしても、ルーファスに取り入って利用したいという両親の思惑は感じ取っていたのだ。

「分かっている。クレアも彼らの被害者なのだろう？」

徐々にうつむいていく私を見て、ルーファスが気の毒そうに聞いてきた。

私はそれに頷くことができず、ぎゅっと自分の手を握り締めた。

「これは俺の推測だが、クレアは彼らに虐げられてきたんじゃないか？　彼らは過剰なほどの祝福至上主義者だと聞いている。期待通りの祝福ではなかったせいで、つらい目に遭ってきたのではないか。ここに嫁いだのだって、奴らの点数稼ぎのために無理やりだったのだろう？」

ルーファスが私を気遣うように言う。彼の言うことは半分くらい当たっていた。だけど私には、そんなふうに優しい言葉をかけてもらえる資格なんかない。

「……違います」

泣きそうになるのをこらえて、ゆるゆると首を振る。

確かに祝福のせいで一度見放された。見下され、罵られ、冷たい扱いを受けてきた。だけど。

「わ、わたしは、彼らの悪行に手を、貸してしまいました」

全身から血の気が引いていくのを感じながら、震える声でなんとか言葉を紡いでいく。

家族として認められたかった。兄や妹のように、両親の役に立つのだと褒めてもらいたかった。

「それはどういうことだ」

ルーファスの顔が険しくなる。

私はその表情に怯えながらも、正直に罪の告白を続けた。

「私、には、人の祝福を回復させる力があります」

「なんだと……⁉」

ルーファスが信じられないといった顔で聞き返す。

「その力を一日中彼らのために使い続けていました」

自分を認められたくて、命じられるまま回復してきた祝福の力で。家族が他人を貶めていただなんて、考えもせずに。

「父は頭がよく回るようになったと喜んでいました。母は社交界での発言力が増したと。兄は同期で一番になったと。妹は殿下のお心を射止めたと」

それを馬鹿正直に言葉通りにとらえてしまった。私は知力や魅力の底上げをしただけで、それ以外の部分では真っ当な手段で今の地位まで上り詰めたのだと。

血の繋がった人間にさえ容赦ない仕打ちができるのだ。そんな綺麗事があるはずもないのに。

私の力は、彼らの悪知恵を働かせるための動力源になっていたのだ。

「すべて人を陥れて掴んだものだったんですね……私が愚かだったせいで、どれだけの人が犠牲になったのでしょう」

ローズウッドの暴挙のせいで人生を狂わされた人がいるのだと知って、胸がひどく痛む。

それに間接的とはいえ関わっていたのだ。自分は彼らの被害者だと思っていたけれど、そうではなかった。今更そんなことに気づいて、己の浅はかさを恥じた。

「……それは侯爵に『人をハメるために力を貸せ』と言われたのか？」

「え……？　いいえ……」

小さく首を振りながら答える。

「今もその、なんだ、祝福の回復……？　をし続けているのか」

「いいえ。ここに嫁ぐときに、家族の縁を切ったつもりでしたので、続ける努力も放棄しました」

ルーファスの質問の意図は分からないままに力なく答える。

たぶんこれまでのように鍛錬すれば、いつかこの距離からでも家族の『祝福回復』を可能にできたかもしれない。けれどもう心が折れてしまったのだ。彼らの家族でいたいと思う心が。

何をしても彼らが私を家族と認めてくれることはない。

そのことに気づいて、もっと早く諦めていれば、他の誰かを苦しめることはなかったのに。

「ならばクレアに責任はない」

「ですが」

「おまえは何も知らされず親に強要されただけの哀れな娘だ。当主の決めたことに逆らえば将来の保証はない。貴族ならば誰もが承知している」

「それに」

だとしても。そうだとしても、私が悪事に加担していたという事実は消えない。

反論しようとする私を手で制してルーファスが続ける。

「おまえにその力がなかったとしても、奴らは同じことをしてきただろう」

「それは……」

そうであることは想像に難くない。彼らの性根が、私の存在ひとつで変わったとは思えなかった。

「現に今、おまえがいなくなったあとも奴らは同じことを続けている。だが徐々に悪事が露呈しつつあるようだ。短期間の調査でさえその片鱗を垣間見ることができたほどに」

「私が……回復しなくなったから……？」

「そういうことなのだろう。このままいけばいずれ陛下も知る日がくる。だがきっと侯爵はクレアのことを言わないだろう。祝福の秘匿は重罪だからな」

ルーファスの言う通り、祝福は国に申告する義務がある。基本は祝福の儀の際に教会を通じて申請されるが、具体的な能力があとから判明した場合は都度申し出なくてはならない。そしてその能力が国のためになると判断されれば、半強制的に王宮へ出仕することになる。

私の祝福はその類のものだろう。だから両親は存在を隠したのだ。自分たちの利益のためだけに使えるように。

「祝福の秘匿は親の責任だ。誰もクレアを責めはしない」

私を安心させるためか、ルーファスが力強く保証してくれる。家族扱いされなかったつらい過去が、今の私を救うのだと。

だけど。

「――だがそう言っても、おまえは自分を許せないのだろうな」

苦笑しながらそう言われて、私はコクリと頷いた。

嫁いでから半年。そう長い期間ではないが、短くもなかったらしい。彼は私の性格をもう理解してくれているらしい。

「ならば今からでもできることをすればいい」

「できること……?」

「例えば、ローズウッドの悪事の証拠をつかむとか」

「それは……なかなか難しいのではないでしょうか」

今王宮に戻ったところで、証拠はすべて消されているだろうし、過去に起きたことはもう取り返しがつかない。

「そうだな」

ルーファスも本気で言ったわけではないのだろう。情けない顔をする私を見て笑った。

「でも、そうですね……くよくよしていたって、何の解決にもなりません」

ルーファスは励ましてくれたのだ。そう気づいて、いつの間にか丸まっていた背中を伸ばす。自己嫌悪で落ち込んで、自分だけ罪を見逃される罪悪感に耽溺したって、それで救われる人はいないのだ。

「過去を変えるのは無理でも、未来を少しでも良くすることができないか、しっかり考えます」

「では共に考えよう。俺たちに何ができるか。何が償いになるのかを」

「そんな、ルーファス様にそこまでしていただくわけには」

彼を巻き込むわけにはいかない。せめて自分ひとりで解決すべきだ。そう言おうとした私に、ルーファスが静かに首を振った。

「曲がりなりにも俺たちは夫婦だ。互いが望んだ結婚でなくとも、今はもうクレアを大切な妻だと思っている」

「ルーファス様……」

思いがけない言葉にじわりと視界が滲む。

「夫婦は助け合うものだろう？　すでに俺は何度もクレアに救われている。今度は俺の番だ」

私の手を取り、ルーファスが立ち上がる。

「さぁ、湿っぽい話は終わりにしよう。客人が来る時間だ。泣き顔など見せたらあっという間に付け込まれるぞ」

「……はいっ！」

切り替えるように明るい声で言われて、目元をグイと拭う。

無理やりにでも笑顔を作ると、ルーファスは満足そうに笑ってくれた。

「『祝福回復』のことは忘れてくださいね」

「どうしてだ？」

私が言うと、ルーファスは不思議そうな顔をした。

「だって、知らなかったことにしていただかないとルーファス様まで責められてしまいます」

もし両親の罪が暴かれて私の祝福までバレてしまった場合。ルーファスまで巻き込まれてしまう可能性は高かった。

「……まあ、その辺は適当になんとかしておくさ」

ルーファスが少し考えたような顔をしたあとで、曖昧に笑う。

なんだか濁されたような気はしたが、案外黙っておけばバレないものかもしれない。

それよりも今はお客様の相手をすることを考えなくては。

無理やり頭を切り替えて、身支度を整えるため一旦ルーファスと別れて部屋に戻ることにした。

「おかえりなさいませ、クレア様」

自室前の廊下には、すでにコレットが待ち構えていた。

「スタイリングはすべておまかせでよろしいですか？」

「ええ。こういうとき、どんな格好をすればいいのか分からないから助かるわ」

「ふふふ、腕が鳴りますねぇ」

自分のセンスのなさを恥じて言うが、彼女はその方が燃えるらしい。

ずいぶんアイテムが増えたワードローブを前にして、コレットはテキパキと服やアクセサリーを選んでいく。彼女の頭の中にはすでにトータルコーディネートが出来上がっているらしい。

「緊張するわ……」

「そんなにかしこまらなくて大丈夫ですよ。リラックスリラックス」

楽しそうに着替えを手伝いながら、コレットが安心させるように言う。

これから会う予定の相手は、ルキウス商会の代表だ。ルキウス商会は王都にも支部があり、他国とも盛んに交易がある、レイヴンヒース領の商業における中心的存在らしい。

回復薬等のポーション類を量産することに成功したのはいいが、個人の商店で買い取ってもらうには限界がある。だから大商会に定期的にまとめて買い取ってもらうことになったのだ。その商談の場に、私も製作者として立ち会うことになっている。

「ルーファス様もハロルドさんも一緒ですし、私もついていますから」

「そうね。心強いわ」

コレットの励ましにようやく少し緊張が和らぐ。

錬金術以外に関しては相変わらず成長がない自分が恥ずかしい。

コレットと商談用の応接室に入るとすでにルーファスがソファに座っていた。

「クレア」

私に気づくとすぐに立ち上がり、名前を呼んで微笑んだ。

ルーファスの正面に座っていた男性がつられてこちらを振り返る。

ルーファスと並ぶほどの長身だ。前髪を後ろに撫でつけ、あらわになった額は理知的で、鋭い目はどことなく猛禽類《もうきんるい》を思わせる。

「紹介しようロドリー。妻のクレアだ」

「初めまして。クレア・レイヴンヒースと申します」

ルーファスに恥をかかせるわけにはいかないと、必死で練習した優雅な礼をとる。

「お初にお目にかかります。ルキウス商会代表理事のロドリー・ブライトウェルと申します」

ロドリーは落ち着いた声で自己紹介し、ニコリと笑った。

目を細めると、猛禽類というより狐のような印象になる。

パリッとしたスーツを見事に着こなした彼は、想像していたよりずっと若く見えた。

「娘のコレットが大変お世話になっていると伺っております」

ロドリーはチラリと私の背後に視線をやり、そう言った。

「お世話だなんて……私の方こそコレットにはよくしてもらっています」

私がはにかみながら答えると、コレットが「んふっ」と小さく誇らしげな声を漏らした。

そう、彼はルキウス商会の代表であると同時に、コレットの父親でもあるのだ。

「こんな怪しい風体ですけど、詐欺とかはしないんで身構えなくて大丈夫ですよクレア様」

「こらこら。そんな風に言ったら余計に警戒されてしまうだろう」

コレットの言葉にロドリーは困ったように眉尻を下げたが、どことなく演技がかって見えて、たしかにちょっとうさんくさい。けれど大切なメイドの父親に対してそんなことを思うのは失礼なので、うふふと笑って誤魔化した。

「ロドリーの身元は俺が保証する。彼はズル賢く儲けてリスクを負うより、信頼を得て大口の商売をする方が得だと『身をもって』理解しているからな」

ルーファスが冗談めかして言う。

そんなこと本人の前で言っていいのかしらと心配してロドリーを見ると、彼はその言葉を肯定するように笑みを深くするばかりだった。

このふたりの過去に何があったかは分からないが、とにかく信頼関係は確かなものらしい。

挨拶を終えソファに座りなおすと、ルーファスの背後に控えていたハロルドとコレットが紅茶を淹れてくれた。

そこから商談がスタートする。

といっても私はほとんど聞いているだけで、何か質問があった時だけそれに答えるという気楽な立場だ。

「取引相手はこちらで厳選いたしますのでご安心を。刻印はどうされますか？　費用は別でかかりますが、偽物や粗悪品が出回るのを防げます」

「おまえに任せよう」

「かしこまりました。渓谷を通る場合の護衛はこちらで手配する形で？」

「その際は騎士団の者を頼るといい」

「それは頼もしい」

ルーファスとロドリーの商談は滞りなく進んでいく。まるであらかじめ取り決めでもあったのではと思うほどだった。

知力を強化させる祝福を授かったルーファスと同等に渡り合えるロドリー。

彼も青系の祝福なのだろうか。

好奇心に駆られてロドリーの祝福を見ようとした瞬間。

「うっ」

眩い光を感じて咄嗟に目を閉じた。

おかしい。祝福の光とはあくまで名称だけで、太陽や照明のような暗闇を照らす光とは別物なのだ。人や物体の周囲に揺らめくように漂う、気配のようなものでしかない。だというのに、ロドリーの祝福はなぜか目を開けていられないほどに眩しいと感じてしまった。

「おや、もしや奥様は識光眼をお持ちなのでしょうか？」

鋭い指摘を受けて、そろりと目を開ける。

面白いものを見つけたとばかりに目を細めるロドリーの祝福は、よく見ればコレットと同系色の、けれど比べ物にならないほどの大きさの『幸運』だった。それはもはや金色といっても差し支えないくらいで、だからこそ眩しいと感じたのだと気づく。

「クレアが識光眼を？」

ルーファスが驚いたような顔で私を見る。

「ええと、実はそうなんです」

少し迷ったが素直に肯定する。『祝福回復』のことも話してしまったのだ。いまさらこの程度、隠すほどのことでもないだろう。

「でも、どうしてお分かりになったのでしょう？」

「ははは。私の祝福を見た方は皆同じような反応をいたしますので」

不思議に思ってロドリーに問うと、彼は愉快そうに笑い声をあげた。

「そうでしたか……不調法なことをしてしまい申し訳ありません」

「構いません。隠しておりませんので」

「え？　でも……」

ちらりとコレットを見る。彼女は『幸運』の祝福は危険と隣り合わせだから、普通隠すものだと言っていた。

「父の場合、『幸運』が強すぎてどんな恐ろしい悪巧みもすべて潰えてしまうんです」

コレットが私の疑問を察して答えを教えてくれる。

「どういうこと……？」

「父を誘拐しようとした犯罪者集団がなぜか直前で仲間割れして、乱闘を起こしたせいでお縄についたり。父を利用しようと近づいてきた貴族は、なぜか領地で大問題が起きてそれどころじゃなくなったり」

「だいたいが自業自得でしたね」

「レイヴンヒースに存在していた悪党共がことごとく自壊してくれて大助かりだ」

コレットの説明にハロルドとルーファスが感慨深そうに続ける。彼らもロドリーの祝福を知っているらしい。

「幼少期に王宮出仕のお話をいただいたのですが、家族と離れたくないという私の意思を無視して強引に連れていこうとする方が次々に不幸に見舞われたそうです」

私は覚えてないんですけどね、とにこやかに言うロドリーにぞくりと寒気がした。

「す、すごいですね……」

それだけ言うのがやっとの私の手に、ルーファスが安心させるように自分の手を重ねてくる。

「ま、そういうわけで、この商談は大成功間違いなしですのでどうかご安心ください奥様。必ず双方にとって善きようにいたしますので」

「はい、どうぞよろしくお願いいたします」

ルーファスの手に励まされるようにして微笑む。

私の練成品の数々は、どうやら彼にまかせておけば間違いはなさそうだ。

「ちなみに、成分表のようなものがあればいただきたいのですが……」

遠慮がちにロドリーが言う。

造り手によって素材がまちまちの練成物は、成分を気にして確認したがる貴族も少なくないらしい。

「詳細な分量や精製法までは必要ありませんが、安全なものしか使っていないという保証があった方が売れますので」

「なるほど。ではこちらをお使いください」

納得して、念のため持ってきていたレシピの束を渡す。自分用の覚え書き程度の雑なものだが、読めなくはないはずだ。

「……私がお預かりしてもよろしいのですか?」

驚いたようにロドリーが目を丸くする。

錬金術のレシピは公開されているものもあるが、効果の高い物やオリジナル要素のあるものは秘密にする製作者が多いからだろう。

「はい。このレシピ通りに作ったところで同じものになることはないので」

苦笑して答える。

識光眼と修復を使いこなせないと、上手く調合できないものばかりだ。運よく錬成できたとしても効果が薄かったり、違う効能になったりする可能性が高いことも伝えると、ロドリーは納得してくれた。

「成分と安全性が分かればいいので、こちらで問題ありません。大切に保管させていただきますね」

ロドリーはそう言って、レシピの束を丁重に鞄にしまった。

その後もサクサクと話は進んで、特に揉めることもなく、かなりの好条件で取引は無事終了した。

◇◇◇

商談の翌日から早速、ルキウス商会は動き出してくれたらしい。

流通ルートは領内を超え国内だけに留まらず、ゆくゆくは近隣諸国とのやりとりも視野に入れているとのことだ。そこまでの量を作ることはさすがに無理だと焦る私に、ロドリーは「量より質ですのでご安心を」と微笑んでくれた。

口調も表情も優しいのに、なんとなく蛇に睨まれた蛙のような気分になるのはなぜだろう。

ルーファスとロドリーはあのあとも何度か会って打ち合わせを重ねているようだ。

私はただこれまで同様に、粛々と自分の好きなように錬金術の研究を続けていいということで、早速コレットと街で買ってきた商品の包み紙を開けることにした。

中から出てきたのは全長二十センチほどの可愛らしいクマのぬいぐるみだ。

「ルーファスだ、入るぞ」

「ルーファス様！　来てくださって嬉しいです」

ちょうどそのタイミングで入ってきたルーファスを笑顔で出迎える。

手が空く時間があったら錬金部屋に来てほしいと、朝食の時にお願いしておいたのだ。

「クレアのおかげで最近は時間的にも金銭的にもずいぶん余裕ができたからな。今日は気が済むまで付き合おう」

「本当ですか⁉　ありがとうございます！」

「実験を手伝ってほしいと言っていたが……俺は何をすればいいんだ？」

不思議そうな顔のルーファスを隣に座らせて、クマのぬいぐるみを彼の前に置く。

「セシルへのプレゼントか？」

「はい。でもこれだけではセシルくんひとりで遊べないので、協力していただきたくて」

「……俺にこの人形で腹話術でもしろと？」

「ふふっ！　それも見てみたいですけど」

怪訝そうな顔で予想外のことを言われて思わず噴き出してしまう。

この小さなぬいぐるみをルーファスの大きな手で巧みに操り、裏声で喋っているのを想像したらなんだかとても微笑ましくて素敵だ。

「そうではなくて、これを使おうと思っていて」

それから引き出しを開け、大切に保管しておいた練成物を取り出しその横に並べていく。

「これは、たしか上手くいかなかったとしょげていたやつじゃないか」

「しょげてなんていません！」

子供っぽさを指摘されたようで、恥ずかしさを誤魔化すように強めに否定する。

「有効な活用方法を考えて思案していただけです」

「くく、そうか。それはすまなかった」

見透かすように笑い、紅潮した私の頬にちょんと触れる。

そのせいで私の頬はさらに熱を増した。

「……つまりですね、セシルくんに喜んでもらうために考えたんですけど」

これ以上言い訳するのも余計に子供っぽい気がして、反論をやめてモゴモゴと本題に戻す。

ルーファスはそれ以上茶化すこともなく、真剣に私の話を聞いて、いろいろな案を出してくれた。

それをもとに何度も改良を重ね、私だけでは一ヶ月以上かかるだろうという目算は大幅に縮まり、一週間も経つ頃には想定以上の物が仕上がった。

「今すぐセシルに渡しに行こう」

仕事の合間合間に手伝ってくれたルーファスは、その出来上がりに満足そうな表情を浮かべてそう言った。

「はい！」

徹夜明けにもかかわらず元気いっぱいの返事をして、完成品を胸に抱えルーファスとセシルの部屋に向かう。

「兄さま！　クレアさんも！」

セシルはちょうど起きて退屈していたようで、目を輝かせて私たちを迎えてくれた。

「では私はこれで」

「いつもありがとうございます」

世話役のメイドが微笑まし気に笑いながら部屋を出ていくのに礼を言い、早速椅子に腰かける。

「おはようセシルくん。今日はとっても元気そう」

「はい。クレアさんのおくすりのおかげです」

本当に、今日はずいぶんと顔色がいい。

最近は色々な種類の回復薬を摂取しているからか、食欲も増してきた。

おかげで気力がみなぎっているようで、筋力回復のトレーニングにも精力的に取り組んでいるそうだ。その努力の甲斐あってか、少しなら手も動くようになり、クッションを背に入れた状態で上半身を起こしてあげると、短時間ではあるが疲れずに座っていられるようになっていた。

「今日はセシルくんにプレゼントを持ってきました」

そう言って可愛い紙袋を手渡す。

セシルはパッと頬を赤らめ、「わぁっ」と控えめな歓声をあげた。

「でもボク、たんじょうびじゃないです」

「苦いお薬を頑張って飲んでるご褒美だよ」

上目遣いでルーファスを見るセシルの愛らしさにうっとりしつつ、適当な理由をこじつける。味より効果重視で作ったポーションを半泣きになりながら飲むセシルは健気で偉いし、まったくの嘘というわけでもないのだけど。

「でも……」

「だそうだ。クレアはおまえに何か贈り物をしたくてしかたないらしい」

本当に受け取ってもいいのか不安そうな視線を受けて、ルーファスが苦笑しながら頷く。

「喜んでくれるといいのだけど」

セシルの代わりに袋からクマのぬいぐるみを取り出して、お腹のあたりに置く。

「……わぁ、クマさんだ！」

彼は目を丸くして、ふっくらし始めた頬を桃色に染めた。

「それからこれも」

もうひとつ、丸い紫水晶がついた指輪をセシルの指に嵌めてあげると、彼は「きれい」と嬉しそうに呟いた。

「セシル、新入りに挨拶は？」

ニコニコとクマを見つめるセシルに、促すようにルーファスが言う。

「あっ、そうだった。こんにちはクマさん」

素直に挨拶をするセシルの前で、ぴょこんとクマのぬいぐるみが立ち上がった。

「えっ⁉」

驚くセシルに向かって、クマは右手を胸元に当ててお辞儀の仕草をする。

「……っ‼　兄さま！　いまの見ましたか⁉」

頬を紅潮させ、興奮した面持ちでセシルがルーファスに言う。

いつも穏やかな口調で話すセシルが、珍しく声を大きくしている。ルーファスは笑いを堪えるように口元を手で覆い、肩を震わせながらもなんとか「ああ、見た」と頷く。

セシルがここまでの反応をするとは思わなかったのだろう。私も悶えそうになるのを堪えるので必死だった。

「かわいい……！」

セシルがたまらず発した言葉に、今度はぬいぐるみがまるで自分の可愛さをアピールするようにくるりと一回転する。

「っ！　……‼」

その仕草に満面の笑みを浮かべたセシルが、言葉もなくルーファスとぬいぐるみの間で視線を何度も往復させているのが微笑ましい。言いたいことが溢れすぎて上手く言葉にならないようだ。

「名前を呼んでやれ」

言いながら、ルーファスはクマの首に巻かれた青いリボンにつけられた銀のプレートを、セシルに見えやすいように持ち上げてあげた。

そのプレートには『リリー』という名前が彫られている。

「り、リリー……？」

はにかむように目元を染めながら、セシルが遠慮がちに名前を呼ぶ。

リリーと呼ばれたクマのぬいぐるみは、元気に両手を挙げてぴょんぴょんと二回跳ね、バランスを崩してコロンと転がった。毛布の上だから足場が悪いのだ。

「ああっ！」

心配そうな声をあげたセシルの前で、リリーが難儀そうに立ち上がる。それから腰に両手を当て、胸を張った。転んでも大丈夫というアピールだ。

「うわぁ、すごい……！」

感動したように目を潤ませて、セシルがゆっくりと自分の腕を持ち上げそっとリリーの頭を撫でる。リハビリ真っ最中の手の動きはぎこちないけれど、その手つきはとても優しいものだった。

「……気に入ってくれたかしら？」

「はい！　これもクレアさんのれんきんじゅつですか？」

無邪気に問われて頷く。パペットマンサーを素材とした練成品の応用だ。あの小さな結晶では人体を動かすほどのパワーを得られなかったけれど、ぬいぐるみならどうだろうと思いついたのだ。

「ルーファス様もたくさん手伝ってくださいましたよ」

「兄さまも？」

驚いたように見上げるセシルの視線を受け、ルーファスが少し得意げな顔になる。

「魔道具の応用だ。その指輪が発動スイッチになっている」

セシルの手を取り、先ほど装着した指輪を親指でなぞる。その指輪に嵌っている水晶は、パペットマンサーの持つ水晶をベースにありったけの魔術要素を煮詰めて凝縮しているため、石の大きさからは考えられないほどの強い光をまとっている。

そして指輪の内側には、ルーファスが術式を考えてくれた魔法陣が彫り込まれている。

私が協力をお願いしたのはその部分だ。

それを装着している間は使用者の魔力を感知して、ぬいぐるみが倒れても自動的に起き上がるようになっている。簡単な挨拶や名前は呪文代わりだ。あらかじめ決めておいた言葉に反応して、ぬいぐるみの関節部分に埋め込んだ赤い結晶が動きを変える仕組みだ。

複雑な魔法陣を彫り込むには指輪自体のスペースが足りないためパターンは少ないが、それでもぬいぐるみが動くというのは子供心をかなりくすぐるに違いない。

「おまえの言葉に反応してリリーが動く」

「すごい……！　兄さまもれんきんじゅつができるんですね！」

感動したように言うセシルに、ルーファスが「いや……」と困ったような顔になる。

「俺にできるのは簡単な魔道具作成だけだ。うちは代々その才能はあるようだ」

セシルの頭を撫でながらルーファスが言う。

錬金部屋の魔道具について聞いた時、先々代の祝福は『魔術』の紫だったとルーファスが教えてくれた。魔道具を作ることに関しては天才的だったとか。魔道具を売ればもう少し領地の防衛費も賄えただろうが、プライドの高い人だったから商売人の真似事などできるかと断固拒否で、自分の趣味のためだけに魔道具を作ったのだとか。

「錬金術の方はからっきしだがな」

「私はルーファス様には錬金術の才能もおありだと思いますが……」

彼は私の突拍子もない思いつきを、形にするまでの道筋を見つけるのが抜群に上手いのだ。ルーファスがいなければ今回のぬいぐるみだって、長い時間をかけたところでせいぜい手を振るくらいのことしかできなかったはずだ。もしルーファスにも光を見る目があれば、私よりも優れた錬金術師になるのではないだろうか。

「いいや俺にはクレアのような発想力が足りていない。錬金術には常識にとらわれない柔軟さが重要なんだろう」

私よりもよほど賢いルーファスに褒められて、じわりと頬が熱くなる。

「そ、そんな、ルーファス様の論理的なアドバイスのおかげです……」

盛大に照れてしまうが、それでも私ひとりの手柄ではないことはセシルに知っておいてほしい。

ルーファスが睡眠時間を削ってまで何かをするときは、必ず大切な弟のためなのだから。

「そもそもルーファス様がこの結婚を受け入れてくださらなければ錬金術と出会うこともなかったわけですし」

「それを言うなら、クレアが嫁いでこなければセシルにこんなことをしてやる余裕もなかったじゃないか」

「じゃあ兄さまたちのけっこんはうんめいですね！」

よく分からない言い合いをしていると、セシルがパァッと顔を輝かせてそんなことを言った。

「……ふふ、その考え方は素敵ですね」

「くくっ、そうだな。セシルの言う通りだ」

私とルーファスはぽかんと顔を見合わせたあと、同時に笑い出してしまった。

そんな私たちを見て、セシルがニコニコと幸せそうに笑う。

「ということは、セシルくんに出会えたのも運命だね」

私の言葉に、セシルが嬉しそうに微笑む。まるで花が咲いたような笑顔だった。

実際、セシルの存在がなければ基礎レシピを作り終えたあたりで満足してしまっていたかもしれない。

「ボク、クレアさんが大好きです」

人生最高の言葉に、じんと胸が熱くなる。

「私も……っ」

感激のあまりセシルを抱きしめようと腕を広げた瞬間、リリーがおぼつかない足取りでトコトコと歩き出した。それから両腕を広げ、ぽてんと倒れ込むようにしてセシルにハグをする。セシルの『大好き』という言葉に反応したアクションだ。

「かわいーい！」

セシルが嬉しそうに歓声をあげ、ぎゅっとリリーを抱き返す。

腕に関しては見違えるほどに回復した。そのことに改めて感動しながら、足先にちらりと視線をやる。

毛布の中の足は、今もまったく動かないままだ。回復薬も一般的な解毒薬も効かず、解呪効果のありそうなものを片っ端から錬金術で作ってきたが、回復の兆しはない。

「……リリーに先を越されてしまいました」

行き場を失った手を力なく下ろしながら呟くと、ルーファスが噴き出した。

私が半眼で視線をやると、彼は気まずそうに咳払いをして目を逸らした。

私のハグは阻止されてしまったが、その日以来リリーは無事セシルの一番のお気に入りとなった。

彼は寝ている時間以外は常にリリーと遊び、リリーを抱き上げる筋力をつけるためにリハビリを頑張っている。

私とルーファスはセシルを喜ばせるため、リリーのアクションパターンをもっと増やせないか日々意見を交わし合っている。彼は来月に領都周辺の魔物調査を控えているというのに、根気強く付き合ってくれた。

　コレットづてにリリーの存在を知ったロドリーからどうにか商品化できないかと相談を受け、簡易版リリーの開発にも取り組んでいる。ポーション類のように量産はできないが大丈夫なのかと心配する私に、より希少な方が価値が高まりますからと微笑むロドリーの顔はやはりちょっぴり怪しく見えた。

◆◆◆

「どけ！　通路を空けろ！　揺らさないように運ぶんだ！」

負傷者でごった返す兵舎の中を、怒声をあげながら進む。

後ろには重傷者を載せた担架を運ぶ騎士が続き、処置室に駆け込むと状況を察した軽傷者がベッドから飛び降りた。

「ルーファス様！　こちらをお使いください！」

「助かる！」

「うぐっ……ああっ！」

怪我人をベッドに移動させると、彼は苦し気に呻いた。顔面は蒼白で、額にはびっしりと脂汗が浮いている。

「症状は？」

「毒だ。ヴィスパーにやられた」

救護仕官に尋ねられ端的に答える。

ヴィスパーはトカゲに似た魔物だ。小さな身体に似合わない猛毒を持ち、相手の身体を爛れさせる。こちらから攻撃しない限りは大人しいが、騎士のひとりが領都近郊のグリムリッジ高原の調査中に運悪く被毒してしまったのだ。

洗浄と消毒を終え、救護仕官が患部を診ているが、表情は芳しくない。

ヴィスパーの毒は特殊で、血清もないし市販の解毒薬も効かないのだ。処置が早ければ自然治癒することもあるが、皮膚は爛れ引き攣れたような痕が残るし、最悪腐り落ちたり全身に回って命を落とすこともある。

「助かりそうか」

「できる限りの処置はしましたが、なんとも……こいつの体力次第でしょうね」

三十分ほどで治療を終えた救護仕官が難しい顔で言う。

思わず深いため息をついてしまった。

回復薬で傷を塞ぐことはできるが、そうなれば血と共に少しは排出されるはずの毒が体内に残ってしまうからそれもできない。

「こちらです奥様！」

「まっ……待ってくださっ……っはぁ、ひぃ」

パタパタと、この場に似つかわしくない軽い足音と聞き覚えのある声に振り返る。

廊下の向こうに、急かすようにその場で足踏みするハロルドと、今にも倒れそうなクレアが見えた。

「緊急事態ですので失礼します！」

「ひゃあっ！」

業を煮やしたのか、ハロルドがクレアを担ぎ上げ走り出す。執事になってからめっきり落ち着いたように見せているが、案外短気なのだ。

「奥様をお連れいたしました！」

「誘拐してきたの間違いだろう……」

得意げに報告されて脱力する。

ふたりの登場のせいで一気に緊迫感がなくなってしまった。

「一体、なにが……げほっ、はぁ」

クレアは何が何だか分からないという顔だ。

騎士団兵舎は居城に隣接している。馬車も使わず走ってきてくれたのだろう。

確かにハロルドにクレアを連れてくるよう頼んだが、事情くらいは説明しておけと思う。

顔には出ていなかったが、ハロルドも焦っていたのだろう。

「すまないクレア、至急ヴィスパーの毒に対処したい」

簡易の丸椅子に座らせながら言うと、ヘロヘロだったクレアの顔がスッと引き締まった。

「患者さんをっ、見せて、いただけますか」

まだ肩で息をしていたが、すぐに立ち上がって処置台で意識を失っている患者に近づく。

前は傷口を直視できず目を逸らしていたが、今は怖がることなく傷の具合を確かめている。

ローズウッド家の悪行を知って以来、クレアは誰かの役に立ちたいという気持ちがさらに強くなったように見える。まるでそれが自分の家族に陥れられた人間たちへの贖罪だとでもいうように。

気にするなとか肩の力を抜けとか、慰めるようなことを言っても逆効果で、隙あらば誰かを助けようと目を光らせているのだ。

ならもういっそ全面的に頼ろうと決めたのだが、これが覿面に効果的だった。クレアは水を得た魚のように研究に励み、目覚ましい進化を遂げていった。

「ヴィスパーということは今日の調査はグリムリッジ高原ですよね。素材は回収されてますか？」

「保管庫に案内しよう」

すぐに処置室を出て足早に歩き始める。

魔物の名前を聞いただけで調査場所を当てるのにはもう驚かない。彼女はレイヴンヒースに生息する魔物なら、すべて場所を暗記しているのだ。

足音が遠い気がしてパッと後ろを振り返ると、やる気に満ちた表情とは裏腹にヨタヨタと歩いていた。

「悪い。気が利かなかった」

クレアはすでにここに来るまで全力で走ってきたのだ。気づいてすぐに引き返す。

「よっ」

「きゃあああ！」

横抱きにした途端、耳をつんざくような悲鳴が聞こえて一瞬気を失いそうになった。

「おっ降ろしてください！」

「……さっきもハロルドに抱えられてただろう」

腕の中でジタバタ暴れられて、なんだか面白くない気持ちになる。

ハロルドの時は驚いた様子だったが悲鳴もあげていなかったし抵抗もしなかったのに。

「ハロルドさんとルーファス様は違います！」

顔を真っ赤にしながらクレアが抗議する。

「緊急事態だ、許せ」

ハロルドの真似をして、問答無用で素材保管所を目指して走り出す。

保管庫に辿り着くと、さっきまで赤い顔をしていたというのにクレアはまたすぐに研究者の顔になった。

まだ解体前の、ただの死骸でしかない魔物を見ても怯みもせず、ブツブツ言いながらあれこれ検分している。

「錬金術用の器材をルーファス様のお部屋に設置しておきました」

「ああ、助かる」

ハロルドが来て、任務完了を告げる。

「……頼もしいですね」

集中しているクレアを見てハロルドが言った。

「ああ。普段とはまるで別人だ」

同意して小さく笑う。

彼女に任せておけば大丈夫。そんな安心感があった。

被毒した騎士は普段鍛えているおかげで無事峠を乗り越え、意識は朦朧《もうろう》としているものの、翌朝には容体が安定し、急場をしのいだ。

クレアは特効薬作りに必要な素材をかき集め、兵舎の急造錬金部屋にこもりきりで三日三晩研究に励んだ。

「うふふとうとうできましたよルーファス様見てください三種類の薬草と解毒作用のあるキク科の花にヴィスパーの天敵ピュリファングの牙が鍵でした！　ヴィスパーの捕食者だからお腹を壊さないように毒を分解する要素があるんですねでもヴィスパーの毒にしか効かないんですよ」

完成した時にはすっかりハイになっていて、いつもなら分かりやすい報告も今はめちゃくちゃだ。

「そうかそうか偉いぞ、大変だったなお疲れ様」

うんうん頷いて手を出すと、クレアは反射のようにその上に自分の手を置いた。

目の焦点が合っていないので、手を引いてやりながら患者の眠る病室に向かう。

「それでヴィスパーはどこですか毒を浴びて試したいので持ってきていただいてもよろしいですか？」

「よろしいわけあるか」

虚ろな目で言われて即座に却下する。

握り締めていたポーションの瓶をもぎ取り、毒を受けた騎士の袖をまくり上げ、患部にドバッとかけてやった。

「あぁっ！　まだ安全確認もしてないのに！」

クレアは嘆くが、青黒く染まっていた腕がみるみる治っていくのを見て、周りに集まってきた野次馬たちが「おおっ」とどよめいた。

「わぁ、やったぁ！」

「うおっ」

クレアが子供みたいな歓声をあげ、そこでプツリと糸が切れたように意識を失った。

咄嗟に受け止めることができたが、心臓がバクバクと鳴っている。

こちらの焦りも知らず、腕の中でクレアはすうすうと寝息を立て始めた。

エネルギー切れで寝るなんて、まるで元気に走り回っていた頃のセシルのようだ。

病室内では、ヴィスパーの毒を克服した喜びに沸く騎士たちが大騒ぎを始めていた。

ここにいたらロクに休めないな。

そう気づいてクレアを抱き上げる。

兵舎にある自分専用の仮眠室まで運びクレアを寝かせてやったあと、執務室に戻る。報告書の束を確認しようとしたが、考え直して仮眠室に書類を持ち込んだ。

備え付けの小さなテーブルは窮屈だったが、クレアの幸せそうな寝顔を見ていたら不思議と仕事が捗った。

クレアはたっぷり十二時間眠ったあと、やけにすっきりした顔で目覚めた。

ヴィスパーの毒を食らった騎士は後遺症もなく、泣きながらクレアにお礼を言っていた。

クレアは恐縮しつつも嬉しそうで、そして少し誇らしげだった。

大役を無事果たしたクレアは、ついでとばかりに騎士団本部の劣化した建物を修復して、まるで建てたばかりのような状態に戻してしまった。

祝福による修繕を生業とする人間を何人か見たことはあるが、こんなでたらめな規模の修復を見るのは初めてだ。

目撃していた騎士たちは呆気にとられたような顔をしたあと、「最高の嫁さんですね」と口々に言ってきた。

本当に、自分にはもったいないくらいの素晴らしい妻だと心から同意した。

◇◇◇

「クレア様がいらっしゃってからというもの、レイヴンヒース領は何もかもがいい方向に向かっていますねぇ」

ドレッサーの前で私の髪を整えながら、コレットがしみじみとした口調で言う。

簡易版リリーを含め、私が作った商品の売れ行きが予想以上にいいらしく、このまま順調に売り上げを伸ばせば辺境領の抱える問題の大半が解決できそうだという報告を受けての発言だ。

「私が来たことで少しでも貢献できたなら嬉しいわ」

「なーにをおっしゃってるんですか！　こまめに修復し続けてくださったおかげでお城は新築同然！　領地復興はどこもかしこも予算たっぷり！　騎士団も増強できて地方のインフラも整って、使用人たちも続々戻ってきています！　おかげさまで人手もようやく足りて、私はクレア様専属とは名ばかりのメイドから一気に侍女に昇進ですよ⁉」

まくしたてるようにコレットが言う。それらすべて私のおかげのように言うけれど、お金の使い道を考えて無駄なく迅速に領地を立て直しているのはルーファスだ。

そのお金の稼ぎ方だって、私ではなくコレットとロドリーが確実に売れるものを判断して上手く商流に乗せてくれるおかげなのだ。過剰に褒められるのはなんだか居心地が悪かった。

「私はただ好きなようにさせてもらっているだけよ」

これは謙遜でもなんでもなく本心だ。

ここにきて自由を保障されて以来、それが破られたことは一度もない。ルーファスは錬金術の研究を強要しないし、売れるものだけを作れとも言わない。

それどころか私が欲しいと言った魔物素材は積極的に集めてくれるし、街に出たいときも護衛にハロルドを連れていけと言われる以外、時間も場所も制限されないままだ。

これだけ好き放題しているにもかかわらず使用人たちは皆親切だし、セシルは世界一可愛い。

その上、無理やり結婚させられたはずのルーファスは、夫婦として共に私の罪と向き合うとまで言ってくれているなんて。

「クレア様？　少しお顔が赤いですが、お暑いですか？」

「え⁉　そ、そうかも。少し窓を開けてもらえる？」

心配そうに顔を覗き込まれて、上擦った声で返す。

やけに鼓動が速くて、焦るような変な気持ちだ。落ち着くためにいったん深呼吸をする。

真っ直ぐ正面を見ると、鏡の中の私は美しく飾り付けられ、まるで別人のようになっていた。

コレットのおかげで服飾品が格安で手に入るとはいえ、毎日のように違う服を着られるなんて一年前は考えもしなかった。

こんな幸福を享受できるだけでもありがたいのに、これ以上を望んではバチが当たる。

「おはようクレア。昨夜はよく眠れたか？」

朝食のため食堂に行くと、ルーファスが笑顔で挨拶をくれた。

「おはようございますルーファス様。おかげさまでぐっすりです」

朝からルーファスに会えたことで自然と顔が綻ぶ。

一時期の忙しさを脱したとはいえ、まだまだすべきことは多い。朝食を一緒にとれるのは週の半分くらいだ。

「嘘ですよ旦那様。クレア様はまた夜遅くまで研究をなさっていました」

「コレット！」

さらりと告げ口をされて、慌ててコレットをたしなめる。彼女は悪びれることなくおすまし顔で、

「奥方の体調を旦那様にご報告するのも侍女の役目ですので」と答えた。

「そんなぁ」

「ふ、くく、優秀な侍女をつけて正解だったな」

オロオロする私を見てルーファスが肩を揺らして笑う。

「このあと街に出るのだろう？　ハロルド、クレアの顔色が悪くなったら担いで連れて帰ってこいよ」

「かしこまりました」

「自分で歩けます！」

からかうように笑うふたりに赤くなりながら言い返して席に着く。

ここにきた当初よりグレードアップした料理を楽しみながら、ルーファスと昨日の出来事と今日の予定を報告し合う。

和やかな朝食風景に、改めて今の環境がどれだけ恵まれているかに気づかされる。

「お食事中失礼いたします‼」

唐突に、バタンと大きな音を立てて食堂のドアが開いてびくりと肩が跳ねる。

急いで振り返ると、そこには呼吸を乱し息も絶え絶えな騎士が立っていた。

「さっ、先触れもなく申しわけ、ゲホッ」

「構わん。落ち着いて話せ」

ルーファスは無礼な振る舞いを咎めることもなく、表情を引き締める。

ハロルドがすかさず水の入ったコップを渡し、騎士はそれを一気に飲み干した。

「っ、申し上げます！　南の森にてモンスターが凶暴化しているとの伝令があり、大至急ルーファス様のご指示をいただきたく参りました！」

「なんだとっ⁉」

ガタッとテーブルを揺らしてルーファスが腰を浮かせる。

「南の森は先週定期調査が入ったばかりですが……」

「ああ。問題なかったはずだ」

訝しむようにハロルドが呟き、ルーファスと目配せを交わし合う。

「すぐ向かおう。ハロルド」

「準備してまいります」

名を呼ばれた瞬間水差しを置いて、給仕長にあとを任せるとハロルドは素早く食堂を出ていった。

「ご苦労だった。おまえは少し休んでから追いかけてこい」

「あ、ありがとうございます……！」

伝令の騎士に労いの声をかけてから、ルーファスが私の近くにきた。

「クレア」

「はい」

私も立ち上がり、真っ直ぐにルーファスを見返した。

「すまないが今日の予定は中止だ。ここまで危険が迫るとは思えないが、安全が保障されるまでしばらく城から出ないでほしい」

「分かりました」

「制限するようなことを言って悪いな」

「そんな、当然のことです」

慌てて首を振る。緊急事態なのだ。わがままを言っている場合ではない。むしろなんの役にも立てないのが歯がゆくて悔しいくらいだ。

「私も何かできればいいのですが」

「何を言う」

歯噛みする私に、ルーファスがおかしそうに笑う。

「我らレイヴンヒース騎士団には大量の回復薬も筋力増強剤もある。心強いことこの上ない」

そっと私の頬に触れてルーファスが言う。

「寝不足の妻のおかげでな」

それから目の下のクマを親指でなぞって、からかうように笑った。

じわりと頬が熱くなる。

「……ご無事をお祈りしております」

「ああ。ありがとう」

なんとか絞り出した言葉に、ルーファスが安心させるように柔らかく微笑んだ。

食事は中断され、慌ただしく出立の準備が始まる。ルーファスは城中の人間に緊急時用の指示を伝え、留守の間の体制を整えていく。

時間はあっという間に過ぎていき、城内には緊迫した空気が漂い始めていた。

すべての準備を終え見送りのため玄関を出ると、すでにハロルドが馬車の前で待っていた。

荷台に荷物を詰めたあと、ルーファスは最後に私をふわりと抱きしめた。

動揺して鼓動が速くなるが、そんな場合ではないと慌てて表情を取り繕う。

「行ってくる」

「どうかお気をつけて」

「ああ。クレアも」

それだけ言って、彼は頼もしい笑顔を残し颯爽《さっそう》と去っていった。

「――セシルくんのところに行きましょう」

馬車が見えなくなったところでコレットに言う。

「え、ですがおそらくもうハロルドさんが知らせに行ったかと」

「ええ。でもひとりじゃ不安だと思うから」

私の言葉に、コレットがハッとした顔で頷いた。

すぐに城内に引き返し、コレットとセシルの部屋を訪ねる。

コレットの言う通りハロルドは報告を済ませていたようで、セシルと世話係のメイドが不安そうな顔で私たちを迎え入れた。

「クレアさん、どうしよう、兄さまが」

セシルはクマのリリーをぎゅっと抱きしめながら、心細そうな声でそう言った。

駆け寄り、その細い肩をそっと抱く。

「大丈夫、ルーファス様はきっと無事に帰ってきます」

「そうですよセシル様！　なんといっても旦那様には騎士団最強の男、ハロルドさんがついてますから！」

「ハロルドさんて本当にそんなに強いの？」

「強いのなんのって！　騎士団にいた頃のハロルドさんて物凄くかっこよかったんですよ！　訓練を見学しにきた若い娘たちにきゃあきゃあ言われてましたから」

「もしかしてその中にコレットもいたとか？」

「ちがっ！　……くはない、ですけど、ここで働き始める前のことですから！」

冗談で言うと、意外なことにコレットが顔を真っ赤にさせて口ごもる。

「ふふ、コレットかわいい」

私たちの明るい口調に安心したのか、セシルがホッとしたように表情を緩めてクスクスと笑う。

「……可愛いのはセシル様ですよぅ」

いじけた口調で言うが、コレットもホッとした顔だ。

「今度ルーファス様に頼んで、ふたりの対決を見学させていただきましょうか」

「いいですね！　ボクも見たいです！」

私の提案にセシルがパッと顔を輝かせた。

「では万全の体調で観戦できるよう、お食事はしっかりとらなくてはなりませんね」

世話係のメイドがたしなめるように言って、手つかずだった昼食のトレイをセシルの前に置いた。

セシルはバツの悪い顔で小さく肩を竦め、「はぁい」と言って唇を尖らせた。

「リリー、おうちでまってて」

セシルが言うと、リリーは彼の腕から抜け出し、トコトコと歩いて枕元の小さな箱に自分から収まった。改良を重ねたリリーはもうすっかりセシルの相棒だ。

それからセシルは小さなスプーンを使って、ゆっくりと時間をかけて自分の手で食事を進めた。

セシルが昼食を食べ終え、しばらく彼の遊び相手をして再び眠りにつくのを見届けてから、コレットと静かに部屋を出る。

「クレア様も旦那様のお戻りまでしっかりお食事と休養をとらなくてはなりませんよ」

「そうね、このままじゃセシルくんに偉そうなこと言えないわ」

すっかり昼食を食べ損ねてしまったことに苦笑する。けれど朝食もそこそこに終えたというのに、不思議と空腹感はなかった。

「心配で落ち着かないからかしら」

「私は先ほどからお腹がぐうぐう鳴っておりますが」

「ああ奥様！　今ちょうど呼びに行くところでした！」

ふたりで笑いながら食堂へ戻る途中で、ハロルド不在時の執事代理を任されることになった青年が困った顔で走り寄ってきた。

「どうしたの？」

「それが、奥様のご家族だとおっしゃる方がいらして……」

「私の家族……？」

嫌な予感にざわりと胸が騒ぎ、眉間にシワが寄る。

その表情を見られたのか、コレットが気遣うようにそっと私の背中に触れた。

「それで、その方は今どこに？」

その手の温かさに励まされ、青年に問う。

「お約束がない方はお通しできませんとお断りしたのですが、貴様に追い返す権限などないとおっしゃってその、強引に応接室に……」

言いづらそうに顔を曇らせる。ハロルドより年若い彼に、貴族と思われる人間を上手に追い返す胆力はないのだろう。ましてや格下とみなした人間にはどこまでも高圧的に振る舞うローズウッドの人間ならなおさらだ。

「分かったわ。案内してちょうだい」

「本当に申し訳ありません！」

不審人物を入れてしまったことを詫びる彼を気の毒に思いながら、安心させるように頷く。

「コレットは先に」

「お供します」

機先を制してコレットが笑顔で言う。先を続けても聞いてくれなさそうだ。

小さく嘆息して笑う。

「心強いわ」

「光栄です」

コレットと並んで応接室へと向かう。

中に入るとそこには、ふんぞり返るようにソファに座る兄フィンリーの姿があった。いつもは自分の権威を誇示するように供の者を大勢引き連れていたが、今日はひとりらしい。そのことに少し違和感を覚えながらも、辺境伯夫人として淑女の礼をとる。

「……お久しぶりですわね、お兄様」

「ふん、少しは見られる格好をしているじゃないか」

開口一番嘲笑交じりの言葉に、ああ相変わらずだなと笑いそうになる。

思いの外冷静な自分に少し驚く。もっと卑屈な気持ちになるかと思っていた。コレットがそばにいてくれるからだろうか。

「お約束もなくいらしたので驚いてしまいました」

「ハッ、生意気だな」

皮肉を込めて言うが、フィンリーは鼻で笑った。私に対して無礼な行いをしたなどとはカケラも思わないのだろう。侯爵家と同等である辺境伯家に嫁いでも、私が兄のずっと下という図式は変わらないらしい。

「申し訳ありませんが、夫は留守にしておりますの」

「構わないさ。お前に用があってきたのだから」

「私に……？」

怪訝に思って眉をひそめる。

辺境騎士団のことで来たのかと思ったが、そうではないらしい。

「話を始める前に、そこの女を下がらせろ」

蔑みを込めた視線をコレットに向けて不快そうに言う。

「お言葉ですが、奥様と男性をふたりきりにすることはできかねます」

「下賤の者が僕の前で口を開くな！」

吐き捨てるように言われ、コレットの肩がびくりと跳ねる。

こんなあからさまな悪意を向けられたのは初めてなのだろう。青ざめ言葉を失って固まるコレットを、庇うように前に立つ。

「私の侍女に無礼な態度は許しません」

睨みながら言うが、フィンリーは「ずいぶんいいご身分だな」と嘲るように唇を歪めた。

「コレット、下がっててくれる？」

精一杯の強がりでコレットに微笑みかける。

本当は心細かったけれど、これ以上コレットに嫌な思いをさせたくなかった。

「ですが……！」

「大丈夫。安心して」

心配そうなコレットの身体を反転させて、強引に応接室の外へ押し出し扉を閉める。

少しすると、扉の向こうから小走りに遠ざかっていく足音が聞こえた。たぶん万が一に備えて腕に覚えのある男性使用人を呼びに行ってくれたのだろう。

「ようやく本題に入れる」

高々と脚を組んで、フィンリーがやれやれといった態度でため息をついた。

「お前も座ったらどうだ」

「いいえ、私はここで結構です」

ソファに座っておしゃべりする気にもなれず、扉の近くに立ったままそう答える。

「ふん、まぁいい」

フィンリーは不機嫌そうに言って、メイドが出したであろう紅茶をグビグビと飲み干す。

「単刀直入に言おう。今すぐ王都に戻れ」

「嫌です」

つい反射的にそう答えるとフィンリーはあからさまに顔を顰めた。反抗されるなんて思いもしなかったのだろう。

「身の程を弁えろこのグズが！」

「きゃあっ！」

罵声と共にガシャンと耳元で大きな音がして、咄嗟に目を閉じ首を竦める。

思い切り投げつけたティーカップが扉に当たって砕けたのだと理解する前に、フィンリーが詰め寄り掴みかかってきた。

「つべこべ言わず僕たちのためにあの力を使え！」

「痛いっ！　やめてくださいお兄様！」

胸倉を掴まれ、ドンと扉に押し付けられる。

苦しかったが、私の言葉など聞こえていないらしい。血走った目で「生意気な」「お前のせいで」「このままじゃ婚約が」と責め立ててくる。

「お前に断る権利などない！　大人しく従えこの役立たずが！」

「うっ、……っく」

その役立たずを強引にでも連れ戻さないとならない事態に陥っているのではないか。

そう言ってやりたかったけれど、強い力で顎を掴まれ無様に喘ぐことしかできないのが悔しい。

「まさかルーファスがお前を引き留めるとでも思っているのか？」

それでも頷こうとしない私に焦れたのか、フィンリーが片眉を上げて言う。

「ハッ、おめでたい頭だ。心配せずともお前のような無能を引き止めたりしない。すぐにでも次の女を宛てがってやるさ。そうすりゃ奴も文句は言わないだろうよ」

下卑た顔で嘲笑まじりに言われ、カァッと全身が熱くなる。

自分だけでなく、ルーファスまで侮辱されたのだ。

「離してッ‼」

思い切りフィンリーの身体を突き飛ばす。不意を突かれたのか、兄はよろりと後ろに下がった。

「ルーファス様はそんな低俗な方ではありません！」

激情にまかせて叫ぶ。こめかみのあたりの血管がドクドクとうるさい。こんな大声を出したのは生まれて初めてだ。

私の剣幕に圧されたのか、フィンリーがポカンと口を開けている。

「……へぇ、ずいぶんと入れ込んでるじゃないか」

けれどすぐに平静を取り戻したフィンリーが、顔を歪ませながら馬鹿にするようにせせら笑った。

「だが残念だったな。愛しの旦那様はもう戻らないかもしれないぞ」

「何を言って……」

「なぜ領主不在の時に僕がタイミングよく現れたか分からないのか？」

私の言葉を遮って、勝ち誇ったように笑う。

「お前には言ってなかったが、ローズウッド侯爵家にはもう何年も前からお抱え魔術師がいるのさ。どんな能力だと思う？」

もったいぶる口調で、いやらしく唇を歪める。

嫌な予感に心臓が速度を増し、吐き気に似たものが腹の底から込み上げて胸元を押さえる。

「魔物を凶暴化させるんだよ。これまでずいぶん世話になったなぁ。嫌いな上官の任務を失敗させて僕が手柄を挙げられるよう仕向けたりな」

ニヤニヤと胸が悪くなるような邪悪な笑みを浮かべながら、フィンリーが誇らしげに言う。

「今は一旦待機させているが、僕の合図ひとつでまた動き出す」

「そんな……ひどい……」

「お望みとあらば『レイヴンヒースの悲劇』を再現してやることもできるんだぞ？」

卑劣な行為に言葉を失う私に、追い討ちをかけるようにフィンリーが言う。

「お前次第だ。どうする？」

考えるまでもない。自分の自由より、辺境領の安全の方がずっと大事だ。

うつむきぎゅっと目を閉じる。頭の中では目まぐるしく思考が巡っていた。

やがてひとつの答えが導き出され、ノロノロと顔を上げてフィンリーに視線を戻した。

「……分かりました」

これは決して屈服ではない。そっちがその気なら、私にだって考えがある。そんな決意を込めた低い声で答える。

「私が戻れば、レイヴンヒースから手を引いてくださるんですよね？」

フィンリーにはそれが悔しさを必死に押し隠そうとしているように見えたのか、満足げに目を細めた。

「いい子だ」

妙に優し気な声で言って、私の頭を撫でる。

ぞわりと背筋に寒気が走り、拒絶したくなるのをグッと堪える。下手に機嫌を損ねて魔術師を動かされては堪らない。

「では今すぐこんなしみったれた場所とはおさらばだ。行くぞ」

「お待ちください！」

即座に城を出ようとするフィンリーを慌てて止める。

「せめて帰り支度をする時間をください」

私が言うと、フィンリーは露骨に不満な顔をした。

だがここで引き下がるわけにはいかなかった。

「どうせここにはもう戻らせてもらえないのでしょう?」

覚悟を決めたような悲しげな表情で言う。そんなつもりは毛頭なかったが、こう言った方が気を良くするのは分かっていた。

案の定、兄は私の格好を値踏みする目で見たあとでニヤリと笑った。

「ふむ、いいだろう。お前にとってはこの貧乏屋敷の古びたものでも宝の山だろうしな」

小馬鹿にしながら言って、フィンリーは慈悲深い自分に酔ったように私に一晩だけ猶予を与えた。

「早朝に出発だ」

話はこれで終わりだとばかりにフィンリーが扉を開ける。廊下には、殺気だった様子のコレットと、屈強な見た目の心優しい庭師が目つきを鋭くして身構えていた。

フィンリーは不愉快そうに目を眇め、ふたりを無視して庭師の後ろでハラハラした顔の執事代理に「おい」と声をかけた。

「明日まで滞在することにした。一番上等な客室に案内しろ」

もてなされるのが当然とばかりに言い放ち、執事代理が戸惑うように私を見た。

私は無言で頷いて、兄の言う通りにしてと視線で伝える。

「クレア様、どうして……!」

「いいの」

去っていくフィンリーの背を睨みながら、納得いかない顔のコレットに首を振る。

「少し疲れたから部屋に戻るわね」

それ以上聞かれないように先んじて言うと、コレットは言葉に詰まってしまった。

「っ、お食事はどうされますか……？」

言いたいことを飲み込んで、コレットが尋ねる。

そういえば昼食も結局食べそびれてしまった。窓の外を見るともう日が暮れかけていて、いつの間にこんな時間になったのかと少し驚く。

ルーファスたちは今どの辺だろう。無事に先行の騎士たちに合流できただろうか。

心配だったけれど、兄が約束を守ってくれたらすぐに戻れるはずだ。無事に戻った時、私が城にいないことをどう思うのか。あるいは、何も思わないのか。

「そうね……手間をかけさせて申し訳ないけど、部屋まで運んでくれる？」

そんなことを考えながら、ぼんやりと答える。

「かしこまりました……」

悲しそうな顔で、それでも優秀な侍女は引き下がってくれた。

私はひとり自室に戻り、萎えそうになる身体を叱咤してここに来るときに持ってきたトランクをベッドの下から引きずり出して中身を詰め始めた。

王都までの道のりは一週間ほど。私が乗ってきた格安の貸し馬車とは違い、兄が用意した馬車はローズウッド家所有の高級品だろう。ならばクッションなどは不要なはず。着替えは動きやすいものを数着。コレットが見立ててくれた中から、特にお気に入りのものを。それから念のため自作のポーション類をいくつか。あとはあれとこれと。

心を無にして必要なものをパズルのように組み立てていく。少しでも手を止めると、決心が鈍ってしまいそうだった。

「失礼します」

「どうぞ」

コレットの声に顔を上げる。

彼女はひとり分の夕食をワゴンに載せ、部屋に入るなり目を丸くした。

「どこへ行かれる気ですか⁉」

「ああ、実は明日お兄様と王都に戻ることにしたの。久しぶりにお話したらホームシックになってしまって」

用意していたセリフを平坦に吐き出す。もちろん信じてくれないだろう。秘密の共有のためとはいえ、コレットに家族のことを話したのは失敗だったかもしれない。

だけど脅されたから帰りますなんて。

拒絶したらルーファスたちがもっと危険な目に遭わされますなんて。

正直に話したって、コレットを困らせてしまうだけだから。

「それにほら、魔物が暴走しているのでしょう？　ここもいつ危険になるか分からないし、恐ろしいから、私だけでも避難しようと思って」

荷造りの手を一旦止め、あえて偽悪的に振る舞う。

「クレア様……」

けれどコレットはやはり騙されてはくれず、悲し気に眉尻を下げるばかりだった。

私の心変わりの原因がフィンリーにあることを分かっていて、だけど安易に引き留めたり口出ししたりできない自分の立場に歯噛みしているのだろう。

友人のように接してくれても、主従の立場を逸脱しない。

私はコレットがそういう人間だと知っていて、ズルいことをしているのだ。

「賑やかな王都が恋しいわ。ここよりずっと栄えてて、すごく楽しいところなのよ？」

我ながらひどい嘘だ。王都を出歩いたことなんて、数えるほどしかないのに。

笑い出しそうになりながら立ち上がる。

「本当に、それでよろしいのですか……？」

「ええ、何も問題ないわ」

今にも泣きそうな顔で尋ねるコレットに微笑み、彼女に歩み寄った。

「必ず戻るから、心配しないで」

なんの保証もない約束を口にして、そっとコレットを抱きしめる。

こんなの、ただの願望だ。

連れ戻しに来たのは兄ひとりでも、その後ろには間違いなく両親がいる。

ここに戻りたい、戻るんだという思いがどれだけ強くても、私ひとりの力では難しいということは分かっていた。

こんなによくしてもらったのに不義理を働く後ろめたさを、大好きな侍女と離れるつらさを、懸命に抑え込んでコレットから離れる。

「……もう他の仕事に戻ってちょうだい。食べ終わったらワゴンごと廊下に出しておくわね」

名残惜しさを振り切るように明るい調子で言うと、コレットが離れようとする私の手を掴んだ。

「私もついていってはいけませんか？」

「……ダメよ。お兄様が許さないわ」

私の身を案じてそう言ってくれる嬉しさを、悟られないように私は笑いながら首を振る。

自分の思い通りに事が運ばないことを嫌う兄のことだ。もしコレットを連れていけば、不快さを隠しもせず「話が違う」と言ってお抱え魔術師とやらに余計な命令をするかもしれない。

「見送りもいらない……でもそうね、ひとつ頼まれてほしいのだけど」

思いついてコレットの手をぎゅっと握り返す。

「なんでもおっしゃってください」

「私がいなくなったあと、セシルくんについていてほしいの」

私が王都に戻れば、兄はこれ以上のことはしないと言った。だけどもし道中で彼の機嫌を損ねるようなことがあったら。その魔術師に、あるいは他の手下に、この城を害するよう命令を出すかもしれない。兄自らがこの遠方の地にわざわざ足を運んだのだ。私を連れ戻すための対策に連れてきたのが、魔術師ひとりのみとは到底思えなかった。

そういった不測の事態が起きた時、身動きの取れないセシルのそばに『幸運』の祝福を持つコレットがいてくれたら心強い。

「おまかせください。必ずそばにいると約束いたします」

私の懸念を感じ取ったのか、コレットが力強く頷いてくれる。

その返事に少しホッとして、さらなる名案を思いついた。

「そうだ、ロドリーさんをお招きしたら？　新商品についていいアイデアがないか、聞いておいてくれないかしら」

ロドリーの『幸運』はコレットの何倍も大きい。これまでの逸話を聞いても、その効力は確かだ。ルーファスが不在の間、彼がこの城に留まってくれれば。

「父、ですか……」

けれど予想に反してコレットは顔を曇らせた。

「いい案だと思うのですが……実はつい先日、大きな仕事が入ったから長く不在にすると」

「そんな……行き先は分からないの？」

「極秘の仕事だから娘にも言えないそうです。少し気になったんですけど、何日も留守にすること自体は珍しくないので」

「そうなの……」

そういえばルキウス商会はあちこち支部があると言っていたっけ。

残念ながらタイミングが悪かったらしい。

「分かったわ。教えてくれてありがとう。セシルくんのこと、よろしく頼むわね」

「はい。祝福全開でお守りします。だから絶対すぐに帰ってきてくださいね」

手を握ったまま、コレットがまっすぐに私の目を見て言う。

涙が滲みそうになるのを堪えながら、私は「もちろんよ」と笑顔で答えた。

コレットがしぶしぶ部屋から出たあと、錬金部屋からも必要なものをかき集め、ようやく荷造りを終えてソファで一息つく。

来た時は隙間だらけだったトランクが、閉めるのに手こずるほどいっぱいになっていた。そのことに少しだけ満足感を覚えて、自室を出た。

時刻はもう深夜を回っている。廊下は暗く、城全体がシンと静まり返っていた。

セシルの部屋へ行くと扉の前には寝ずの番の護衛が立っていて、私に気づくと恭しく頭を下げ脇によけてくれた。

そっと扉を開け、中に入る。

ベッドに近づくと規則正しい寝息が聞こえてきた。

そのことにホッとしたような残念なような気持ちになりながら、月明かりに照らされた幼い寝顔を見下ろす。

出会った頃よりまるみを増した頬はなめらかで、細くまっすぐな髪は月の光を反射してツヤツヤと輝いている。

努力の甲斐あって、栄養不足や慢性的な疲労は劇的に回復した。

だが下半身は動かないままで、健康的な生活にはまだほど遠い。

「……絶対治してあげるからね」

起こさないように小さな声で呟く。

それから額にそっと口づけた。

セシルの顔を見られるのは、これが最後になるかもしれないと思いながら。

自室に戻り、まんじりともしない時間をベッドの上で過ごす。

日が昇り始めるのを待って、トランクを抱えて部屋を出た。

最後にルーファスに会えなかったことを寂しく思いながら、兄の待つ客室へ向かう。

去り際にルーファスに抱きしめられたことを思い出すと、少しだけ最悪な気分が薄らいだ。ずいぶん入れ込んでいるという兄の指摘は、悔しいけれど的を射ている。家族の元に連れ戻されてひどい扱いを受けることより、ルーファスに会えなくなることの方がずっとつらかった。

せめてもの反抗に、ノックもせずに扉を開ける。

「待ちくたびれたぞ」

けれどフィンリーは文句を言うでもなく、勝利を確信した人間特有の余裕に満ちた顔で私を迎えた。

「……約束は守ってくださいね」

「分かっている。お前が王宮に戻り次第、魔術師の任を解いてやろう」

「そんな！　今すぐ戻るよう命じてください！」

「ふん、途中で脱走でもされたらたまらないからな。なに、国一番と名高いレイヴンヒース辺境騎士団だ。この程度で全滅するような雑魚じゃないのだろう？」

ニヤニヤと笑いながら、フィンリーが散らかしっぱなしの客室を出ていく。

その後ろを、震える拳をぎゅっと握り締めながら黙ってついていくことしかできなかった。

第四章　私の家族

王都までの長い道のりを、兄とは一言も言葉を交わさないまま進んだ。

王宮に辿り着いたのは深夜で、人目を忍ぶようにコソコソと裏手から入り込む。

あらかじめ警備兵にはお金を握らせているのか、彼らは見て見ぬふりで私たちを通した。

夜だというのに煌々と明かりに照らされた豪華絢爛な王宮内は、レイヴンヒースでの暮らしより長い期間暮らしていたというのに、ちっとも懐かしいとは思えなかった。

「来い」

前に使っていた部屋はもう別の人が暮らしているらしく、別区画の空き部屋に連れていかれた。

トランクを置いて休む間もなく、フィンリーに急かされ両親の居住区へ引きずるように連れていかれた。

「あ！　おねぇさまやっと帰ってきたぁ！」

フィンリーに突き飛ばされるように両親の部屋に入ると、妙に甘ったるい声と同時に妹のヘレナが走り寄ってくる。

——いや、これは果たして本当にヘレナだろうか？

一瞬頭が混乱しそうになる。

「もう、お姉様がいなくてさびしかったんですからぁ」

ヘレナの声を発する、彼女の面影のある女性は、最後に見た時の二倍近い横幅で、髪のツヤはなく、顔のあちこちに吹き出物があった。

それでも瞳の色はヘレナと同じだし、私の手をぎゅっと握るその指に嵌っている大きなサファイアの指輪は、母から譲り受けたヘレナのお気に入りだ。

「へ、ヘレナ……なの……？」

「私以外の誰に見えるっていうのよ」

確信を持てずにおそるおそる尋ねると、彼女は不機嫌そうに唇を尖らせポイッと私の手を投げ捨てた。

「もういいからさっさといつものやってよ」

それからいつものふてぶてしい態度に戻って、ドカッとソファに腰掛けた。

「こらヘレナ。ようやく私たちのクレアが帰ってきたんだ。機嫌を直しなさい」

なだめるように父が言って、見たこともないような柔和な笑みを浮かべて「おかえり、クレア」と懐かしむように言った。

あまりに不自然で、全身に鳥肌が立つ。

「魔物の多い土地で大変だっただろう。苦労をかけたな」

「いえ……」

警戒心もあらわに、近づいてくる父相手に身構える。

「本当に。国のためとはいえ、無理をさせてしまったわ」

国のため？　自分たちのための間違いでしょう。

そう思いながら母を見る。

嘆き悲しむようにハンカチで拭うその目尻には、涙の一滴も浮かんではいないが、小ジワが目立った。しばらく会わない間に、ずいぶん老け込んでしまったように見える。細くつややかだった腕が、今は枯れ木のように節が浮いている。

「……そんな情に訴えかけるような真似をしなくても、あなたたちの望みは分かっています」

白々しい演技だ。吐き気がするほどに。

「いつもみたいに、私の意思など無視して命令されたらいかがです？」

そう言った瞬間、父たちが取り繕った『家族の仮面』が剥がれ落ちた。

「それもそうね。あなたはいつだって私たちの役に立つことが喜びだったもの」

嘲るように母が笑う。

それを分かっていたくせに、一度も褒めてくれなかったのか。

どんな些細なことでも感謝と好意を伝えてくれたレイヴンヒースの人たちとは大違いだ。

あまりの落差に、私はこんな人たちに家族として認めてもらいたがっていたのかと、急激に馬鹿らしくなってくる。

「なんだその態度は！　お前のせいで我々は散々な目に遭ってきたのだぞ！」

白けた空気が伝わったのか、父が怒りの形相で声を荒らげる。

優しい父親の顔よりよっぽど落ち着く自分がいっそ愉快だった。

「もっと言ってやってください父上。こいつ、田舎の呑気な風に当てられて僕たちの怖さを忘れてしまったようですよ」

父を煽るようにフィンリーが言い、私を小突いてからヘレナの隣に腰を下ろす。

もちろん私にも座るよう促す親切心はない。

だけどそれでいい。あのテーブルについたら、まるでこの人たちの家族みたいになってしまうから。

「ねぇ、どうでもいいから早くやることをやってくださらない？　お姉様のせいで肌荒れがひどいのだけど」

自分の変化が肌荒れだけだと思っているのか。同一人物かと疑いたくなるほどなのに自覚がないらしいヘレナに呆れてしまう。私がいなくなって四六時中祝福の力を借りることができなくなったのに、これまで通り暴飲暴食を繰り返し、連日朝方まで続く夜会に参加した結果だろう。不摂生な生活に、ちょっとした買い物程度の時間で尽きてしまう祝福が追い付くわけがないのに。

「リュシアン殿下が最近素っ気ないのはこれのせいよ」

不貞腐れたように言うヘレナの頭を、母が「かわいそうに」と優しく撫でた。その十分の一でも私に優しくしてくれていたら。馬鹿な私はレイヴンヒースに行くことになっても、なんとか彼女たちの役に立つ方法を探して努力していただろうに。

「それだけじゃないわ。前は私の美しさに恐れをなして遠巻きにしていた小娘たちが、調子に乗って殿下に近づくのよ！　許せない……！　早くなんとかして！」

ぎりりと奥歯を噛み締め悔しそうに言う。

確かに以前のヘレナは輝くほどに美しく、他の令嬢たちも勝ち目はないと諦めただろう。だが今の妹は、かつての輝きを失っている。

「僕も頼むよ。ま、どうしてもってわけじゃないんだけどさ。僕がたまたま調子悪い日にまぐれ勝ちした奴が勘違いしてて困ってるんだ」

あくまでも仕方なしに、という態度でフィンリーは言っているが、目には憎悪の影が見え隠れしている。聞いてもいないのにベラベラと話す内容をまとめると、つまりこういうことらしい。

王立騎士団に入って以来、破竹の勢いで出世したフィンリーは司令官としての地位を約束され、私が王宮を出る頃には人前で戦う機会が激減していた。だが先日、セリーナ王女との本格的な婚約発表の前に箔をつけるため、社交シーズンの始めに行われる御前試合で優勝するよう国王陛下に内々に命じられたのだという。

自分の実力で今の地位を築いたという自負のもと自信満々で挑むが、初戦で『身体能力強化』の祝福を使い切り、二回戦で幼い頃からライバル的立ち位置にある第二王子ヴァルターにボロ負けしてしまった。

たまたま調子が悪かっただけと周囲が笑ってくれ、兄自身もそう思い込んだが、何か感じるところがあったのか、陛下の一存で一旦婚約発表パーティーは延期になった。

挽回の機会として王都外れの森の魔物討伐で陣頭指揮を任されるが、その際も散々な結果だったらしい。同行していたヴァルターはその無様な様子に疑念を抱き、後日私的な対戦を申し込んできたのだとか。

御前試合での雪辱を晴らすため、フィンリーは快諾した。

万全の体調を整え剣を交えたところ、序盤は拮抗していい勝負をしていたものの、長引いたところであっさり負けてしまった。それでようやく、自分の祝福は最大出力は強いが持続時間が極端に短かったことを思い出したのだろう。

「最近は実戦に出ることが少なかったからな。勘を取り戻すのに少し時間がかかってしまった。それは認めよう。だがこのままではヴァルターをつけ上がらせてしまう！　それだけはなんとしても避けねばならないのだ！」

喋っているうちに熱が上がってきたのか、だんだんとフィンリーの声が大きくなっていく。

つけ上がるも何も、第二王子なのだからヴァルターは侯爵家嫡男の兄よりずっと上の立場の人間だ。つけ上がるというならフィンリーの方がよっぽどだろう。

「セリーナもセリーナだ。一度や二度の敗北で露骨に期待外れの顔をしやがって」

不敬この上ないが、それを咎める者はこの場にはいない。両親も妹も、兄が正しいと思っているらしい。だが増長しきった兄のことだ、試合以外でも色々と王女の不興を買っているのではないか。

「聞いただろうクレア。心が痛まないのか。お前のせいでお前の兄妹たちがこんなにも苦しんでいるんだぞ」

責めるような口調で父が言う。

「フィンリーもヘレナも婚約発表が延期になった。私たちも方々に掛け合ったが、結果は芳しくない。それもこれもお前が使命を忘れ、レイヴンヒースでひとりのうのうと暮らしておったせいだ」

今までは『知力強化』の祝福全開の父の知略と弁舌に、『魅力強化』全開の母の美貌で、兄妹の傲岸不遜な態度も魅力に見えるよう上手く立ち回ってきたのだろう。だがそれができなくなった今、馬脚をあらわし始めただけにすぎないのに。

どれもこれもすべて、至らない私のせいなのだという。

「たまたま不運が続いただけだというのに、私たちを嫉んでいた輩が調子に乗り始めてな。まったく、あの身の程知らずどもめ」

あまりの理不尽さに絶句していると、反省して黙ってしまったのだとでも思ったのか、彼らはますます饒舌になっていく。

その口ぶりからすると、どうやら私を連れ戻すのを決めたのは兄たちの失態だけでは収まらない事態が起き始めたからのようだ。

きっかけは分からないまでも、ローズウッド侯爵家の影響力が弱まったのは誰の目からも明らかだ。その隙を見逃さず、これまで散々煮え湯を飲まされてきた貴族たちが続々と嵌められた証拠をもって陛下に直訴するようになったらしい。

兄と妹だけでなくいよいよ自分たちの立場も危うくなって、なりふり構っていられなくなったのだろう。

次期宰相の座は確実と言われ、王族との婚約を約束され、私を不要と切り捨てた時に比べたら、ずいぶんな落ちぶれようだ。

「なぜ能力を使い続けなかったのだ」

「……私の力などなくても問題ないとおっしゃったのはお父様たちでは？」

「額面通りに受け取る愚か者がいるか！　自ら家族のために役立とうとは思わんのか⁉　自立を願う親心を踏みにじりおって！」

恩着せがましいことこの上ない言い分だ。

だがそれも祝福が不足しているのか、あちこちが破綻している。祝福のない父の弁論は論理的というには程遠く、確かにこれではこの先宮廷で生き残ることはできないだろう。

「今回のことで独り立ちさせるにはまだ早いということがよく分かった。だから呼び戻してやったんだ。今なら許してやろうとな」

ようやく言葉を切って、父が尊大な笑みを浮かべる。周りを見れば、母たちも皆似たような表情だ。

こうして頭ごなしに私を否定して、自分たちに従うのが正しいのだと高圧的に言えば、なんでも言うことを聞くと思っている。実際、以前の私はそうだった。だがもう違う。ルーファスたちのおかげで成長したのだ。そのことを、私の祝福頼りで成長を止めてしまったこの人たちは分かっていない。

レイヴンヒースの人々は真面目で明るく親切で、権力を笠に着て強引に嫁いできただけの私を嘲ったり侮ったりなんかしなかった。

おかげで私は、彼らより少しだけまともな大人になれたのだ。

「お兄様」

「……なんだ」

父に色好い返事をすると思っていたのだろう。自分が呼ばれて、フィンリーは虚を突かれたような顔をした。

「今すぐ、レイヴンヒースから魔術師を撤退させてください。約束ですよね？」

王宮に着いたら手を引いてやる。確かにそう言ったはずだ。

「そんなのあとでいいだろう」

「ダメです。終わるまで私は返事をしません」

フィンリーは面白くなさそうな顔で舌打ちをして、懐から紫色の魔石を取り出した。目を凝らすと、その魔石から紫の光がレイヴンヒースの方角に向かって細い糸のように伸びているのが見えた。

フィンリーが小さく呪文を呟くと、魔石は粉々に砕けて消えた。同時に糸状の光も消える。

「これで奴は魔法を中断して王都に引き返す。分かったらさっさと父上に従え」

兄の言葉は信用できないが、不服そうな表情から察するにおそらく真実だ。

きっとあの魔石が魔術師との連絡手段となっていて、砕くことによって任務終了の合図となるのだろう。そしてそれを撤回するのも、すぐにはできなさそうだ。

ひとまずは安心してよさそうだ。胸を撫で下ろして、まっすぐ父に向き直る。

「お父様たちのおっしゃりたいことはよく分かりました」

「おおそうか、分かってくれたかクレア」

私の言葉に、父が喜色を浮かべて頷いた。

「なに、レイヴンヒースとの婚姻なら心配せずともよい。陛下に言えばすぐになかったことにできる。新しい嫁ぎ先は王都住まいの御しやすい貴族にしよう。おおそうだ、ヴァルター殿下はどうだ？　辺境伯領での活躍は私も聞き及んでおる。その功績があれば縁談も上手くまとまるだろう。まったく、そんな能力があるのを知っていたら最初から手放さなかったというのに。ま、過ぎたことだからもうよい。これからも家族のために誠心誠意尽くせ」

「勘違いなさらないでください、お父様」

満足げな顔でツラツラと妄言をまくしたてる父を遮る。

誰がこんな家に尽くすものか。

「分かったと言っただけで、従うとは申しておりません」

何が家族だ。何が新しい嫁ぎ先だ。私はもうここを出る時にあなたたちを見限ったのだ。

そんな人間に、私の人生を勝手に決められてたまるか。

「なんだと……？」

「私はレイヴンヒースの人間です。あなたたちはもう家族ではありません。絶対に協力しませんので、ご自分たちでどうにかしてくだ」

「ふざけるなっ‼」

言い切る前に、父の恫喝が部屋中に響き渡る。

だけどそんなことで怯みはしない。キッと睨み返してお腹に力を込める。

「もう私はローズウッドじゃない！　自分でしたことの後始末は自分でしてください！」

バシッ、と。

鈍い音と同時に視界が揺れる。

平手打ちをされたのだと、気づいた時には床に倒れていた。

「育ててやった恩も忘れて何様だ！」

父のつま先が腹部に勢いよくめり込む。

「うぐっ」

息が詰まって身体を丸めるのと同時に、誰かに背中を踏みつけられた。

「だから言ったじゃないですか父上。やはり最初から力づくでよかったんですよ」

はしゃぐような声が聞こえて、背中の足がフィンリーのものだと知る。

「まったくだな……せめてもの親心をと思ったのが間違いだった。勘違いして調子に乗りおってこの馬鹿女が！」

「ぁうッ！」

思い切り肩を踏みつけられて再び呻く。

「私もやりたぁい！」

「ダメよヘレナ。あなたの繊細な手が痛んでしまうわ」

「でもお姉様ってば生意気なんですもの。身の程を教えてさしあげたいわ」

「仕方ないわね……ではこれはいかが？」

「さすがお母様ね！　そぉれ」

気の抜けたかけ声とともに、目の前に重量のある花瓶が鈍い音を立てて落ちる。少し遅れて水が跳ねた。多少の暴力は想定内だったが、これにはさすがにひやりとする。

「あら、外れてしまったわ。それに思ったより簡単には割れないものね」

「ヘレナったら……中の水をかけなさいと言ったつもりだったのに」

呆れた母の声に、フィンリーがケラケラと笑った。

「顔はやめなさい。目立つじゃないか」

体面を気にする父らしい忠告に、ヘレナが「はぁい」とむくれて返事をする。

「僕の杖を貸してやる。これで殴れよヘレナ」

「まあ！　ありがとうお兄様！」

弾む声でヘレナが礼を言って、ヒュンッと風を切る音がする。

「ううっ」

足に杖が叩きつけられて、骨が軋んだ。幸い、女性の腕力では折れるまでいかなかったらしい。

「あはは！　お姉様ったら無様だわ！」

ヘレナは愉快そうに高笑いをして、何度も何度も私の身体に杖を振り下ろす。

私は少しでも痛めつけられる面積が減るように、身体を丸めて耐えるしかなかった。

「――ふん、このくらいにしておいてやるか」

ひとしきり攻撃を続けるうちに飽きたのか、拷問のような時間にようやく終わりが訪れる。

「やれやれ……我が妹ながら強情なやつだ」

「まったくだ。一体誰に似たんだか……フィンリー、部屋まで運んでやれ」

「ええ？　僕がですか？」

「仕方ないだろう、誰か別の者に頼むわけにもいかんのだから」

父に命じられて、ブツクサ文句を言いながらもフィンリーがぐったりした私を肩に担ぎ上げて廊下に出た。

口では偉そうなことを言っているが、結局のところ兄も父の言いなりなのだ。

そう思うと少し笑いがこみ上げてきたが、身体中が痛んで声にはならなかった。

「どうするのが利口か、ここでじっくり考えるんだな」

部屋に辿り着くと、まるで物語の悪役みたいなセリフを吐いて、フィンリーがわざと乱暴に私を投げ落とす。

散々暴行を受けた身体には、もう呻く力すら残っていなかった。

「逃げようなんて考えるなよ？　見張りにはモルガナをつけてやろう」

懐かしいだろう？　とせせら笑う声と共に扉が閉まる。

「家族のために尽くす気になったらモルガナに言うといい」

自分たちの勝利を疑っていないフィンリーの声と同時に、外から鍵がかけられる音が聞こえた。

ここはもしかしたら客室ではなく、罪を犯した貴人用の独房なのかもしれない。

燭台もない真っ暗な部屋で床に伏したまま、フィンリーの足音が遠ざかり聞こえなくなるのをジッと待つ。

「ぅっ……っく、」

完全に無音になるのを確認し、ボロボロの身体を引きずってなんとかレイヴンヒースから持ち出したトランクに辿り着いた。

手探りで中をあさり、硬い小瓶の感触に行きあたる。中身をこぼさないように慎重に口元に運び、一気に中身を飲み干した。

「……我ながらやるわね」

ぺろりと唇を舐めながら言う。

自作の回復薬のおかげで、身体の痛みはすべてなくなっていた。

痛みの記憶がなくなるわけではないが、修復の力で服の破れを直せばすっかり元通りの自分だ。

内臓が破裂しなくてよかったとか。骨が折れていたら治りきらなかったかもとか。

呑気なことを考えている自分に、思っていたより心に余裕があることが嬉しくなる。

監禁されるまでは予想通りだ。むしろあえてそう仕向けたといってもいい。

さすがに暴力を振るわれるのは初めてだったが、それほどに切羽詰まった状況ということなのだろう。

「モルガナね……本当に懐かしい。サボり癖は相変わらずかしら」

モソモソと寝間着に着替えながら呟く。

モルガナ。ローズウッドの街屋敷でずっと私の監視役をしていた、意地の悪いメイド。

王宮に居を移したあとも雇われていたと知って驚きだ。よほどローズウッド家の人間と波長が合うのだろう。

硬いベッドに潜り込む。あまり使われていない部屋なのか、少しカビ臭かった。

気にせず目を閉じ、深呼吸をする。

とにかく今は明日に備えてしっかりと眠ろう。

ローズウッド邸ならどこでも出入りできるが、ここは国王陛下の住まう王宮だ。この時間ではどこも厳重に警備の目があって、目的の場所に入り込むこともできないのだから。

◇◇◇

「おはようございますお嬢様。お考えに変化はございました？」

ノックもなしに上機嫌で入ってきたモルガナが、ワゴンに朝食を乗せてベッドに近づいてきた。

「またお嬢様のお世話ができて嬉しいです。昨夜皆様に責められて床に這いつくばるお嬢様を見ることができず残念ですわ」

ここに来る前にヘレナにでも聞いたのだろう。醜悪な笑みを浮かべるモルガナに、「相変わらずね」とため息が漏れた。

結局ほとんど眠れなかったから、まともに相手をする元気はない。

「気が変わりましたらいつでもおっしゃってくださいね。ずうっとこの部屋の外でお待ちしておりますから」

公然と貴族をいたぶれるのが楽しくて仕方ないのだろう。モルガナは軽い足取りで部屋を出て、わざとらしく大きな音を鳴らして鍵をかけた。

耳を澄ましてみたが足音は聞こえない。すぐそばに張りついているのだろう。

ワゴンを見ると、宮廷貴族に出されるものとは思えない質素な食事が載っていた。

父の指示か、モルガナが勝手に自分の食事と入れ替えたのか。どちらかは分からないが、気にせず食べる。

腹ごしらえを終えてから窓を見る。幸い、格子は嵌っていない。だがここは三階だ。扉以外からの脱出は困難だろう。

よく見ればテーブルもベッドも、家具の類はすべて床や壁に固定されている。武器になりそうなものもない。やはりここは幽閉用の部屋のようだ。

裁判もなく自分の娘を監禁するためにこんな部屋を陛下が貸し出すとは思えないから、きっと顔の利く廷臣の弱みを握って脅したか、賄賂でも渡したのだろう。

どうやってモルガナにバレずにここを出よう。トランクの前に屈み込んで考える。中身の大半は着替えや日用品ではなく、錬金術の失敗作たちだ。

「まずは靴と……うん、日傘も使えそう。あと手袋は絶対必要ね。それから簡易版リリーの試作品と……」

ブツブツ呟きながら脳内でシミュレーションしていく。

「よし、これでいけそうね」

手早く着替えて、まずトランクから靴を出す。もちろん履き替えるためではない。

これはセシルのために試作した靴だ。足が動かなくても歩けるように、自動で決められた行動を繰り返すゴーレムを素材にしてみた。結果は三秒だけ浮いてストンと落ちるだけという、なんとも中途半端な仕上がりになってしまった。

その上私が履くと、重さで浮くことさえできない。パペットマンサーの時と似たような失敗作だ。あれはルーファスの助力を得て最終的にリリーになったけど、この靴の使いどころは見つけられないままだった。

おもりと一緒にグルグル巻きにしていたロープを解いて、まず右足を床に置く。フワッと浮いて、こつんと音を立てて床に落ちた。またフワッと浮いて、そのタイミングで今度は左足を地面に置く。左足が浮いたタイミングで右足がこつんと落ちた。交互にそれを繰り返すと、誰かが歩き回っているような靴音の完成だ。

部屋の外で聞き耳を立てているであろうモルガナには、私が父たちに屈するか葛藤しているように聞こえるはず。

その他の荷物を肩掛け鞄に詰め込み、日傘を持って足音を立てないよう窓辺に近寄った。

窓は小さいが、通り抜けられないこともない。だが外壁は垂直で、足場になるようなでっぱりもない。脱走対策だろう。だが幽閉された貴人が人の目に触れないように配慮されているのか、ここは城の裏手側で人通りはほぼない。その上、鬱蒼とした木々が絶好の目隠しになる。

窓を開けると、カラリと乾いた風が私の髪を揺らした。

「バッチリね」

唇に笑みを浮かべて呟く。

小さな日傘を開くと、それは自然に青空に向かって持ち上がった。

ドラゴネットという小型竜の翼膜で作られたその日傘を持つと、微風にでも乗ることができる。もちろんこれもセシル用に作った。足が動かなくても浮かび上がることで散歩ができるように。けれどコレを使うためには、自分の体重を支えるだけの握力が必要だということにあとから気づいてしまった。リハビリの末、ようやくスプーンを自分で口元に運べるようになったセシルの華奢な手では、到底使えない。

それに小さい魔物だからか、これも体重を支え切れず、飛ぶというよりはゆっくり落ちていく感じだ。ルーファスなんて、身体が重すぎて普通の傘と何も変わらないと残念そうな顔をしていた。実用性には程遠い。だが今この場面では最適といえる。

日傘の持ち手を両手でぎゅっと握り、窓の縁に足をかける。高いところから降りるという実証実験はしていなかったが、躊躇はなかった。体重を支え切れず落下しても、三階なら死なないだろうし回復薬もまだある。

「えい！」

小さなかけ声とともに窓の外に身を躍らせた。

想定通り、身体がゆっくりと下に向かって降りていく。

地面につま先が触れた時は長い長いため息が出た。治せるとはいっても、やはり痛いのは嫌だ。

傘を畳み、茂みに隠して走り出す。持ち歩くのは邪魔になるし、戻る時は使えないから。

目指す場所は勝手知ったる王宮図書館の奥にある閉架図書室だ。この時間ならもう開いているはず。

閉架図書室自体に鍵はかかっていないものの、そこに入るためには司書が待機する受付カウンター内の扉を通る必要がある。受付は常に三人体制で、そこを通る時は必ず受付の誰かに声をかけなければいけない。

だが声をかけたところで中に入らせてはくれないだろう。受付の全員と顔見知りだが、修復をしていた時のように図書館を管理している文官の許可を得てはいないから。

人目がないのを確認して図書館に忍び込む。本棚の陰から受付を覗き見ると、三人全員がカウンター内で作業をしていた。朝から図書館を訪れる人間は少ないのだ。

鞄から白い手袋と簡易版リリーを取り出し、少しの躊躇のあと「ごめんね」と呟きリリーのお腹を裂く。中から取り出した綿を、白手袋に詰めた。それから関節部分に埋めた赤い結晶を五つ抜き取り、綿入りの白手袋の指先に埋め込んだ。最後に疲労回復薬入りの小瓶を取り出し、中の赤い液体を手袋の口の部分に垂らせば完成だ。

もちろんこの手袋もセシル用だ。

なかなか握力の戻らない手の代わりに物を掴めるようにと作ったものだが、これも出力不足で実用にいたらなかった。

のたうつようにうごめく手袋を見せたら、ルーファスに『断末魔の手袋』と名付けられてしまった。その時はひどいと抗議したが、こうしてみると本当に死にかけの人の手のようで気味が悪い。手袋を持って振りかぶり、リリーの付属品である指輪に『お散歩しよう、リリー』と囁いて受付の方に投げる。

ぽとりと落ちた手袋が、ゆっくりのたのたと受付に近づいていく。

もどかしい気持ちを堪えてジッと見守る。

五分ほどが経過しただろうか。受付のひとりがふと何かに気づいたように顔を上げ、怪訝そうな顔で眼鏡の下の目を細めた。

「……？　っ、ひぃ⁉」

ガタンと大きな音を立てて眼鏡の青年が立ち上がる。その音に驚いて、あとのふたりが反射的に青年の方を見た。

「なっ、何よ？　どうしたのよマイクったら」

「虫でも出たかぁ？」

心配そうにマイクの顔を覗き込む女性と、茶化すように笑う金髪の男性。

そのふたりに返事もせず、マイクは震える手で断末魔の手袋を指さした。

「え？　何、……きゃあっ⁉」

「うわなんだあれ気持ち悪っ」

手袋に気づいたふたりが顔面蒼白のマイクにしがみつく。

「こんにちは、リリー」

指輪に囁くと、手袋がお辞儀をした。いや、リリーならお辞儀をするはずの言葉だが、どこが頭でどこが手足かも分からない手袋は、ぐにゃりと奇妙な動きをしただけだった。

「いやぁーっ！」

「キモキモキモっ！」

「衛兵だ！　衛兵を呼びに行こう！」

三者三様に叫び声をあげて、揃って逃げ出していくのを見守ってから立ち上がる。

「ちょっとやりすぎちゃったかしら……」

申し訳ない気持ちになりながら、手袋を回収して受付カウンターの内側から閉架図書室に侵入する。

中に入ると古い本独特の匂いがして、王宮自体には感じなかった懐かしさを少しだけ感じた。

余韻に浸る間もなく右奥の本棚に駆け寄る。

「あった！　これこれ、これが欲しかったのよ」

私が去ったあとこの場所を整理する人はいなかったのか、配置は少しも変わっていない。

魔物図鑑と分類された中から少し迷って二冊抜き取って、鞄に押し込みすぐに閉架図書室を出た。

罪悪感でいっぱいになりながら、図書館出口まで走る。

兄にノコノコついてきた最大の目的はこれだ。この閉架図書室にのみ所蔵されている魔物図鑑が必要だったのだ。

実のところ兄が来たと知った時点で、王宮に戻るという選択肢はあった。それでも家族に再会する恐怖と、あの地を離れたくないという葛藤で揺らいでいた。本当に欲しい情報があるという確証もなかったし、やり遂げられる自信もなかったから。

ルーファスたちを人質にとられたのは予想外だったが、結果的にはあれが私の背中を押した。もし失敗して監禁や離婚という最悪の事態になったとしても、ルーファスたちを助けることができる。彼らを救うという大義名分が私に勇気をくれたのだ。

父たちに反抗的な態度を取ったのもわざとだ。あの人たちは昔から私を閉じ込めれば言うことを聞くと思っているから。レイヴンヒースから練成品をあれこれ持ち込んだのも、脱走を想定していたからこそだ。

「こっち！　こっちです早く！」

「本当なんですって！　見たんですから私たち！」

図書館を出て廊下を曲がったところで、向こうからガヤガヤと騒がしい声が聞こえ足を止める。ちょうど警備兵を連れて青い顔のマイクたちが戻ってくるところで、慌てて違う道に身を隠した。彼らが通り過ぎるのを待って、人目につかないようにコソコソ階段を上がる。与えられた部屋の少し手前の廊下からこっそり様子を窺うと、モルガナは姿を消していた。案の定サボっているらしい。

速やかに部屋まで行き、ダメもとでノブをひねるがやはり鍵がかかっている。

仕方なく鞄の底をあさり、金属製の小箱を取り出す。中にはつるりとした深紅の魔石が入っていた。

これはセシルではなくルーファスのために作ったものだ。魔物討伐の時に少しでも労力を減らせるように、爆薬のような物があったら便利なのではないかと。

結果はもちろん失敗だ。威力があまりにも小さかったのだ。ルーファスに報告するのも恥ずかしいくらいに。

だけど今はこれで十分なはず。

ドアノブにハンカチで魔石を巻き付けて少し距離を取る。それから魔石にぶつけるように、昨夜飲んだ回復薬の空瓶を投げた。

ポンッと小さな音を立てて魔石が破裂し、ドアノブがゴトリと廊下に落ちる。

壊れたドアは簡単に開き、素早くドアノブと破片を拾い集める。それから中に入って扉を閉め、鍵のかかったままのドアノブを一瞬で修復した。

「……っふぅ～～」

一気に緊張が緩んで床にへたり込む。

しばらくは立ち上がれそうになかった。だがまだおしまいではない。

床を這うようにして進み、浮かんでは落ちてを繰り返していた靴を回収する。それから図鑑だけを取り出し、靴と共に鞄を中身ごとトランクに押し込んだ。

「つ……っかれたぁ～」

閉めたトランクの上に覆いかぶさるように脱力する。

まさかこんなに上手くいくなんて。失敗作ばかりだけど、とっておいてよかった。どの練成品にもルーファスとの思い出が詰まっていて、捨てられなかったのだ。

目を閉じると、ルーファスの優しい笑みが思い浮かぶ。今日のことを話したら褒めてくれるだろうか。笑ってくれるだろうか。想像するだけで胸が温かくなる。

いつの間にこんなに好きになっていたのだろう。

そこまで考えて、急激に心音が速くなっていった。

「好き……そうか、私、ルーファス様のこと……」

今さらすぎる恋心の自覚に、じわじわと頬が熱くなる。

何度も深呼吸をすると、ようやく心臓の音が落ち着きを取り戻し始めた。今はそんなことに浮かれている場合ではない。ルーファスの元に戻るためにも、冷静にならなくては。

しばらくそうしていると、廊下から足音が聞こえてきて息を殺す。

「そろそろご家族に尽くす気になりましたかぁ？　お・じょ・う・さ・ま」

様子を見に来たらしいモルガナが、厭味ったらしい口調で尋ねてくる。

彼女のおかげで、一瞬で頭が冷えた。私は返事をせず、こっそりとスカートの中に図鑑を隠した。

「あれ、もしかしてっ……てなんだぁ、ちゃんと返事してくださいよ」

足音も返事も聞こえないことに焦ったのか、慌てて鍵を開けたモルガナが、中に私がいるのを確認して引き攣った笑顔を浮かべる。

「もしかして田舎領地が恋しいんですか？」

トランクに縋《すが》るような姿勢の私を見て、モルガナがせせら笑う。

「でもダメですよ。お嬢様に頑張っていただかないと、私の立場まで危うくなるんですから」

最初から私の返事など待つ気はないのか、言うだけ言って満足した様子で彼女はまた鍵を閉め、鼻歌交じりにどこかへ行ってしまった。サボり癖はローズウッド邸の時より悪化しているらしい。

モルガナは嫌いだが、こんなにいい加減なのに私の監視を任せられるほど両親の信頼を得た彼女の要領の良さが、少しだけ痛快でもあった。

頭を切り替え、図鑑を手にベッドの縁に腰掛ける。

本を開くと、魔物の正確なイラストと詳細な情報がびっしりと載っていた。

レイヴンヒース城にももちろん魔物図鑑はあった。だがあれは情報量が少ない上に、領周辺の魔物しか載っていないのだ。街の本屋でも探したが、城の図鑑以上のものは見つけられなかった。ほとんどの人間は自分の生まれた領地から移動しないから、需要がないのだろう。

それに比べて、王宮の魔物図鑑は王国内に生息するすべての魔物情報を網羅した優れものだ。修復士の真似事をしている時に目を通した記憶はあるが、残念ながら一読したのみで内容までは覚えていなかった。

あの図鑑さえあれば、セシルの身体を治せるかもしれない。

ふと王宮図書館の存在を思い出したのは、辺境騎士団の青年が受けた毒の治療薬を作っている時だった。

その時に学んだのは、魔物の毒に対抗するにはその魔物自体を素材にするのではなく、天敵とされる魔物の素材が必要だということ。そしてその天敵は、天敵ゆえに同じ生息区域に存在しない可能性が高いということだ。

開いたページにくまなく視線を走らせ必要な情報を探していく。時間に余裕はない。いつ父がしびれを切らして怒鳴り込んでくるか分からないのだ。休むことなくページを繰り続けて、王国全土の図鑑を読み終える。残念ながらこちらには目的の情報はなかった。ガッカリする間もなく次は王都周辺の図鑑に取りかかる。王都周辺に限定されている分魔物の種類は減るが、その分魔物ごとの情報量が非常に詳細に書かれており、図鑑の厚み自体は王国全土の魔物図鑑より厚いくらいだった。

目当ての情報が見つからないまま刻一刻と時間は過ぎていく。ページ数は残り少ない。もしこれで見つからなかったらまた閉架図書室に忍び込まなくてはならなくなる。同じ手はもう使えないだろう。失敗作はまだいくつかあるけれど、それでどうにかできるだろうか。

やはり私の選択は間違いだったのかもしれない。兄が魔術師への命令を解除したことに満足して、さっさとあの人たちの言うことに従っておけば、飼い殺しになるのだとしても少しは優しくしてもらえたのではないか。

焦る気持ちが鼓動を速くしていく。

ページを押さえる手が震えて、まるで断末魔の手袋みたいだ。

「っ！」

諦めに近い気持ちで最後のページを開いた時、ようやく探し求めていたものを見つけて、息が止まる。

「これだわ……！」

そこに描かれたのは純白の生物だった。

それは魔物という分類ではなく、建国以来この王国を守護するといわれている聖獣だ。

「ユニコーン……」

図鑑本編というよりオマケページという扱いなのだろう。

実際に目撃したものはいないという文章で締めくくられるその生態は、虚実入り混じった伝承のような抽象的なものだった。

その角には強力な浄化の力が宿っており、毒や呪いを持つ魔物を追い払う効果があるらしい。そしてセシルを襲ったとみられるコカトリスも、ユニコーンに恐れをなして王都から逃げ出したのだと書かれていた。

ごくりと喉を鳴らして全文を読み込んでいく。

「角が手に入れば、きっと特効薬が作れる……」

本当にユニコーンが存在するのならば、だが。

王宮の東に位置する、聖域ルミナリス大森林にのみ生息するとされているが、見つけることはできるだろうか。分からない。分からないけれど、情報を見つけた以上は行くしかない。

そのためには。

「お嬢様、たっぷり反省なさいましたか？」

いつの間にか戻ってきていたらしいモルガナが、もはやノックの存在など忘れたとばかりに部屋に入ってくる。

さりげなく図鑑を毛布の中に隠し、何気なく窓の外を見ると、とうに日が暮れて真っ暗になっていた。

知らないうちに昼食は抜かれていたらしい。罰のつもりだろうけど、邪魔されずに集中できたからむしろありがたいくらいだ。

「……何か用？」

「旦那様がお呼びです。お覚悟なさいませ」

低い声で尋ねると、楽しくてたまらないという顔でモルガナが笑う。

本当に、ローズウッド家にぴったりの性悪メイドだ。

そんな場合ではないというのに、私は少し呆れてしまった。

モルガナに連れられ両親の部屋に行くと、中には綺麗に着飾った家族が勢揃いしていて、私を見るなりその綺麗な格好には不釣り合いな下卑た笑みを浮かべた。

「随分と堪えたみたいだな？」

父がニヤニヤしながら言う。

王宮に着くまでの間もまともに寝れていない私の目の下には濃い隈があるし、図書館までの往復を全力で走ったから髪はボサボサだ。

それが一日中泣き疲れて憔悴しているように見えたのだろう。

「まったくみすぼらしいったらないわ……それで、反省したのかしら？」

嫌そうに顔を顰める母に、その誤解に乗じて「はい……」としおらしく頷いておく。

「よろしい。それではすぐに身支度を整えなさい。モルガナ」

「はい奥様」

母の言葉にモルガナが恭しく返事をして、乱暴に私の腕を掴んだ。

「ではお嬢様、まずは湯浴みからいたしましょう。少しにおいますもの」

「やだぁ！　お姉様ったらきったなぁい！」

私を傷つける気満々のモルガナの言葉に、ヘレナがきゃぁきゃぁとはしゃぐ。

「適当でいいぞモルガナ。どうせ時間をかけたところで大した出来にはならないのだから」

フィンリーが面倒そうに言って、ソファにだらしなく体重を預けた。

「あの……なぜ湯浴みの必要が？」

そのまま部屋の外に連れ出されそうになる寸前に父に聞く。

彼は面白がるように目を細め、こう言った。

「陛下に引き合わせてやろう。ありがたく思えよ」

◇◇◇

連れていかれた先は国王主催の、身内やごく親しい友人のみを招いての立食形式の晩餐会だった。参加者は国王夫妻を中心に、フィンリーたちの婚約者である王女たち、それに見るからに格の高そうな貴族が三十名ほど。

彼らは私たちの登場に気づくと、ピタリと談笑をやめて一斉にこちらに注目した。

思わずたじろぎ足を止めそうになる私の背中を、フィンリーがドンと小突き強引に進ませる。

不自然に途切れていた参加者たちの会話は再開されたが、なんとなく居心地の悪さを覚えうつむきながら無理に足を動かした。

着ているドレスはヘレナのおさがりだ。とっくに流行を過ぎたダサいドレスだと言って笑っていたが、サイズが合うものが他になかっただけではないかと疑っている。

「本日はお招きいただきありがとう存じます、陛下」

おもねるような笑みを浮かべて、陛下の前に進み出る父に母が追従する。

「ああ、うむ」

対する陛下の反応は冷淡だ。

私が嫁ぐ前は国王夫妻の寵愛を受けていたという話だったのに、この一年で信用を減らし続けたのは確からしい。

「お招きした覚えはないのだけど……随分と熱心に参加をご希望のようでしたから」

王妃が上品に笑って皮肉を言うと、あちこちから失笑めいた笑い声が聞こえてきた。

扇子で口元を隠してはいるが、フィンリーの婚約者であるセリーナ王女まで笑っている。

ちらりと後ろにいるフィンリーを振り返ると、彼は顔を真っ赤にして屈辱に表情を歪めていた。

ヘレナの婚約者のリュシアン王子も冷めた顔をしているし、過去の栄光はどこへやら、明らかにローズウッド家はここにいる全員から侮られていた。

「あ、う、いや……ああそうです陛下！　実は本日は私共の娘を紹介いたしたく……」

それでもめげずに父が言って、グイと陛下の前に私を引っ張り出す。

父にはこの場に来る前に、ここのところ不調の原因は私だと説明するよう命じられていた。

自分たちの能力低下は私が持つ『他人の能力を奪い取り自分のものにする』という悪しき祝福のせいだということにしたいらしい。

もちろん命令に従う気はない。これは全部暴露して父たちの企てを阻止する絶好の機会だ。だがそのタイミングは今ではない。信頼が地に落ちかけているとはいえ、それまで長年忠臣として仕えてきた人間と、会ったばかりの小娘のどちらを信じるかといえば、悔しいけれど前者だろう。

しかし父がこれから語るのはすべて嘘なのだ。喋れば喋るほどボロが出るに違いない。

その時がチャンスだ。陛下たちが不信感を持ち始めたタイミングを見逃さずにいれば、全面的に信用してもらうのは無理でも、少しは聞く耳を持ってもらえるはずだ。

「娘……？　そなたもしやクレア・レイヴンヒースか⁉」

勝手についてきたことを咎められるかと思いきや、予想に反して陛下はパッと表情を柔らかくして私の名前を言い当てた。

「そなたのレイヴンヒースでの活躍は聞いておるぞ。図書館の件も、稀覯本がすべて新品に生まれ変わったと学芸官たちが喜んでおった」

「も、もったいなきお言葉、感謝申し上げます……」

まさか直接声をかけられるとは思わず、平身低頭で感謝の言葉を捻りだす。

「はは、私の見立て通り娘がお役に立てたようで何よりですよ」

そう言いながら、父がイラついたように私を睨む。自分の存在が無視された上に、見下しきっていた娘に注目が集まるのが悔しいのだろう。

「レイヴンヒース辺境騎士団の本部施設も完璧に修復したと聞きましたよ」

陛下の横に控えていた第二王子のヴァルターが、興味津々といった顔で会話に加わる。

彼はいずれ王立騎士団のトップを担う存在になる人間だ。その王立騎士団に比肩するという辺境騎士団のことが気になるのだろう。

「辺境領の財政安定にも一役買っているらしいですね。あなたが辺境領に現れて以来、レイヴンヒースは稀に見る好景気だとか」

妹の婚約者であるリュシアンまでが、ヘレナに挨拶もせず私に話しかけてくる。

私は彼らの好意的な態度に戸惑い、オロオロと恐縮するばかりだ。

辺境領の暮らしで少しは誉められることに慣れたつもりだったが、さすがに雲の上の存在からとなると話は別だ。聞き耳を立てていた他の貴族たちも寄ってきて、私たちの周りだけ密度がやたらと高くなっている。

「私が聞いた評判とは少し違うようだわ？　ねぇクレアさん」

王妃がおっとりと微笑みながら、今度は自分の番だとばかりに息子たちを押しのけて強引に割り入ってくる。妙な圧力を感じる笑顔だ。

その隣で、セリーナ王女も早く話したいとばかりにウズウズした様子で私を見ている。

「違う、とおっしゃいますと……？」

「んもう、分かっているくせに。近頃王都で流行の」

「そのことでお話があるのです！」

王妃の言葉を遮るように父が声を張り上げる。

空気を読まない発言に、王妃が美しい形の眉を不快そうに歪ませた。

「なんだ、まだいたのか侯爵」

興を削がれて不機嫌なのか、陛下が冷たく言い放つ。

父は一瞬たじろいだが、母が励ますように父の肩に触れると気を取り直したように顔に笑みを貼り付けた。

「実はその功績はすべて、私たちから奪ったものなのです！」

熱のこもった口調で父が主張する。陛下の思いがけない介入で打ち合わせとは違う流れになってしまったが、どうやら強引に戻すつもりらしい。

「なんの話だ」

怪訝な顔の陛下に、父は関心を取り戻せたことに満足して笑った。

「実はずっと隠しておりましたが、このクレアという娘は『人の祝福を奪って自分のものにする』という祝福を授かってしまったのです」

「祝福を奪う？　そんな報告をされた覚えはないが」

父の主張に陛下が眉をひそめる。

「祝福の報告義務はもちろん存じております。ですがあまりにも邪悪な能力のため、醜聞を恐れ娘可愛さに隠してしまったのです」

まるで美談のように嘆き、父が陛下に「どうかお許しを」と縋る。

「ふむ……たしかにそういう事情なら分からなくもない、が……」

「つまり、ここ最近のあなたたちが精彩を欠いていたのはそのせいだと？」

「まさに王妃陛下のおっしゃる通りでございます。娘は守り育てられた恩も忘れ、辺境領に嫁ぐ際に私たちの祝福を奪っていったのです」

父の口から語られる作り話を聞きながら黙って耐える。

「それでも私たちは一年間耐えました。いつか娘が改心することを祈りながら。裏切られても家族ですから……ですがこれ以上は陛下にも殿下たちに申し訳が立たない！　そう判断してクレアを連れ戻し、今日この場を借りてお詫びをしに参った次第です」

父は自分の嘘に酔い始めたのか、どんどん饒舌になっている。

この調子で気持ちよく喋らせておけば、きっとすぐに破綻するはずだ。

「なるほど？　ではこれからは以前のような素晴らしい働きが見られるということか」

「これからと言わず、今すぐにでもお見せできますとも！」

ようやく向けられた陛下の笑顔に、舞い上がったのか父が大きなことを言う。

その笑顔に揶揄の色が含まれていることに、父は気づいていないようだ。

「陛下がお聞き及びになったという娘の評判……貧乏辺境領に富をもたらした、でしたかな？　それこそが私たちから祝福を奪った証拠だと、それを今から証明いたします！」

そこでふと違和感を覚える。

なんだろう。口から出まかせを言っているにしては、あまりにも自信に満ちた顔だ。母や兄も落ち着き払っているし、妹に至ってはニヤニヤといやらしい笑みを浮かべて私を見ている。

何か確証めいたものを感じさせる、嫌な笑みだ。

「まずはご覧いただきたいものがあるのですが……ロドリー！　こちらへ来い！」

父が振り返り、私越しに声を張り上げた。

その名に一瞬固まるが、同名の人間などいくらでもいるとすぐに気づく。

なんでも知り合いに結び付けてしまう自分の交友関係の狭さが恥ずかしい。

父は一体誰を呼んだのだろう。

父の視線を追うように背後を見て、息が止まった。

「……え？」

そこにいたのは私が今思い浮かべたばかりの、コレットの父であるロドリー・ブライトウェルその人だった。

ロドリーは「呼ばれましたので失礼」と彼を囲んでいた貴族たちに断りを入れてこちらに歩いてきた。

なぜこんなところにロドリーが。

どうして父と面識がある様子なのか。

困惑している私に、ロドリーはチラリと視線を向けたが、すぐに素知らぬ顔で目を逸らした。

「やあロドリー。例のものは持ってきたな?」

「ええもちろん。信用第一ですから」

両親とは懇意にしているらしく、笑みを浮かべ親し気に言葉を交わすのを見て、じわじわと胃のあたりに鈍い痛みが広がっていく。

「侯爵。ロドリー殿を呼んだのは私だ。勝手に話を進められては困る」

「私とも約束があるのですよ、公爵」

不快そうに眉根を寄せて抗議する紳士に父はうるさそうに言い、すぐに陛下に向き直った。

「彼はルキウス商会の理事を務めるブライトウェルと申す者なのですが」

「知っておる。さっさと本題に入るがよい」

陛下に促されて父は一瞬鼻白むが、すぐに「分かりました」と頷いて、ロドリーが抱えていた革製のスーツケースを断りもなく奪い、料理が並んだテーブルの上に置いた。

チラリとロドリーの様子を窺うと、彼は涼しい顔のまま文句も言わず、かといって私の方を見るわけでもなく、静かに父のすることを見ていた。

「どうぞ、お近くでご覧ください」

そう言って父はスーツケースを開く。

「これらはすべて我がローズウッド侯爵家で開発し、ルキウス商会に商品化を依頼したものです」

誇らしげに父が言うと、国王夫妻が「ほう?」と興味を惹かれたようにトランクの中を注視した。

不安を覚えて私も身を乗り出す。

中には精巧なデザインを施した様々なガラス瓶や小さなぬいぐるみなど、様々な小物がぎっしりと並べられていた。

その商品のどれもに見覚えがあって愕然とする。

心臓がドキドキと早鐘を打って、全身が小刻みに震え出すのを止められなかった。

「そんな、どういうこと……?」

思わず呟きが漏れて、混乱のあまりその場にへたり込みそうになる。

だってそれらはどう見ても私がセシルのために開発したものの副産物ともいえる品々だ。

中身の種類ごとに違うデザインの瓶も、リリーシリーズと名付けたいろんな動物を模したぬいぐるみたちも。

コレットが「これ絶対売れますよ」と商品価値を見い出し、ルーファスが私の権利をしっかりと書面にしたため、ロドリーを信頼して託した商品たちだ。

それがどうしてここに。

縋るような目をロドリーに向ける。

彼はまるで今気づいたかのように私を見て、それから何も言わずニィ、と狐のように目を細めて静かに笑った。

「王妃陛下、こちらの美容液はご存知でしょうか？」

明らかに取り乱した様子の私に構わず、母が得意げに王妃に話しかける。

「ええもちろん知っているわ！　ラヴィニエール公爵夫人に散々自慢されたもの」

王妃は母の持つ薔薇の意匠を施した瓶を見てパッと顔を輝かせ、やや興奮気味に声を上擦らせた。

「でも、それはクレアさんが作ったものなのではなくて？」

「いいえ陛下。これは美にこだわる私とヘレナで研究開発したものですわ。そうよね？　ロドリー」

「嘘です！　そんなはずは！」

ロドリーが口を開く前に叫ぶ。

だってそれは私がセシルのために作って、コレットがルキウス商会の人と話し合って懸命に瓶のデザインを考えて出来上がった大切なものだ。

「あなたは黙っていなさい」

「でもっ」

「黙ってろと言ってるんだ」

母に食ってかかる私の手首を兄が背後から掴み、周囲に聞こえないように低い声で凄む。手の力は強く、痛みに呻く私にヘレナが「どうせ誰もお姉様の言うことなんか信じないわ」と囁いた。

「ロドリー？」

「ええ、確かに。これらの品々はすべてローズウッド侯爵より制作を承ったものです」

「そんな……！」

母に促され、しれっと肯定するロドリーに愕然とする。

ふと、レイヴンヒースでの契約時に言われるままレシピを渡したのを思い出して、頭から血の気が引いていった。

ロドリーはきっとあれを父たちに渡したのだ。

「いかがです？　このようにクレアは私たちの功績を片っ端から奪おうとするのです」

我が娘ながら嘆かわしい、と父がわざとらしく頭を抱える。

「レイヴンヒースに出回った商品はすべて私たちが開発したものです。おそらく優秀な兄と妹に挟まれ、ローズウッド家の落ちこぼれだという惨めな自分を認められなかったのでしょう。辺境領で私たちの祝福を使いもてはやされるのはさぞ気持ちがよかったのではないか？」

父が私に視線を向けて揶揄するように言う。

悔しかったが、この場で唯一そうではないと証明できるはずの人間は父の味方なのだ。

「それで？　それは私へのプレゼントということでいいのかしら？」

「ええもちろんですわ！」

嬉しそうに尋ねる王妃に、母が喜色満面で美容液を手渡そうとする。その手をロドリーが横から掴んだ。

「誠に申し訳ございませんが、そちらはまだ試作の段階でして。王妃陛下といえどお渡しするわけにはいかないのですよ」

ロドリーが苦笑してそう断る。

「もうロドリーったら。相変わらず融通の利かない男ね」

拗ねたように王妃が言う。

陛下も「まったくだ」と同調するように笑った。

どこか気安い雰囲気だ。もしかしたら前々から面識があるのかもしれないと、絶望感に打ちひしがれた頭でどうでもいいことを考える。

「まぁいいではないかロドリー。私が許可する」

王妃の歓心を買えたことにすっかり気を良くした父が、ロドリーに鷹揚な態度で許可を出す。

物語は私を置き去りにして目の前で進んでいく。まるで悪い夢を見ているみたいに。

「ですが万が一何かあった際に、責任を取ることができませんので」

「そんなもの！　私が取るからさっさと王妃陛下にお渡ししろ！」

渋るロドリーに、しびれを切らしたように父が叱責する。

「では、侯爵にお任せいたします。これから起こることに私は無関係ということで」

「分かった分かった。まったく、よくもそんな臆病な性格で一流に名を連ねられたものだ」

うるさそうに文句を言いながら、父は母の手から美容液の瓶をもぎ取り、恭しい手つきで王妃にそれを差し出した。

「ありがとう。この美容液、即効性があると聞いたのだけど本当なの？」

「ええそうなんです！　早速今試されますか？」

「そうね、是非」

「では王妃様、お手を拝借してもよろしくて？」

「ええもちろん！」

母は笑顔で瓶の蓋を開け、期待に満ちた表情を浮かべる王妃の手の甲に美容液をトロリと垂らした。王妃はそれを両手にすり込むように伸ばして、効果を確かめるように天井の照明に向けて手をかざした。

「……？　特別何かが変わったようには見えないけど……っ、い、痛い！」

不思議そうな表情をしていた王妃が、突如熱いものに触れた時のように手を引っ込めて自分の胸に抱きしめる。

「どっ、どうされました⁉」

「ひぃっ！　いやぁーっ！」

慌てて両親が王妃の手元を覗き込む。

王妃はそれには答えず、悲鳴に近い声をあげてその場にしゃがみ込んでしまった。

「一体何が起きたんだ！　見せてみろ！」

「痛いぃ！　やめてぇ！」

陛下がやや強引に王妃の手を掴んで引くと、彼女はひときわ大きな悲鳴をあげた。

「なっなんだこれは……！」

陛下の愕然とした呟きとともに周囲がざわつく。

王妃の手は潤うどころか、火傷のように赤く爛れていた。

「どういうことだローズウッド卿！」

「そそ、そんなはずはっ」

陛下に糾弾されても両親は真っ青な顔でオロオロするばかりで、どうしていいか分からない様子だ。

「うっ、……っくぅ」

「大変……！」

痛みに耐える王妃の表情に、止まりかけていた思考が再び動き出す。

無理やり着替えさせられたせいで今は何も持っていないが、監禁されていた部屋に戻れば回復薬がある。

「離して！」

掴まれたままの兄の手を振り払い、取りに行こうと出入り口の方に足を向ける途中で、ロドリーがこちらをじっと見ていることに気づき動きを止める。

彼は妙に冷静な態度で胸ポケットから小瓶を取り出すと、それを私に差し出してきた。

「どうぞ。あなたのものです」

ロドリーがまっすぐに私の目を見て、真剣な表情で言う。

その透明な小瓶は緑色の液体で満たされていて、瓶のデザインから回復薬だということが分かった。

私はそれを躊躇なく受け取り、まず自分の手首に少量かけた。

フィンリーに掴まれて青くなり始めていた手首が一瞬で元通りになる。

間違いない、これは私が作った回復薬だ。

「王妃様、失礼します！」

確信して、口を挟む隙を与えず王妃の両手に全量振りかける。

「無礼者！　何をする！」

それに気づいた陛下が、王妃を背に庇うようにして怒鳴った。

「お待ちください陛下！」

「父上！　見てください母上の傷が！」

リュシアン王子が陛下を止め、弟のヴァルター王子が興奮気味に言う。

「うるさい！　今それどころでは……」

なおも私を叱責しようとしている陛下が、誰かに腕を引かれて言葉を止めた。

「……見てあなた……綺麗に治ってしまったわ……」

王妃は妖精に惑わされたような顔で自分の手を陛下に見せる。

「おお……！」

焼け爛れたような傷が一瞬で治ったのを見て、陛下だけでなく周囲の人間たちが皆一様に驚きの表情を浮かべた。

「すごい……回復薬とはこんなに一瞬で治るものなのか」

「まさか、炎症と痛みを抑え込むことはできても、あの状態から一瞬で元通りになるような回復薬など見たこともありません」

感心する陛下に、ヴァルター王子が否定する。

「こちらはクレア様がお作りになられて、今はレイヴンヒース領にのみ流通している最上級回復薬でございます」

すかさず淀みない商品説明を始めたロドリーが、どこからか父が開けたのとは別のスーツケースを出してパカッと開けた。

「クレア様が開発された商品は他にもまだたくさんございます。目印はこちらの刻印です。類似商品にはくれぐれもご注意くださいませ」

そう言って美容液の瓶を裏返し、控えめにあしらわれたレイヴンヒースの紋章と私の名前の入った刻印を見せる。

「ちなみにこちらは無印です」

ローズウッド家が開発したという方を見せながらロドリーが付け足すように言う。

「なっ、刻印の話などしなかったではないか！」

「しましたよ？　別料金と申し上げたらメリットも聞かず断られましたが」

ロドリーは気の毒そうな顔で肩を竦めた。

「もちろんどれだけお金を積まれたとしてもクレア様と同じ刻印を刻むことはできませんよ」

信用第一ですから、とロドリーが食えない笑みを浮かべて決まり文句を言う。

「ちなみに王妃陛下。ラヴィニエール公爵夫人が仰っていたのは、こちらのクレア様の美容液ではないでしょうか」

「え……？　あ、ええ、そうね……」

陛下に支えられて立ち上がりながら、王妃が気の抜けた返事をする。

「でもさっきのと同じデザインだわ。そんな紛らわしいものをどうして……？」

話しているうちにだんだんと頭の中が整理されたのか、言葉の最後で王妃がじろりと父を睨む。

「いえっ、そのっ」

父の顔が青ざめたまま強張った。

「実は意匠を真似るのは固くお断りしたのですが、言うことを聞かないと二度と王都で商売ができないようにしてやると脅されまして……宮廷の中枢を担うと豪語されているお方に、私のような一介の商人が逆らうこともできず、このような大変な事態に」

「ロドリー貴様……‼」

「卿は発言を控えられよ」

ロドリーを怒鳴りつけようとする父に、陛下がぴしゃりと言う。

「ぅぐっ」

言葉に詰まった父や何も言えないままの母を見て、周囲が「なんてこと」「娘の手柄を横取りしたの？」とひそひそ話を交わし始めた。

「ど、どうしましょうお兄様……」

「しし、知るか、僕は何も悪くないぞ！」

軽蔑の視線を集めていることに気づいたのか、フィンリーとヘレナがたじろぐように身を寄せ合う。

「一体どういうつもりなのかしら？　この私を騙そうとしたのだとしたら、相応の覚悟はあるのでしょうね？」

「これは立派な傷害罪だぞローズウッド卿。よりにもよって我が妻を害そうなどと」

「そのようなつもりは決して……！」

完全に国王夫妻の信用を失い、狼狽える父の姿が急に哀れで小さなものに見えてきた。

無意識にロドリーの方を見ると、ずっと私を見ていたのだろう、彼は私としっかり目を合わせたあと、こくりと深く頷いた。

そうか、今が待ち望んでいたチャンスなのか。

ようやくそう気づいて、一歩前に歩み出る。

「……恐れながら国王陛下。私に発言をお許しいただけますか？」

みっともなくごくりと喉が鳴る。

おそらく真実を述べれば王宮出仕を余儀なくされるだろう。あるいは家族ともども投獄されてしまう可能性も高い。どちらにせよ、レイヴンヒースにはもう戻れないかもしれない。

だが父たちに監禁され搾取され続けるよりは、セシルの治療薬を作るチャンスがあるはずだ。

「ああ、許そう」

「待て！　何を言う気だクレア！」

陛下の言葉に被せるように父が必死の形相で喚く。

「聞いてはなりませんぞ陛下！　その女は私たちを陥れるための嘘を申す気です！」

「うるさいぞローズウッド。誰かこの者を黙らせろ」

片手を挙げて陛下が言うと、警護に当たっていた近衛騎士たちがすぐに駆け寄り、父を取り押さえた。

「無礼者！　何をする！」

「いや！　触らないで！　私たちは何もしてないじゃない！」

ついでとばかりに母や妹たちも緩く拘束され、抗議の声をあげている。

「それで？　そなたは何を言うつもりだ」

喚く声を無視して陛下が私に向き直る。

聞いてくれる気はあるらしい。だけど本当に信じてもらえるだろうか。

怖かったけれど、しっかりと背筋を伸ばし、陛下の鋭い眼光に負けないようお腹に力を込めて口を開いた。

私の祝福のこと。その力を両親は国に報告せず、私利私欲のために使わせ続けたこと。秘匿の露呈を恐れ私を軟禁状態にし、さらには祝福を悪用してライバルを蹴落としてきたこと。それに今日ここですべて自分のせいにするよう強制されたことも。

「……以上がローズウッド侯爵家の真実でございます」

私の知る情報をすべて告発し終わる頃には、会場内はシンと静まり返っていた。

陛下は何も言わず、目を閉じふーっ、と長いため息をついたあとでじろりと父を睨みつけた。

父は顔面を蒼白にしてブルブルと震えている。

「これが本当なら重罪だぞローズウッド」

「ひぃっ」

近衛騎士に押さえられている父の身体が、大袈裟なくらいに跳ねた。

「ちっ、ちがうちがうちがう！　違います陛下！　こいつに騙されないでください！　この大嘘つきめが！　無能のくせに私たちを妬んでありもしない作り話をしやがって！」

「そうです陛下！　私たちは娘が迫害されないように必死で！」

「妹は昔から虚言癖がひどかったのです！　きっと会ったこともないような高貴な方々に囲まれて舞い上がってしまっただけです！」

「そうよひどいわお姉様！　早く陛下に嘘をついたことを謝って！」

喚く妹たちをうるさそうに一瞥して、陛下が再び私を見る。

その目は鋭いが、疑いの色はなかった。

「どちらが正しいのか証明できるか」

「はい」

陛下の厳しい視線を正面から受け止めて、コクリと頷く。

私は目を閉じて意識を集中した。この場にいるのは、家族を除いても近衛騎士を含めて五十人近い。さすがにこんな大人数を一度にというのは初めてだったけれど、やれる自信はあった。

証明できるなら倒れてもいい。そのつもりで全力を込めた。

時刻は深夜に近く、すでに祝福切れを起こしている人間も多かったのだろう。

祝福が回復したというのを感じやすい状態なのが功を奏したようだ。

目に見える効果ではないだけに少し不安はあったが、黙って見守っていた参加者たちの中に徐々にざわめきが広がっていく。

「なんと……これは……」

ゆっくりと目を開けると、陛下も祝福が戻るのを実感したらしく、驚いた顔をしていた。

「すごい、本当にこんな祝福があるのね」

王妃も目を丸くして「あなたはどう？」とリュシアン王子に尋ねている。

「これでどちらが嘘つきかが証明されましたわね」

セリーナ王女が冷たい微笑を浮かべ、婚約者であるはずのフィンリーを見下すように言った。

「ちっ違うんだセリーナ！　信じてくれ！　僕はただ！」

「見苦しいぞフィンリー。妹も兄上も、お前たちの悪行には薄々勘付いていたのだ」

ヴァルター王子がセリーナを守るようにフィンリーとの間に立ちはだかる。

「すでに婚約も白紙に戻すよう父上に相談済みだ」

「嘘よ！　リュシアン様！　あんなに私を愛してると言ってくださったのに！」

「一体いつの話をしている。私にはお前がぶくぶく太る前から醜く見えていたよ」

騎士を突き飛ばして縋りついたヘレナを、リュシアンが汚いものでも見るような目で容赦なく振り払う。

「皆も聞いておったな？　これからローズウッド家の者どもに尋問を行う際には証人になってもらうぞ」

「そんな！　尋問だなんてあんまりです陛下！」

「むしろ寛大な処置だと感謝すべきでは？」

わめく父にリュシアンが冷たく言った。

「貴公らのしてきたことを考えたら今すぐ牢に放り込まれてもおかしくない。それをきちんと時間をかけて調査してやると陛下は仰っている」

「どうせ彼女の告発などあなたたちが働いた悪事のほんの一部なのだろう？　一度関係者を全員呼び出して話を聞いた方がよさそうだな」

リュシアンに続いてヴァルターも厳しい口調で言って、兄たちを睨む。

彼らは怯えたように身を寄せ合うばかりで、もう反論の余地も残っていないようだ。

がくりと床に膝をつきうなだれる父を見て母が静かに涙を流し、つられたようにヘレナが声をあげて泣き始めた。

少しでも疑いの目を向けることができればという私の思惑を超えて、どうやら本格的に盤面がひっくり返ってしまったらしい。

「クレアさん、これまで大変な目に遭われましたね。彼らの罪が暴かれるまでの間、しばらく証人として王宮にゆっくり滞在されてはいかが？」

半ば呆然としている私に、セリーナ王女が気遣うように優しく言う。

「おおそうだな。セリーナ、歳も近いようだしおまえが話し相手になってやりなさい。クレア殿にはおまえの部屋の隣を使ってもらうといい」

「ええお父様。わたくしもクレアさんとたくさんお話ししてみたいです」

「いえあの、そのような厚遇をお受けする資格は」

「その必要はありません」

急に友好的になった陛下たちに戸惑う私の耳に、聞き覚えのある声が聞こえて目を見開く。

幻聴かと思って慌てて振り返ると、そこにはなぜかルーファスが不機嫌全開の顔で立っていた。

「え？　ルーファス様？　どうしてここに？」

幻聴だけでなく幻覚も見えているのだろうか。

混乱する私に気づいたのか、ルーファスがこちらを見て安心させるような微笑みを浮かべた。その笑顔に、泣きそうなほどの安堵を覚えた。

「……おい、誰だ勝手にあやつを入れたのは」

「私です」

嫌そうに顔を歪めて問う陛下に、悪びれることなくにこりと笑ってロドリーが答える。

「ロドリー貴様……うっ」

ロドリーに文句を言おうとする陛下の前に、ルーファスが肩に担いでいた麻袋のようなものをどさりと置いた。

「なんだこれは……ひっ、動いた！」

怪訝な顔の陛下が、もぞもぞ動き始めた麻袋を見て気味悪そうに悲鳴をあげる。

「レイヴンヒース領の魔物を暴走させた魔術師を捕らえました」

「えっ！」

ルーファスの言葉に思わず声が出る。

ということはあの中に入っているのは、フィンリーが得意げに言っていたローズウッドお抱えの魔術師ということか。どうしてその魔術師をルーファスが？

「……なんだと？　どういうことだそれは」

困惑する私を代弁するように、陛下が表情を険しくした。

ちらりと父を見ると、青ざめるのを通り越して土気色の顔でガクガクと震え始めていた。

「簡略的ではありますが、尋問の結果ローズウッド侯爵の手のものだと判明しました。他にも多数の事件に関与しているとのこと。そちらで詳しく調べていただきたい」

ルーファスの言葉に会場内が一気に騒がしくなる。

「……これは尋問などと悠長なことは言ってられんな」

すっと目を細めて陛下が近衛騎士に視線をやる。

彼らはコクリと頷き、「立て」とへたり込んでいた父たちを無理やり立ち上がらせた。

「で、で、でたらめだ！　わわ、私は魔術師など知らん！　これは誰かの陰謀だぁ！」

「連れていけ」

「いやっ！　嘘でしょ⁉　私は殿下の婚約者なのよ‼」

「セリーナ頼む！　君からもなんとか言ってくれ！」

喚きながら騎士たちに引きずられるように退場していく父たちに、同情する気持ちはカケラも湧いてこなかった。

「クレア、おいで」

急展開に呆然としていると、ルーファスが優しく私を呼んで手を差し出す。

その手に吸い寄せられるように無意識に手を伸ばし、ふらりとルーファスに近づいた。

「きゃっ」

ルーファスの手を取るのと同時に軽く引き寄せられ、そのまま肩を抱かれた。

ぎゅっと心臓を掴まれたような苦しさを覚え、頬が熱くなる。

「迅速なご対応、感謝いたします」

「⁉」

そのままの態勢でルーファスが陛下と話し始めて、どうしていいか分からずうろたえてしまう。

「なぁに、レイヴンヒースは我が国の要所だからな。それを脅かす者には容赦せん」

陛下は鷹揚に笑い、それから視線を私に移した。

「本来であればそなたも家族と咎を負うところだが、その優秀な祝福に免じて不問としよう」

「あっ、ありがとうございます……？」

慌てて頭を下げながら、本当にそれでいいのだろうかと気になってしまう。

「その代わり、その能力を国のために存分に役立ててもらうぞ」

逃すまいとする眼光に射すくめられて硬直する。

やはりそうなってしまうのか。

覚悟はしていた。むしろ父たちと一緒に連れていかれるよりずっとマシな結末だ。だけど。

私の肩を強く抱き寄せるルーファスの顔を見上げる。視線に気づいたのか、ルーファスも私を見た。

まさかここで会えるなんて思ってもみなかった。

そのせいで覚悟が揺らいでいる。

本当は王宮出仕なんてしたくない。今すぐルーファスとレイヴンヒースに帰って「もう大丈夫だよ」とセシルの頭を撫でてやりたい。コレットに、ハロルドに、城のみんなに会いたかった。

泣きそうになって必死に耐える。

もしここでごねれば、ルーファスまで祝福秘匿の罪で追及されてしまうかもしれない。

せめて最後にルーファスに会えてよかったと思おう。

「そなたには重要な役職を与えよう。明日から廷臣としてよく仕えるように」

「っ、……謹んで、……！」

そう割り切って頷こうとするが、堪えきれず涙が落ちてしまった。

肩を抱くルーファスの手にぎゅっと力が込められる。

「……陛下」

「じょ、冗談だ！　そんな怖い顔をするな！」

ルーファスが発した低い声に、陛下が慌てたように言い訳をする。

「先ほどもセリーナ姫と結託して妻を囲い込もうとしているように見えましたが、それも冗談ですか？」

「聞いておったのか⁉」

責めるような口調で言われて、陛下がたじろぐ。

「あの、一体どういう……？」

何が起こっているのだろう。

わけが分からず首を傾げると、陛下は何かを誤魔化すように笑い、ルーファスがため息をついた。

「実はそなたの祝福についてはすでにルーファスから届けが出ておる。脅し付きでな」

「脅し、ですか」

いつの間にそんなことをと驚愕しつつ、聞き流せない言葉にごくりと唾をのむ。

「辺境騎士団はいつでも国王からの要請に協力する意思がある、ただしもし大切な妻を奪うというのなら、王国騎士団との全面戦争も厭わない、と」

困ったように苦笑しながら言われて唖然としてしまう。

真意を確かめようとルーファスの表情を見ると、彼はムスッとした顔でこっちを見ようとしなかった。だが否定しないということは陛下の言うことは本当なのだろう。

「そなたの能力は確かに類を見ないほどに有用だ。それは先ほど身をもって実感した。が、こちらとしてもレイヴンヒースと事を構えるのは避けたい。こやつが本気になれば、王都を壊滅状態にすることも可能だろう」

冗談めかした口調ではあるが、陛下の目に嘘はない。

ルーファスも無言のままだし、王立騎士団所属のヴァルターは小さな声で「勘弁してくれ」とぼやいている。

辺境騎士団はそんなに強いのかと感心すると同時に、王都が火の海になる光景を想像してゾッとする。

「愛されておるな」

けれど陛下にからかうように言われて一瞬で顔が熱くなった。

そういえばさっきも『大切な妻』とか言われてなかっただろうか。

今さら気づいて今度は全身が熱くなる。

「……残してきた領民たちが心配なので、妻共々領地への帰還をお許しいただけますか」

いつもよりむっつりとした喋り方でルーファスが言う。余計なことを言われて怒っているのかと、心配してもう一度ルーファスを見て、彼の耳が赤く染まっていることに気づいた。

「それもそうだ。魔術師を捕縛したとはいえ領民たちも不安だろう。夫婦の無事な姿を見せて安心させてやるがよい。後日証言台に呼ぶ時はきちんと応じるのだぞ」

「ありがとうございます。では」

「まぁ待ちなさい。クレア殿に礼を言う時間くらいあるだろう」

陛下は呆れたように言って、咳払いと共に姿勢を正した。

「ローズウッド卿の悪事を見過ごし、そなたにはつらい思いをさせたな。にもかかわらず、そなたのおかげでレイヴンヒースと友好的な関係を結ぶことができた。感謝する」

「いえ、そんな、私は何も……」

頭を下げられ慌ててしまう。私はただ自分の祝福を暴露しただけで、彼らの悪事を暴いたのはルーファスなのに。

「何か褒美をとらせよう。何を望む？　そなたが王宮出仕を望むなら、ルーファスも止めぬだろう」

にやりと笑う陛下を、ルーファスが威嚇するように睨む。

それに少し笑いそうになりながら、本当にいいのだろうかと悩んでしまう。

ついさっきまで、連帯責任で家族ともども処罰を受けてもおかしくない立場だったのだ。

「貰えるものは貰っておけばいいんですよ」

「おまえは相変わらずだな」

ロドリーの厚かましいアドバイスに、国王夫妻が苦笑いをする。

この状況に平気で割り込んでくる度胸といい、陛下たちからの扱いといい、ロドリーのこの大人物感はなんなのだろう。父に脅されたとか言っていたが、とても自称一介の商人とは思えない。過去に王宮出仕を強制されたことがあると言っていたから、その時に何かひと悶着あったのだろうか。

「ほれ、遠慮なく申してみよ」

そうは言われても、レイヴンヒースに戻れるならそれ以上の望みはない。

じっくり考えた末、ようやくこれぞというものが見つかった。

「……それでは、ひとつだけ」

「うむ」

「両親や兄妹たちに陥れられた方たちに、救済を」

私が言うと、陛下は虚を突かれたような表情のあと、苦々しく笑った。

「……ローズウッドの策略にまんまと乗せられて、善良なる者たちを蔑ろにしたことを恥じるよ。必ず何がしかの救済措置をとることを約束しよう」

陛下の言葉に続き、王妃や王子たちが口々にお礼や謝罪をしてくる。

「ル、ルーファス様！」

王家の人間に揃って頭を下げられ、私はどうしていいのか分からず、助けを求めてルーファスを見た。

彼は暖かい目で私を見ていて、その柔らかな表情に胸が高鳴った。

「帰ろう。俺たちの家に」

ルーファスはそう言って、私に右手を差し出した。

「……帰りたいです。みんながいるあの場所に」

滲む涙を拭うこともせず、ルーファスの大きな手に自分の手を重ねる。ぎゅっと握ると、力強く握り返された。

ルーファスが微笑む。もうこの手を離すなと、そう言われた気がした。

陛下ももう止める気はないようで、去り際に「また婚約者を探さねばなぁ」とぼやくのが聞こえた。

◇◇◇

月明かりの下、ルーファスの手を借り馬車に乗り込む。

向かい合って腰を下ろすと、当然のようにロドリーも乗ってきた。

ルーファスが止めないところを見るに、最初からそういう手筈だったのだろう。そういえばルーファスを会場に招き入れたのもロドリーだったし、フィンリーとあの魔術師のように何か連絡手段があるのだろうか。

「……随分冷静でしたけど、おふたりはこうなることを予想していたんですか？」

走り出した馬車の中、向かいに座るふたりにそう切り出すと、ルーファスとロドリーは顔を見合わせた。

「そもそも私が王都に来たのは、ルーファス様のご依頼だったのですよ」

「そうなんですか!?」

「ああ。ローズウッドを探らせていた部下から怪しい動きがあると報告を受けてな。万一に備えてロドリーを王都に派遣したんだ」

驚く私に、ルーファスがそう言った。

「それがどうして父と……？」

父はロドリーのことを信用しているようだった。まるでお抱え商人のように偉そうに振る舞っていたから、完全に敵になってしまったのだと焦ったのに。

「探っていたのはあちらも同じだったようで、奥様と私の繋がりを掴んだのでしょう。侯爵は私が王都に入った途端に接触してきましたよ」

ロドリーが言うには、最初は私の商品を自分たちが作ったことにしろと迫ってきたらしい。信用問題に関わるからと断ったら態度を変え、仕切りなおそうと言ってきたのだとか。そうして商談と称してルキウス商会王都支部までわざわざ来て、ロドリーと父が話している隙に部下にレシピを盗ませたのだそうだ。

そして商品のデザインを真似るよう脅され、販売はしないという条件付きでパッケージのみルキウス商会で制作したということだった。

「販売はしない……ということは最初からあの場でのみ使う目的だったということ？」

「おそらくは。まさかその場に奥様を連れてきて、断罪の場にするとまではさすがに予想できず驚きましたが」

にこりと笑ってロドリーが言う。

まったくこれっぽっちも驚いているようには見えなかったけれど、結局は助けてくれたのだし、とりあえず今は信じておこうと自分を納得させる。

「しかしレシピ通りに作ったと自信満々でしたが、奥様の言う通りまったく違う効果のものになっていましたね」

言われて、痛みにもがく王妃を思い出す。

「王妃様には可哀想なことをしてしまいました……」

盗まれた以上責任はないとはいえ、私のレシピがもとであんなことになってしまったことに罪悪感を覚える。

「あんなインチキ一家に手玉に取られ、軽率に懐に入れたのは陛下たちです。少し痛い目に遭うくらいでちょうどいいのでは？」

「同感だ」

しれっとした顔で言うロドリーの隣で、ルーファスが肩を震わせ笑いを堪えていた。

「今回のことで陛下も少しは懲りただろう」

ルーファスが不敵に笑い、ロドリーもそれに同調する。

「魔術師を見つけたのも、彼らの仕業だと気づいていたんですか？」

「ああ。あまりにもタイミングが良すぎて怪しいと思っていた」

暴走や氾濫の兆候が直前までなかった。それはこまめな調査で分かっていたし、魔物の動きもなんだかおかしかったのだという。不審に思い、魔物の暴走を食い止めつつ周囲を探索していたら怪しさ満点の魔術師を見つけた。取り押さえたらあっさり森林内が正常化したらしい。

「締め上げたら簡単に事情を吐いたよ。慌てて城に戻ったらすでにクレアは城を出たあとで、コレットが大泣きしていたというわけだ」

ハロルドが珍しくオロオロしていた、とルーファスが笑う。

「そうだったんですか……」

コレットにもハロルドにも、本当に悪いことをしてしまった。よかれと思ってしたことだけど、考えが足りなかったらしい。

「……俺も心配した」

反省のあまりうつむいてしまった私に、ルーファスがぽつりと言う。

笑いの気配の消えた真剣な声に、無意識に視線が上がる。

「ひとりで勝手にいなくなるな。頼むからもっと俺を頼ってくれ。これではなんのための結婚なのか……いや、違うな」

怒ったような口調のあと、ルーファスが小さく苦笑した。

「頼られないのが情けなかっただけだ。クレアは何も悪くない」

寂しそうな微笑に、きゅうっと胸が締め付けられる。

「大急ぎであとを追いかけたが遅くなってしまった。怖い思いをさせてすまなかったな」

「そんな！　助けにきてもらえただけで十分です！」

頭を下げられ慌ててしまう。ルーファスが現れた時の感動を、上手く言葉にできないのがもどかしかった。

「……でも、結局私がしたことは全部無意味でした……いいえ、それどころかルーファス様の足を引っ張ってしまいましたね」

自嘲の笑みを浮かべながら言う。

私が兄の言うことに従わず、大人しくレイヴンヒース城で待っていれば——。

「あーっ!!」

そこまで考えて、勢いよく立ち上がる。

「いたっ！　きゃっ、わわ」

「危ない！」

低い天井に頭をぶつけ、馬車の揺れにバランスを崩し、倒れそうになるのを咄嗟にルーファスが支えてくれる。

「走行中に立つな馬鹿者！」

「ごご、ごめんなさい……」

「どうされたんですか奥様」

焦った顔で私を叱りつけるルーファスを押さえながら、ロドリーが聞いてくる。

「馬車！　あの、馬車を止めてください！」

御者席の方に向かって叫ぶ。だが聞こえていないようで馬車の速度は緩まない。

「なんだ、忘れ物か？」

「いえそうじゃなくて、あでもトランク忘れました！　ああ図鑑も返してない……！」

「落ち着いてください奥様。御者には私が停めるよう伝えますから」

混乱してひとり百面相をしている私をなだめてから、ロドリーが御者席に続く小窓を開け停めるよう指示を出してくれた。

「……それで、何をしたかったんだ」

ようやく馬車が停まり、私を支えた状態のままでルーファスが尋ねる。

「聖域に……ルミナリス大森林のユニコーンに会いたいんです！」

そう、私がノコノコと兄についていった一番の理由。

怒涛の展開ですっかり頭の隅に追いやられてしまっていたが、セシルの回復のためにしなければならないことがあったのだ。

きょとんとした顔のふたりに順を追って説明する。

ヴィスパー事件から着想を得たこと。コカトリスの天敵を探すために閉架図書室の魔物図鑑が必要だったこと。そして。

「ユニコーンの角さえあれば、セシルくんの特効薬が作れるかもしれないんです！」

私がようやく言い終えた瞬間からすぐにふたりは動き出した。

ロドリーは御者に行先変更を伝え、ルーファスは私を座らせると、その隣に席を移動した。

「飛ばすぞ。つかまってろ」

「え？　きゃあっ！」

なぜと問う間もなく、方向転換したばかりの馬車が急発進する。

「口を開くな。舌を噛む」

私の身体をぎゅうぎゅう抱きしめながらルーファスが言う。

目が回るような速さだった。

ルーファスがつかまえていてくれなかったら、あちこち身体をぶつけていただろう。

ロドリーは長い手足を壁に突っ張るようにして自分を支えている。

あとで聞いた話だが、豪速で馬車が走ったのはルーファスの魔法によるものだったらしい。


「着いたぞ。降りよう」

「すごい……もう着いたんですか……？」

ルーファスの言葉の通り馬車の揺れはぴたりとおさまっていて、怖くてぎゅっと閉じていた目をそろりと開ける。

ルーファスに抱きかかえられるように降りると、馬車にしがみつくのに必死だったのか、御者がヘロヘロと地面に倒れるところだった。

「行きましょうか」

余裕の顔で降りてきたロドリーが、先導するように森に向かって歩き出す。

「足場が不安定だから掴まっていろ」

「あ、ありがとうございます」

差し出されたルーファスの腕にそっと手を置き、ロドリーのあとをついていく。

森の中は聖域というだけあって、草木が生い茂っているにもかかわらずどこか静謐な空気に満ちていた。

月明かりしかなく足元も不明瞭だというのに、不思議と恐怖心はなかった。

「建国以来目撃者がいないらしいのですが、見つけられるでしょうか……」

自分で言いだしておきながら、無駄足になってしまうかもと不安になって思わず呟く。

けれど私の弱音に、ルーファスとロドリーは顔を見合わせ笑い出した。

「なんで笑うんですか!?」

もしかして初めから信じていなくて、私の世迷言に仕方なく付き合ってくれているだけなのだろうか。

「ご安心ください奥様。私がついております」

「たぶん一瞬で見つかるさ」

「――あっ！」

当然のように言われて気づく。

最上級の幸運がここにいるのだ。

視界を切り替えると、こんな暗い中でもロドリーの金色の光は眩しいほどに大きかった。

その祝福を、私はさらに全快まで回復させる。

もしユニコーンが存在しているのだとしたら、きっと会える。

そう確信させる強い光だった。

かくして、十分ほど歩いたところにある水場でそれは見つかった。

「……ほら、いましたよ」

本当に、拍子抜けするほどあっさりと。

「すごい……きれい……」

純白の毛並みを持つ、馬に似た美しい生き物。

それは夜の闇にほのかな燐光を放っていて、うっとりするほど幻想的な光景だった。

ユニコーンは私たちに気づくと、水を飲んでいた顔を上げじっとこちらを見た。

「どうする？　斬りかかるか？」

「ええ⁉」

ルーファスが特に感動もなさそうに平坦に問う。

聖獣と呼ばれ崇められてはいても、彼にとってはユニコーンだって立派な魔物だ。

だけど私にはとても割り切れそうにない。

「ええと、ど、どうしましょう……」

攻撃されないだろうかという心配と、国の守り神を攻撃してもいいのだろうかという葛藤で動けずにいると、ユニコーンの方からゆっくりと近寄ってきた。

「おや、警戒心はないのでしょうか」

「とりあえず敵意はなさそうだな」

なぜこの人たちはこんなに冷静なのだろう。慌てているのは私だけらしい。

どこか他人事みたいなふたりに構わず、ユニコーンはまっすぐに私に向かってくる。

「ひえっ」

目前まで迫っても硬直したままでいると、ユニコーンがスリ、と鼻先を私の頬に擦り付けてきた。

それから何かを待つようにじっと私の目を見つめてくる。

なんだか催促されているような気がして、そっと首筋を撫でると、正解だったのか気持ちよさそうに目を細めた。

なんだか可愛い。

そう思った瞬間、ようやく身体中から力が抜けていった。

「人懐っこいやつだ」

同じようにルーファスが触ろうとすると、ユニコーンはフイと露骨にその手を避けた。

「ハハハ、オスですかね」

ムッとするルーファスに、ロドリーが快活に笑う。

「おそらくですが……私を仲間だと思っているみたいです」

「仲間？」

「ええ。この子のまとう光が、私のものとよく似ているので」

身体から発する燐光とは別に。

ユニコーンの身体を取り巻くように、やや緑がかった白い大きな光が見える。

「うふふ、もっと撫でてほしいの？」

お揃いの光がなんだか嬉しくなって、催促されるままさらにあちこちを撫でてやる。

「なんだか平和な光景だな」

「王宮で一悶着あったあととは思えませんね」

「あれを一悶着の一言で片づける気か」

ふたりの会話を背後に聞きながら、私はユニコーンを無心で撫で続ける。

ひとしきり撫でまわされて満足したのか、ユニコーンは小さく嘶《いなな》き、スッと頭を下げた。

まるで私に角を差し出すように。

「くれるの……？」

都合のいい解釈かもしれないが、どうぞと言われている気がして角の下におっかなびっくり両手を差し出す。

途端に額の長い角が先端から三分の一ほどのところで折れて、ぽろりと手のひらに落ちた。

「……俺たちは今奇跡を目の当たりにしているのか？」

「私のおかげですね」

厚かましくも真実味のあるセリフをロドリーが堂々と言い放ち、ルーファスが呆れた顔になる。

「あの、ありがとう！　大切に使うね！」

感激して礼を言うと、ユニコーンは私の頬にもう一度鼻先を押し付けた。

もしかしたらキスだったのかもしれない。

「妬けますね」

「うるさい」

「本当にありがとう！　絶対治してみせるから！　いつかセシルくんを連れてまた会いに来るね！」

ふたりのそんなやりとりも気にせず、森の奥に戻っていくユニコーンにブンブンと手を振り、姿が見えなくなるまで見送った。

「戻ろうか、クレア」

「はい……」

しばらく余韻を味わったあと、ルーファスに促されてしゅんとしながら頷く。

ほんの数分の邂逅《かいこう》だというのに、すでに強烈な名残惜しさを感じていた。

「えっ、わ、すごい！　ロドリーさんの祝福が消えかけてます！」

言いながらロドリーの祝福を回復させる。

「ユニコーンに会うにはロドリー一回分か」

「人を通貨か何かのように……」

面白そうに言うルーファスにロドリーが珍しく嫌そうな顔をする。

「商人は通貨を扱う側ですから」

私が不思議そうな顔をしているのに気づいたのか、ロドリーが理由を教えてくれる。

「なるほど」

「よく分からんこだわりだ」

釈然としない顔のルーファスが、「行くぞ」と言いながら腕ではなく手を差し出してきた。

私はほんの少し迷って、その手に自分の手を重ねた。

月明かりの下、足場が悪いというのに私は、ふわふわした足取りでずっとその手を見つめていた。

◇◇◇

「クレア。着いたぞ」

耳元で優しい声がする。

穏やかな気分で目を開けると、馬車の揺れと車輪の音を感じて一気に目が覚めた。

「少しは眠れたか？」

隣に座っていたルーファスが私の顔を覗き込むようにして聞いてくる。

「ぅあっ、はい！　おかげさまで……！」

咄嗟に両手で顔を隠しながら壁際に逃げる。

いつの間にかルーファスに寄りかかって寝ていたらしい。

「短期間での往復でさぞお疲れでしょう。今夜は是非ルキウス商会の売れ筋商品である入浴剤をお使いください」

「なんでもかんでも自社製品の宣伝に繋げるな」

馬車での移動に慣れているルーファスとロドリーは宿での休養だけで十分らしい。

私だけ車中でもずっとウトウト微睡んでいる状態だ。おかげで今がいつの何時か、王都を発ってからどれくらい経ったのかも把握できていない。

そういえば起こされる時にルーファスが「着いた」と言っていたっけ。

「着いたって、どこにですか？」

寝起きでまだあまり働いてない頭で尋ねると、ルーファスが笑った。

「どこって、我々の城にだよ」

「……っ！」

その言葉に胸がいっぱいになって、急いで窓の外を見る。

すぐ近くに、もうすっかり見慣れたレイヴンヒース城が見えた。

感極まって泣きそうになる。

もう戻ってこられないと思っていた。

無骨で飾り気のない、華やかさとは無縁の建物なのに、洗練された王宮よりずっと美しく感じるのはなぜだろう。

「……まー！」

「ん？」

車輪の音に紛れて微かに人の声が聞こえた気がして、窓を開け耳を澄ませる。

「……レアさまぁー！」

「コレットだな」

ルーファスにも聞こえたのか、苦笑しながら声の主を言い当てた。

窓から顔を出すと、コレットはこちらに向かってブンブンと手を振りながら何度も私の名前を呼んでくれた。

「父に対する呼びかけはないのでしょうか」

「城主の存在も忘れているな」

ぼやくふたりにクスクス笑いながら、コレットに手を振り返す。

馬車が停まるより早くコレットが走り寄ってきて、私が降りるなり体当たりのように抱き着いてきた。

「おかえりなさいませ！　クレア様！」

「ただいまコレット。心配させてしまってごめんなさい」

泣きながら力一杯抱きしめられるのが嬉しくて、私も同じくらいの力で抱き返す。

その後ろでコレットを引き剥がそうか迷っている様子のハロルドに「このままで」と目配せを送る。

彼は「おかえりなさいませ」と微笑むだけにとどめ、ルーファスから荷物を受け取りにいくことにしてくれた。

「なんですかこの棒？」

大量の荷物を軽々抱えたハロルドが、一番上に置かれた乳白色のものに首を傾げる。

「ユニコーンの角だ」

「ユニコーン？　王都土産ですか？」

ルーファスが答えると、ハロルドはますます首を傾げた。

王都繁栄の起源である聖獣ユニコーンをかたどった土産物はあちこちに売っている。もちろんすべて想像で作られた偽物だが、ハロルドはこれもその類だと思ったようだ。

「いや、本物の」

「はは、旦那様もたまにはご冗談をおっしゃるようになったんですね」

まったく信じていない様子のハロルドに、ルーファスが苦虫を噛み潰したような顔になる。

「それが本当なんですよ。実在してました。ユニコーン」

コレットの頭を撫でながら助け舟を出す。

「ええ⁉　本当にいたんですか⁉」

「……なんでクレアの言うことはすぐ信じるんだ」

驚愕の表情を浮かべるハロルドに、ルーファスが面白くなさそうにぼやいた。

「それでセシルくんの身体を治せるかもしれないんです」

私が言うと、出迎えてくれた使用人たちの空気がぴりりと引き締まった。

コレットもゆっくり私から離れて、真剣な顔になる。

「慌ただしくてすみませんが、早速研究にとりかかります……コレット、手伝ってくれる？」

「はい！　もちろんです！」

コレットは袖でグイッと涙を拭い、笑顔で元気いっぱいに返事をしてくれた。

その日から城中が一丸となって、セシルの回復のための研究が進められた。

ユニコーンの角には限りがあるから、お金を出し惜しみをしている場合ではない。

素材に使うのは光を最大限に引き出せる最上級品を妥協せず選び抜いた。

ロドリーも協力してくれて、見たことのないような植物や魔物素材を全国各地から集めてきてくれた。

コカトリスの特効薬に取りかかる前段階として、様々な毒や呪いを持つ魔物とその天敵に該当する魔物を集め、より効果が高まるよう実験を繰り返した。

コレット以外の使用人たちの手も借りて連日詳細な分析が行われた。

膨大なデータを積み上げていくうちに、だんだんと問題点や解決策が浮き彫りになっていく。

領地経営が回らなくならないようそれぞれの仕事をこなしつつも、誰ひとり文句を言わず、急ピッチで特効薬作りは進行していった。

そうして三ヶ月が経つ頃に。

ようやくこれぞというものが出来上がった時には、気が抜けて床にへたり込んでしまった。

「で……できた……！」

「本当ですか⁉」

コレットが信じられないものを見るような顔つきで私の手元を覗き込む。

「見た目はただの水みたいですね」

ロドリーがいろんな角度から練成品を観察し、興味深そうに感想を漏らした。

彼の言う通り、フラスコに抽出された透明な液体は、一見井戸水のようにしか見えない。

けれど私の目には、とても大きくて新緑のように鮮やかな光が映っていた。

「ありがとうございます。おふたりのおかげで予想よりはるかに早く完成品に辿り着けました」

深々と頭を下げると、ふたりは顔を見合わせ合ったあとよく似た笑みを浮かべて拳をぶつけ合った。

いよいよユニコーンの角を使っての実験が始まってから、練成中コレットとロドリーにはずっと近くにいてもらった。

手を借りたいというのもあったけれど、常に幸運を全開にしてもらう必要があったからだ。

おかげで最短期間で完成に漕ぎつけられた。

「すぐに旦那様に報せを出しましょう！」

コレットが言って、その場で完成を知らせる手紙を書き始める。

タイミング悪く、ルーファスは調査遠征であと三日は留守の予定だ。

「ええそうね！　でもその前にコカトリスの毒を」

「させませんよ？」

「ええ？」

徹夜続きでハイになったままの私を、コレットが冷静に止める。

「ルーファス様から申しつかっております。完成したら絶対コカトリスの毒を自分で試そうとするから絶対にお止めしろと」

「ううっ……」

行動を読まれていることが恥ずかしくて思わず呻く。

「まさか本当にそうお考えになるとは」

ロドリーもあらかじめルーファスに言い含められていたのか、おかしそうに笑う。

「だって……実証実験もせずにセシルくんに飲ませるわけには……」

しどろもどろになりながら言うが、彼らは許可してくれなかった。

しかたなく害がないかだけ確かめるため、ふたりの目を盗んでぺろりと舐めてみる。

幸い、動悸や痺れなど、すぐに出るような症状はなかった。

「実際に投与するかはルーファス様が戻られてから相談するとして、ひとまずセシル様の体調を見ておきましょうか」

「そうですね」

ロドリーに言われて頷く。

薬を飲むにしても、できる限り万全の体調の時がいい。三人でセシルの部屋に入ると、騎士団の制服のままのルーファスがセシルと談笑しているところだった。

予定より早くティンバーレイク湖畔の定期調査が終わったのだろう。

「おかえりなさいっ、ルーファス様！　お早いお帰りですね」

思いがけない帰還に、嬉しくなって声が弾む。

「ああ。ただいまクレア。今回の調査は拍子抜けするほどあっさり済んだよ」

彼は微笑みながら振り返り、そう言った。

「……完成したのか」

それから私たちの顔を見てすぐに察したのか、ルーファスが信じられないという顔で立ち上がる。

「はい！　あ、でも止められてしまったので実証実験は、きゃっ」

先回りで止められたことへの抗議のつもりで発した言葉は、ルーファスに抱きしめられたことで中断してしまった。

「……ありがとう」

短いけれど心のこもったお礼に、胸がじんと熱くなる。

「こんどは何をつくったんですか？」

声に好奇心を滲ませて、ワクワクした様子でセシルが聞いてくる。

彼には特効薬の研究をしていることを伝えていない。変に期待させてやっぱり無理でしたなんて、残酷なことになるのが嫌だったから。

私はルーファスと頷き合って、ベッド脇の椅子に腰かけてセシルの目をじっと見た。

背中にルーファスの手が添えられる。

「あのねセシルくん。セシルくんの身体を治す薬を作っていたの」

「おくすり？　かいふくやくのもっとすごいのですか？」

「ううん。そういう一時的なものじゃなくて、この先ずっとよくなる薬」

かみ砕いて説明すると、セシルの大きな目がさらに大きく見開かれた。

「コカトリスの毒と反応してどんな影響が出るかは分からないの。だから怖いなら飲まなくていい」

言いながら特効薬を入れた薬瓶をセシルに手渡す。

セシルのたゆまぬ努力により、もう自分でフタを開けて飲めるくらいの握力は戻っていた。

受け取ったそれを、セシルは無言のままじっと見つめた。

「一応一口舐めて安全は確かめたけど、すっっっごくまずいわ」

実感を込めて言う。本当に、びっくりするくらいまずかった。時間と角がもっとあれば、美味しくする研究をしてから渡したのだけど。

「やっぱり試してるじゃないか……」

「いつの間に舐めたんですか」

「私はちゃんとお止めしましたよ？」

背後からボソボソと呆れた声が聞こえてくる。

「もし飲む決意ができた時のために、これも渡しておくね」

私は聞こえないフリで口直し用に持ってきた飴玉をセシルに渡した。

「……ふ、ふふっ」

そのやりとりがおかしかったのか、セシルがクスクス笑いだす。

「ありがとうクレアさん。ボク、のんでみます」

セシルが意を決したように言って、薬瓶のフタを取る。

「い、いいの？」

そんなあっさり覚悟を決められるとは思っていなかったから、慌ててしまう。

「はい。クレアさんをしんじます」

キリッと勇ましい顔つきで言って、セシルは躊躇なく瓶に口をつけ、一気に中身を飲み干した。

「……うえーっ」

さっきまでの勇ましさはどこへやら、セシルは顔をくしゃりと歪めて、泣きそうになりながら舌を出した。

「こっ、これ！」

急いで飴の包み紙をはがしてセシルの口に押し込む。

「ホントにまずいです……」

コロコロと口の中で飴玉を転がしながらセシルが半泣きで言う。

「どこか痛いところはない？」

「はい。でもすこし元気になった気はします」

気遣うようにセシルが言う。

特になんの変化も起こっていないようだ。

具合を悪くしたりどこか痛がる様子がないことにひとまず安堵するが、失敗だったのだろうかとだんだん不安になってくる。

「足は動かせそう……？」

おそるおそる尋ねると、セシルは悲しそうに眉尻を下げた。

「……ううん。むりそう」

「そっか……」

「ごめんなさいクレアさん」

肩を落としてしまった私に、セシルが謝ってくる。

「ううん！　セシルくんが謝ることじゃないよ！　また頑張るね」

気を遣わせてしまったことが申し訳なくて、慌てて明るい声を作って言う。

ルーファスの手が、慰めるように私の肩をそっと撫でた。つらいのはルーファスの方だろうに。

結局ガッカリさせてしまった。セシルだけでなくルーファスまで。

「リリー、ボクうごけるようになるかな？」

セシルの声に反応して、ベッドの端で寝そべっていたリリーがぴょこんと立ち上がった。

勢いがよかったのか、反動でリリーがよろけてベッドから落ちそうになる。

「リリー！」

セシルが声をあげ、咄嗟に手を伸ばした。

その俊敏な動きに、リリーは床に落ちることなく無事に救出された。

「……うご、いた？」

信じられない気持ちで呟く。

セシルも自分で驚いたようで、リリーを抱きしめながら呆然とした顔をしている。

「み、見ました今？　すごい、びゅんって！」

「私も見ました！　すごい速さでした！」

誰にともなく聞くと、コレットが興奮したように同意した。

セシルの手は回復著しいとは言っても、筋力がだいぶ戻ったというだけで可動域は狭いままだった。

できることはお皿からスプーンをすくって口に入れることと、正面から抱き着いてきたリリーを抱きしめ返せる程度が限界だ。サイドテーブルのコップに手を伸ばすことも、床に落ちたものを拾い上げることもできない。そればかりはコカトリスの毒のせいでどうにもできなかった。

「セシル、手を見せてみろ」

興奮のあまりまともに喋れない私たちをよそに、ルーファスが冷静に言って、ベッドの脇に屈み込む。

セシルがリリーを置いて、そろりと手を差し出した。

ルーファスはその手を裏返したり曲げたりしながら主治医に目配せする。専門家に任せることにしたのだろう。

「セシル様。手を上に挙げられますか？」

主治医が言うと、セシルがおそるおそる右手を頭より高い位置に挙げた。

その様子に皆が驚愕する。

「でき、ました……」

誰よりも信じられないという顔でセシルが言う。

「すごい……うごきます……！」

それからあちこちに動くのを確認する。

「うごいたよリリー！」

感動したようにリリーを両手で抱き上げ、はしゃいだように天井に掲げるセシルに涙が溢れそうになる。

「足は⁉」

布団を投げ捨てるようにめくり、ルーファスがセシルの足を確認する。

「セシル様、失礼いたしますね」

断りを入れて主治医がセシルの寝間着の裾をめくる。

二年近くまったく動かせなかった足は、骨と皮だけになって思わず目を逸らしたくなるほどに細い。

「セシル、もう一度動くか試してみろ」

「はい、兄さま」

セシルは頷き、じっと自分の足を見つめながら懸命に動かそうと試みる。

だがどれだけ頑張っても動く気配はない。セシルの眉間にはシワがより、額には脂汗が浮き始めていた。

効果が薄いのだろうか。それとも量が少なかったのだろうか。

「兄さま、やっぱり……」

「……っ！」

諦めの気配が漂い始める中で、セシルの足を触診していた医師が息を詰め、目を見開いた。

「セシル様、もう一度お願いします」

「は、はい」

怖いくらい真剣な面持ちで言われ、気圧されたようにセシルが頷く。

「んっ、～～っ！」

セシルは顔を真っ赤にしながら再び足に力を込め始めた。

「……やはり。ルーファス様、こちらに手を当ててみてください」

医師がルーファスの手をセシルの腿のあたりに導く。

「セシル様、今度は力を抜いてみてください」

「はふ、はい……」

ほっと息を吐き出してセシルが返事をする。

「これは……！」

ルーファスが目を瞠る。それを見て医師が頬を上気させた。

「お分かりになりましたか？　わずかに筋肉の隆起を感じます。奥様の薬を飲む前とは明らかに違うと断言できます」

興奮した口調で医師が言い、ルーファスが感極まった様に目を閉じる。

「あの、つまりどういうことでしょう……？」

分からず質問すると、医師が破顔して私を見た。

「動かないのはおそらく単純な筋力不足によるものということです。奥様、素晴らしいものを発明なさいましたね」

それが実験の成功を称えるものだと、理解するまでしばらく時間が必要だった。

医師の言葉がじわじわと脳に染みわたっていく。

「ほ、本当に？　リハビリすれば戻るって、ことですか？」

「はい！　きっと！」

「やりましたねクレア様！　すごいです！　本当にすごいです‼」

信じられない気持ちのまま呆然としていると、背後から感激した様子のコレットに抱き着かれる。

「こらコレット。その位置はルーファス様にお譲りしなさい」

ロドリーがそう言いながら、コレットを私から引き剥がす。コレットはロドリーに抱き着きわんわんわん泣き始めた。

ルーファスの名前に反応して彼の方を見ると、ルーファスは涙に濡れた目で私を見ていた。

両腕がゆっくりこちらへ伸びてきて、そのまま強く抱きしめられる。

「ありがとうクレア……本当に……っ」

声を詰まらせてルーファスが言う。その涙声に私はようやくセシルを治せたのだと実感して、ぼたぼたと涙が落ち始めた。

「よかっ、……よかったぁ……！」

みっともなくしゃくりあげながらルーファスの身体を抱き返す。

「ボク、あるけるようになるってことですか？」

「はい、セシル様。リハビリはおつらいかと存じますが、一緒に頑張りましょう」

よく分かっていない顔のセシルに聞かれ、医師が優しい笑顔で頷く。

「……はい！　リハビリとくいです！」

セシルが嬉しそうに声を弾ませ、リリーと両手を繋いで「やったねリリー！」とはしゃぎだす。

その光景に胸がいっぱいになる。

ルーファスとの抱擁を解き、涙を拭いてセシルの頭に手を伸ばす。

「おめでとう、セシルくん」

そっとその頭を撫でてから、ぎゅうっと抱きしめた。

本当によかった。心からそう思いながら。

セシルは私の腕の中で気恥ずかしそうにもぞもぞと身じろいだ。

「……ありがとう、ねえさま」

それからはにかむように私をそう呼んで、力一杯私を抱き返してくれた。

あまりの嬉しさに、枯れ果てる勢いで涙がこぼれていく。

「俺も混ぜろ」

拗ねたような口調で、いつまでも抱き合う私たちを上から包むようにルーファスが抱きしめる。

「ふふ、兄さまったらヤキモチ」

セシルが楽しそうに笑いながら言う。

「この場合どちらに妬いてるんでしょうねぇ」

ロドリーが泣き続けるコレットの頭をぽんぽんと優しく叩きながら、苦笑交じりに言った。

「別にどっちだっていいだろう」

ルーファスは否定せずにそう言って、私とセシルの頬にキスをした。

「どちらも大切な家族だ」

柔らかく微笑むルーファスに、嬉しくなって泣きながら私も笑う。

誰かに必要とされたいと願い続け、ずっと焦がれていた家族を。

私は今、ようやく手に入れたのだ。

エピローグ

その後私たちは何度か王都への招集を受け、ローズウッド侯爵家の裁判の証言台に立った。

彼らは祝福の秘匿やレイヴンヒース領へのテロ行為だけにとどまらず様々な悪事が露見し、極刑もかくやという重罪だったが、最終的には処刑は免れた。

辺境騎士団の活躍のおかげでテロは未遂に終わったし、王子たちの元婚約者という立場もあり、王室のメンツを守るために減刑された形らしい。

特に陛下が父の策略にまんまと乗せられ、他貴族の排斥に加担してしまったことが大きいのだろうとルーファスは考えているようだ。

とはいえ王宮を追放されるだけで済むはずもなく、爵位も領地も財産も剥奪され、全員がバラバラの修道院に入ることになったという。

どこの修道院か教えると言われたが断った。もう私には関わりのない人たちだから。


セシルは頑張りすぎというくらいにリハビリを頑張って、メキメキと身長も伸びていった。

そうして三カ月前には無事七歳の誕生日を迎え、少し遅くなってしまったが祝福の儀を受けるため、ルーファスと三人で教会へと向かっていた。

「本当に馬車じゃなくてよかったのか？」

「大丈夫だってば。兄さまはかほごすぎ」

私とルーファスと手を繋いで、セシルは自分の足で歩いている。

まだ少し頼りない足取りだが、この半年で驚くほどの回復を見せた。

骨と皮だけになっていた足は健康的にふっくらとして、少年らしさを感じさせる。

「でもセシルくん、あんまり無理しちゃダメだってお医者様にも言われてるでしょう?」

「もう、姉さままで! 甘やかしとやさしさはちがうんだからね」

転ばないかハラハラしながら言う私に、大人のような言葉をセシルが返す。

とはいえこんなに長く外を歩くのは初めてなのだ。心配をするなという方が無理がある。

教会までの間、私たちはセシルの言う通り過保護になりすぎて、辿り着く頃にはセシルはすっかりへそを曲げてしまっていた。


司祭台に向かってひとり歩くセシルの後ろ姿を、ルーファスと息を呑んで見守る。

支えてあげたい気持ちでいっぱいだったけれど、セシルに断られてしまった。

「唯一神ルクサンドラよ。セシル・レイヴンヒースに祝福の光を授けたまえ」

司祭が厳かに言って、セシルが跪く。

そういえば私たちが会ったあのユニコーンはルクサンドラの子孫なのだろうか。それともルクサンドラ自身だったりするのだろうか。セシルの足がもっと良くなって、約束通り連れていく日が来たら、名前を呼んでみるのもいいかもしれない。

ふとそんなことを考えていると、突如セシルの周りに青紫色の光が迸った。

「わぁ……!」

「何色だ？」

「青みがかった紫です……すごく綺麗……」

儀式の邪魔にならないよう小声でルーファスと囁きを交わす。近い距離に緊張してしまうけれど、今はセシルの祝福の方が大事だ。

「ルーファス様より紫が濃いです。光も大きいですし、大魔術師になれるかも」

「まずいな、王宮に取られるかもしれん」

親ばかならぬ、兄ばか姉ばかを遺憾なく発揮しながらきゃっきゃとセシルの将来について妄想していると、セシルが司祭としょんぼりした顔で戻ってきた。

「司祭様。弟への祝福をありがとうございました」

「なんのなんの。やはり領主様の家系は『魔術』が強いですなぁ」

礼を言うと、老齢の司祭は好々爺然とした笑みを浮かべてそう言った。

「どうした冴えない顔をして。嬉しくないのか？」

「……姉さまといっしょがよかった」

ルーファスが問うと、唇を尖らせながらいじけたようにセシルが答える。

「セシルくんってば……！」

その愛らしさに、思わず抱きしめる。

「でも、白い祝福って、あまりよく思われないからお勧めしないわ」

私が苦笑しながら言うと、セシルが「でも……」と納得のいかない顔をする。

今はもうこの祝福で良かったと思っているが、幼い頃を思い出すといまだに胸が痛む。

そんな思いを、セシルには少しもしてほしくなかった。

「……確かに白い光は、突出するものがない者の祝福と言われております」

どう説明したものかと考えあぐねていると、司祭が見かねたのか助け舟を出してくれた。

「すべての光が少なく、同量であるがゆえに白く見えるというのが定説ですね。実際、今まで数多見てきた白の祝福持ちは皆、どの光の特徴もなく、消え入りそうなほど儚いものでした」

それを聞いて、やはりそうなのだと少し悲しくなりながらも「ほらね？」とセシルに笑いかける。

「ですが」

けれど、司祭はこう続けた。

「クレア様の光は太陽と見まごうほどの強さ……それはつまりすべての光が等しく強い、ということではないでしょうか」

「え？　まさか、そんなことは……」

「なるほど」

戸惑う私をよそに、ルーファスが納得したようにうなずく。

「なるほど、なんですか？」

「ああ。そう考えれば色々と説明がつく。クレアの知識量の多さは青の祝福に由来するものだろうし、睡眠不足が続いても病気ひとつしない頑丈さは赤の祝福の力じゃないか。錬金術に関しても、魔術師の魔道具作りに通ずるところが大きい。それに『アレ』の回復は緑の祝福に由来するものなのではないか？」

祝福をアレと濁したのは目の前の司祭への配慮だろう。

「研究中あれだけ不摂生を重ねているにも関わらず肌も髪も美しいままだし、聡明な眼差しは知性に満ち溢れている」

「ル、ルーファス様……？」

じわりと頬が熱くなる。

真顔のまま淡々と、ただ事実を並べているだけみたいな調子で言うので、赤くなる私の方がおかしいみたいだ。

「このバラ色の頬も。思わず触れたくなるこの衝動もきっと、『魅力強化』の祝福が多大に影響しているに違いない」

そっと頬に触れられ、心臓の動きがおかしくなる。

まさかいつもそんなふうに思ってくれていたのだろうか。

「……兄さま、司祭さまがこまってるよ」

「いやいや、若い者は情熱的でよろしい」

低い声で言うセシルに、司祭がほっほっほと朗らかな笑い声をあげる。

私は顔を真っ赤にしたまま司祭にもう一度礼を言い、居た堪れなくなってセシルとルーファスの手を引き、足早に教会をあとにした。


「ルーファス様はさっきああおっしゃいましたけど、私、治癒は使えませんでしたよ？」

川沿いを三人で手を繋いで歩きながら、さっきの話で腑に落ちなかったことを聞いてみる。

祝福の儀で家族に見限られた日のこと。あの時、自分で傷をつけて治そうとしたけれど、直ったのは服の袖だけだった。

「おまえのソレは子供の頃からか……」

そのことを伝えると、ルーファスは呆れたような顔をした。

それから少し疲れて眠そうな顔のセシルを抱き上げる。

セシルは甘やかすなと文句を言うことなく、素直にルーファスの首に手を回した。

「実は治癒の祝福は、授かってすぐに上手く使えるものではない」

「そうなんですか？」

「ああ。治癒士としてやっていくには相応の訓練が必要だ。緑の祝福を授かったものは一定年齢以上になると国の養成機関に通うことになっている」

「知りませんでした……」

「とはいえ訓練なしでも微力なら使えるはずだから、案外目に見える形ではなかっただけで、その時もわずかに治癒していたのかもしれんが」

「……確かに、思いっきり引き裂いたにしては助祭さまが『傷は浅い』みたいなこと言っていたような」

懸命に記憶を探って思い出してみる。あれはもしかしたら治癒の力だったのかもしれない。

もし本当にあの時、治癒の力が発現していて、少しとはいえ治せるということが判明していたら。

その可能性を考えてゾッとする。

もしそうなっていたら、私は両親に褒め称えられて得意になり、フィンリーやヘレナのような人間になっていたかもしれないのだ。

「そう考えたらあの異常に効果の高い回復薬も、もしかしたら無意識に漏れ出た治癒の力の恩恵かもしれんな」

一瞬負の感情がこみ上げそうになったけれど、ルーファスが新発見だと嬉しそうに言うものだから、すぐに霧散してしまった。

ふと視線を感じてそちらを見ると、セシルが心配そうな顔で私を見ていた。

「姉さま、大丈夫？」

その気遣いが嬉しくて、いつの間にか険しくなっていたらしい表情がふっと緩んだ。

セシルの頭をそっと撫で、「大丈夫よ」と安心させるように微笑む。

「ねぇ、抱っこしてもいい？」

「ボクもうおもいよ？」

遠慮がちに、それでも嬉しさの滲む顔でセシルが言う。

私はそれを了承と受け取って、ルーファスに抱っこを交代してもらう。

「きゃあっ」

セシルがはしゃぎ声をあげて私の首筋に抱き着く。

歩けるようになってから食事の量は格段に増えたけれど、七歳の男の子なのにまだまだ心配になるほど軽かった。

「……もしかして、赤の祝福のおかげで軽く感じるのかしら」

ハタと気づいて呟く。

「ぶふっ、だとしたらそのうちハロルドより強くなるんじゃないか」

ルーファスが噴き出し、ありえないことを言った。

「いえさすがにそれは……」

「姉さま、まものも倒せるの？」

否定しようとすると、セシルがキラキラした目で聞いてくる。

まさか、と答えようとして少し考える。

「……自分で戦えるようになったら魔物素材取り放題ってことですよね⁉」

自分の思い付きに嬉しくなる。毎回領地の安全を守るために命がけで調査に行くルーファスに、素材採取をお願いするのがそろそろ心苦しくなってきていたところだ。

それに私も戦えるようになれば、いざという時にルーファスたちを守ることができる。

いいことづくめではないか。

「ははは、！　おまえというやつは本当に……！」

我ながら最高のアイデアだと思ったのに、なぜかルーファスが笑い出す。

女が魔物と戦うだなんて、馬鹿なことを言ってしまっただろうか。

「分かったよ。帰ったらハロルドに鍛えてもらうといい」

「いいんですか⁉」

止められるかと思ったのに、ハロルドに師事する許可までもらえるなんて。

「ボクも習いたい！」

「別に構わんが、ハロルドの訓練は厳しいぞ？」

挙手して言うセシルに、ルーファスがニヤリと笑って脅すようなことを言う。

「いいもん！　ぜったい強くなって、こんどはボクがみんなを守るから」

セシルが私の腕の中で誇らしげに胸を張る。

これまで守られっぱなしの自分がどれだけ歯がゆかったことか。自分は何の役にも立てないのだと、何度自分を責めたのだろう。

その言葉の意味と、真剣なセシルの表情に胸を打たれてじわりと涙が滲む。

「セシル……立派になって……！」

けれど私よりも先に涙をこぼしたルーファスが、私ごとセシルを抱きしめるから。

すぐに涙は引っ込んで、晴れやかな笑い声に変わった。

終

あとがき

はじめましてこんにちは。当麻リコと申します。

錬金術や小さな子供など、一度は書いてみたいなと思う要素をたくさん書けて楽しかったです。


お手に取ってくださったみなさまにも、少しでも楽しんでいただけていたら幸いです。

このお話の改稿を終えたあと入院することになり、私もセシルのように寝たきり状態になりました。たった数日でもつらかったのに、一年以上ベッドから出ることのできなかったセシルのことを考えると非常に胸が痛いです。

エピローグ後はこれまでの不幸を跳ね飛ばす勢いで幸せになることでしょう。兄と義姉はしっかり甘やかしてくれるし、近くには幸運代表のコレットとロドリーもいますしね。

彼らの今後を考えるのは楽しいです。

全快後のセシルは魔術を意欲的に学び、クレアと錬金術の研究に励みます。自分の病床での経験を活かし、体の不自由な人たちの役に立つようなものを作り出すはずです。

そしてセシルの成長に一安心したクレアは、今度はルーファスの助けになるものを開発することに重きを置き始めるのではないかな。人為的な魔物災害は抑えられたものの、魔物が多い地域ということには変わりないので、辺境騎士団が安全かつ効率よく調査や討伐を実行できるよう、寝る間も惜しんで考えるのでしょう。

そしてルーファスはふたりがきゃっきゃと錬金開発に励むのを見て、ありがたかったり嬉しかったりする反面、ちょっと疎外感を覚えていじけてみたり。

コレットとハロルドにからかわれているシーンが目に浮かびます。最後まで読んでくださったみなさまにも、先を考えたくなるキャラが誰かひとりでもいてくれたら嬉しいです。

今回、イラストレーターさんの希望を担当編集様に聞かれた時に、ダメ元で鳥飼《とりかい》やすゆき先生のお名前を挙げたところ、本当に叶えていただけて幸せでした。完成した表紙を拝見した時は、嬉しすぎて思わず家族に見せびらかしてしまったほどです。全キャラとても魅力的に描いていただけて、このお話を書いてよかったなと心から思いました。セシルのほっぺたがあまりに愛らしくて何度も見てしまいます。

鳥飼先生、素敵なイラストを描いてくださり本当にありがとうございました。

そしてそんな素晴らしい采配を振るっていただき、たくさんのアドバイスをくださった担当編集様にも感謝の気持ちでいっぱいです。

ここまでお付き合いいただき誠にありがとうございました。またどこかでお目にかかれることを願いつつ。

当麻《とうま》リコ

用済み無能令嬢は新天地で自分らしく生きていきます
～辺境地で可愛い義弟のために勤しんでいたら、幸せな毎日が待っていました～

2025年5月5日　初版第1刷発行

著　者　当麻リコ

発行人　菊地修一

発行所　スターツ出版株式会社

〒104-0031　東京都中央区京橋1-3-1　八重洲口大栄ビル7F
TEL　03-6202-0386　(出版マーケティンググループ)
TEL　050-5538-5679 (書店様向けご注文専用ダイヤル)
URL　https://starts-pub.jp/

印刷所　株式会社DNP出版プロダクツ

ISBN　978-4-8137-9450-9　C0093　Printed in Japan

[当麻リコ先生へのファンレター宛先]
〒104-0031　東京都中央区京橋1-3-1　八重洲口大栄ビル7F
スターツ出版(株)　書籍編集部気付　当麻リコ先生

BF ベリーズファンタジー
大人気シリーズ好評発売中！

雨宮れん・著
くろでこ・イラスト

ループ11回目の聖女ですが、隣国でポーション作って幸せになります！

1〜2巻

聖女として最高峰の力をもつシアには大きな秘密があった。それは、18歳の誕生日に命を落とし、何度も人生を巻き戻っているということ。迎えた11回目の人生も、妹から「偽聖女」と罵られ隣国の呪われた王に嫁げと追放されてしまうが……「やった、やったわ！」──ループを回避し、隣国での自由な暮らしを手に入れたシアは至って前向き。温かい人々に囲まれ、開いたポーション屋は大盛況！さらには王子・エドの呪いも簡単に晴らし、悠々自適な人生を謳歌しているだけなのに、無自覚に最強聖女の力を発揮していき…!?

BF
毎月5日発売
Twitter
@berrysfantasy